L'un et l'autre

Collection
dirigée par J.-B. Pontalis

Michel Schneider

MAMAN

Gallimard

À la mémoire de ma mère,
et en mémoire de son père

Le seul vrai mot, c'est : reviens.

Rimbaud à Verlaine,
Londres, 5 juillet 1873.

Les Oublis

Dans le temps, les mères étaient le plus souvent vêtues de noir. Toujours un mort à pleurer, un amour qui ne reviendra pas, ou bien le deuil de la femme morte en elles. Veilleuses, nuit sur nuit, elles avaient en charge l'autrefois. Elles ne donnaient pas la mort, mais la gardaient parmi les plis de moire ou de faille, communiantes d'une foi dans l'absence et l'infini, adoratrices perpétuelles du défaut et du défunt. Mais parfois, l'été, elles mettaient des robes légères et claires, des voiles presque transparents dans le contre-soir. Alors, c'était de petites filles qui riaient. Leurs fils regardaient de loin ces inconnues soudain si belles, avec l'angoisse de découvrir quelqu'un qu'on ne connaît pas, une disparue, une prisonnière, une fugitive revenue du passé. Le cœur serré, ils s'efforçaient de sourire en détournant les yeux. C'était très doux, et vaguement déchirant, de revoir celles qu'ils n'avaient jamais vues. Quand les fils les appelaient, qu'elles vinssent ou non, ils avaient mal. Tout ce bleu mouvant, cet imprimé de soie, cette fleur ployée contre eux, mais toujours si distante. Elles leur enseignaient l'amour qui les tenait captives, la certitude où nous laisse l'autre de ne pouvoir vivre ni avec ni sans lui, la possession par l'idée que nous ne le posséderons pas, l'inoubliable oubli de nous que sa présence signifie. Malade de cet amour qui disait toujours la même chose, Marcel Proust cessa un jour de voir sa mère. Il se détourna vers une page qui devait en appeler tant d'autres et écrivit ce qu'il ne pouvait plus regarder.

Le lieu se nomme ainsi : Les Oublis. Le temps est celui de l'enfance, c'est-à-dire de la peur et de la honte. Les personnages sont une mère et son enfant. L'action n'est rien : un baiser qu'elle n'a pas donné. L'enfant est une petite fille vivant en un endroit de campagne retiré, tout imprégné de sa mère, de sa présence, de son absence plus encore. Les rares soirs où elle vient la visiter, elle se penche pour lui dire bonsoir dans son lit, une ancienne habitude qu'elle aurait voulu perdre, parce que l'enfant y prenait trop de plaisir ou de peine, et ne s'endormait plus, à force de la rappeler, encore et encore. L'oreiller était brûlant et les pieds gelés, ou bien l'inverse ; elle ne savait plus quoi inventer pour lui dire : « Reviens. » Les mères sont toujours glaciales quand on les voudrait tendrement tièdes, ou ardentes lorsqu'on aimerait un peu de froid et de solitude. Mais elle seule, et ses mains, savaient réchauffer ou rafraîchir. Alors, s'ouvrait un présent infini, un abandon déchirant : maman n'était que douceur et tendresse épanchée.

Jamais la petite fille des Oublis n'oubliera ni ne retrouvera le baiser qu'elle lui donne ce jour-là. Elle a quatorze ans maintenant, et a fait de vilaines choses avec un cousin, puis s'est arrachée des bras du garçon avec un besoin fou de sa mère. Elle l'aperçoit de loin, souriante, lui ouvrant les bras, relevant son voile pour se laisser embrasser parmi les larmes. La jeune fille se jette contre elle et lui raconte les caresses qui l'ont fait frissonner de remords et de volupté. Maman sait écouter, sans comprendre ni juger.

C'est un autre baiser. Le lieu s'appelle toujours Les Oublis, mais la petite fille sans nom a fait place à un petit garçon nommé Jean. La mère raccompagne à la porte le professeur Surlande, ami cher, mais aussi autorité interrogée sur les moyens de calmer l'enfant, un nerveux comme on disait à l'époque, et de lui faire passer ses interminables bonsoirs. « Nous ne voulons pas qu'il garde ses habitudes de petite fille », s'écrie la mère qui se nomme Mme Santeuil. Rien de tel pour faire un efféminé que de brusquer un garçon à se montrer un homme, pense peut-être le médecin. La grille du jardin s'était refermée lentement sur le petit qui était revenu dire bonsoir à sa mère et avait été assez mal reçu. Les mères disent : bonsoir, et les enfants entendent : adieu. Puis, elles s'éloignent, coupant d'une porte doucement tirée la lumière et les mots. Demain ne viendra jamais. Les portes, on ne les voit que lorsqu'elles se referment sur quelqu'un qui part.

« Il fallait dire bonsoir, c'est-à-dire quitter tout le monde pour toute la nuit, renoncer à aller parler à sa mère si l'on est triste, se mettre sur ses genoux si on est trop seul, éteindre jusqu'à la triste bougie, ne plus même bouger pour pouvoir s'endormir, rester là comme une proie abandonnée, muette, immobile et aveugle, à l'horrible souffrance indéfinissable qui peu à peu devenait grande comme la solitude, comme le silence et comme la nuit. » L'enfant attend le baiser comme une chose à manger. Une « oublie » ? Un de ces gâteaux qu'on attachait au cou d'un mort pour qu'il traversât rassasié les royaumes sombres. Maman est une marchande d'oublies qui parfois oublie celui qui sans elle croit mourir.

Ces deux scènes de baisers ont été écrites par Marcel Proust au moins quinze ans avant qu'il n'en raconte une troisième, au début d'*À la recherche du temps perdu.* La scène de l'attente du baiser, déjà présente dans « La Confession d'une jeune fille » et dans *Jean Santeuil*, roman de jeunesse demeuré inédit de son vivant, avait été à nouveau racontée dans deux récits repris dans *Les Plaisirs et les Jours* (« La Mort de Baldassare Silvande » et « La Fin de la jalousie »). Dans le premier, le héros revoyait sa mère dans le passé, « quand elle l'embrassait en rentrant, puis quand elle le couchait le soir et réchauffait ses pieds dans ses mains, restant près de lui s'il ne pouvait pas s'endormir ; il se rappela son *Robinson Crusoé* et les soirées au jardin quand sa sœur chantait, les paroles de son précepteur qui prédisait qu'il serait un jour un grand musicien et l'émotion de sa mère alors, qu'elle s'efforçait en vain de cacher ». Dans le second, Honoré, le personnage principal, avait sept ans. Sa mère restait jusqu'à minuit dans sa chambre. Mais quand elle devait sortir pour dîner, « il la suppliait de s'habiller avant dîner et de partir n'importe où, ne pouvant supporter l'idée, pendant qu'il essayait de s'endormir, qu'on se préparait dans la maison pour une soirée, pour partir. Et pour lui faire plaisir et le calmer, sa mère, tout habillée et décolletée à huit heures venait lui dire bonsoir, et partait chez une amie attendre l'heure du bal ».

Ensuite, dans la *Recherche*, les divers retours de l'épisode auquel quatre variantes sont consacrées dans les esquisses donnent à cette scène obsédante et répétée la place d'une scène originaire, dont la réalité n'importe qu'aux biographes, qui tous y crurent et la datent des sept ans de Marcel, mais qui n'est vraie qu'à l'intérieur de son roman. Quelque chose de capital s'est joué pour Proust, entre mort et baiser, écriture et angoisse. « Une triste date », autour de laquelle tout a basculé. Tout quoi ? Un attrait vers l'art et la création, comme pour Baldassare, qui fait remonter à ce temps du baiser sa vocation de musicien ? Un destin de la sexualité, comme pour la jeune fille ou pour le héros jaloux ?

C'est un samedi matin ; lui tendant le journal, sa mère apprend à Marcel deux choses : son article a été publié dans *Le Figaro* et il y a une tempête sur la Bretagne. Deux images se disputent sa pensée tandis que Maman s'éloigne et qu'il songe à se recoucher. L'une l'entraîne vers Brest et l'autre le ramène vers son lit. « La première me représente finissant de boire une tasse de café bouillant, tandis qu'un marin m'attend pour me conduire voir la tempête sur les rochers, il fait un peu de soleil ; l'autre me représente au moment où tout le monde se couche et où il me faut monter à une chambre inconnue, me coucher dans des draps humides, et savoir que je ne verrai pas Maman. » Se disent là tout ensemble l'apparition de l'homosexualité d'un homme dans le désir d'un petit garçon, et la fabrication d'un romancier à partir d'une romance. Devant nos yeux d'enfants abandonnés, le plus grand roman de ce siècle s'ouvre par ce baiser. Un vrai livre. Une chose renoncée, à la place de quelque chose à quoi jamais l'on ne renonce.

Le baiser est tout, le baiser est un, le baiser est plein. Le baiser est le baiser. Maman est Maman. Elle n'est plus celle qui manque. Plus rien ne manque en elle, plus rien en moi. Elle est celle qui me fait être. Elle est à moi, je suis à elle. Elle s'aime en moi et je m'aime en elle. Aucune perte, aucun trouble, aucun désir ne nous sépare. « Ce qu'il me fallait pour que je pusse m'endormir heureux, avec cette paix sans trouble qu'aucune maîtresse n'a pu me donner depuis puisqu'on doute d'elles encore au moment où on croit en elles, et qu'on ne possède jamais leur cœur comme je recevais dans un baiser celui de ma mère, tout entier, sans la réserve d'une arrière-pensée, sans le reliquat d'une intention qui ne fût pas pour moi — c'est que ce fût elle. » Cercle du manque et de l'absence : ce qu'il me fallait, c'était celle qui me faut. L'amour, ici, ce n'est pas « parce que c'était elle, parce que c'était moi » ; mais « parce que j'étais elle, parce qu'elle était moi ». L'amour est un miroir, une tautologie, un palindrome.

Parfois, quand elle se penchait sur lui, la mère était effrayée de sentir qu'il la regardait avec une intensité mauvaise, comme s'il voyait à travers elle. Quelque chose démesurait ses yeux. C'était, au-delà d'elle, la mort. Un mot, rien qu'un mot, mais qui n'était pas comme les autres. On ne peut pas voir derrière. Sans le baiser, rien n'est plus rien. Je ne suis plus. Que Maman ne vienne pas, et ma chemise de nuit devient un suaire, mon lit un cercueil, ma chambre un caveau. Alors, pour la faire venir quand même, il ne me reste que les mots. Des mots qui disent tous la même chose, la seule chose : ne pars pas ! La parole ne dit le vrai que lorsqu'elle ne dit plus rien. Ou une petite vérité toute simple : « J'ai du mal à être. » Proust écrit étrangement que nous ne disposons pas d'un organe pour le baiser. C'est faux ; ou ce n'est vrai qu'à considérer que la bouche, les lèvres, la langue servant aussi à parler, il faudrait un organe pour ne plus parler, pour embrasser les mots. Le baiser est la cessation de la douleur d'avoir à dire pour se faire aimer. Dans la version définitive du baiser perdu et retrouvé, au début de « Combray », l'enfant a soudain l'idée d'écrire à Maman une lettre qu'il lui fait porter. Quand les mots ne touchent que le silence, on essaie de leur rendre vie, de les voir, de leur donner un corps d'encre et de papier. On écrit parce que personne n'écoute. « Maintenant, je n'étais plus séparé d'elle ; les barrières étaient tombées, un fil délicieux nous réunissait. » Écrire, en sa plus lointaine origine, c'est cela, faire qu'elle revienne, celle sans qui je disparais. Écrirait-on sans cette croyance forcenée à la magie des mots, à leur pouvoir d'invocation, sans la certitude « qu'on crée ce qu'on nomme », comme dit le narrateur ? « Si seulement je pouvais jeter ma bouteille à la mer, ce livre », écrit Proust en 1918. Que sont les romans, sinon des lettres dont on ne connaît ni le destinataire ni l'expéditeur ? Des mots jetés dans des *bouteilles à la mère*, en somme ? Qu'elle ne lira pas plus que n'importe qui.

Dans la vie réelle, si proche parfois de son roman qu'on la croirait écrite par le narrateur dans une sorte d'autobiographie, le jour même de l'accident où mourut Alfred Agostinelli, son chauffeur et amant, le modèle d'Albertine Simonet, prisonnière, perdue et non retrouvée, Proust lui avait écrit une dernière lettre qu'il ne put jamais lire. Alfred n'eut pas d'obsèques, pas de tombe, pas d'enterrement où Marcel aurait pu paraître et se recueillir. Proust ne put adresser à quiconque ces condoléances obséquieuses et ampoulées qu'il aimait écrire même pour des morts qui ne lui étaient rien. Dans le roman, il recopie la lettre presque mot pour mot. Les lettres, les romans n'arrêtent pas la mort, n'abolissent aucune séparation, n'apaisent aucun manque. Mais on le croit, et cela permet de continuer à vivre, et parfois de créer.

La chambre est vide

Un jour, Maman est morte. Dix ans avant l'accident d'Alfred. Cette fois-là il y eut obsèques, condoléances et avis de décès dans *Le Figaro*. Tout le faste et le rite d'un deuil bourgeois. Le fils écrivit alors beaucoup de lettres, employant d'un destinataire à l'autre des mots assez semblables, un peu convenus. Sauf une ou deux, bouleversantes d'amour nu. « Vous pouvez deviner dans quelle détresse je me trouve, vous qui m'avez vu toujours les oreilles et le cœur aux écoutes vers la chambre de maman où sous tous les prétextes je retournais sans cesse l'embrasser, où maintenant je l'ai vue morte, heureux d'avoir pu ainsi l'embrasser encore. Et maintenant la chambre est vide, et mon cœur et ma vie. » Comme ils sont étranges, ces deux mots rapprochés, *morte, heureux*, ces deux versants du féminin et du masculin qu'une virgule sépare mal. Le dernier baiser, ce jour-là, il l'a eu. Elle n'a pas pu s'y soustraire. Sans doute Marcel n'est-il pas heureux que sa mère soit morte, mais au moins, si elle lui manquera toujours, elle ne se refusera plus. Revenu de la cérémonie dans l'appartement désert, il erre, s'approche de la chambre de Maman. Le parquet du couloir crie à cet endroit, depuis toujours. D'habitude, Maman faisait du bout des lèvres le bruit d'un baiser pour lui dire : « Viens m'embrasser. » Un dernier, où *jamais* se dit *encore une fois*. Et il venait, comme autrefois elle ne faisait pas, lui donner le dernier baiser. Maintenant, de nouveau et pour toujours, Maman laisse crier les lames de bois ciré ; crier le silence entre hideuses tentures et meubles cossus ; crier le sanglot d'un enfant, si proche d'un rire.

Ensuite, pendant plusieurs années, Proust n'écrivit presque plus. Mais c'est sans doute de ce plancher aussi bête qu'un cercueil, de cette chambre béante et muette, plus fermée que par aucune porte, qu'est enfin sortie la *Recherche.* Après un temps, le fils se remit à écrire, pour oublier Maman, l'enterrer sous le papier, la couvrir de noms et de sensations. Sans doute s'imaginait-il que si elle sentait le poids léger de ses phrases, elle respirerait moins mal que sous un catafalque et une pierre. Ce ne fut pas pour se souvenir, par pieux devoir, mais au contraire par distraction. « La mort des autres est un voyage que l'on ferait soi-même et où on se rappelle, déjà à cent kilomètres de Paris, qu'on a oublié deux douzaines de mouchoirs, de laisser une clef à la cuisinière, de dire adieu à son oncle, de demander le nom de la ville où est la fontaine ancienne qu'on désire voir. » Peu après la mort de sa mère, Marcel Proust écrivit à Maurice Barrès pour lui parler de Maman. « Toute notre vie n'avait été qu'un entraînement, elle à m'apprendre à me passer d'elle pour le jour où elle me quitterait, et cela depuis mon enfance, quand elle refusait de revenir dix fois me dire bonsoir avant d'aller en soirée, quand je voyais le train l'emporter quand elle me laissait à la campagne, quand plus tard à Fontainebleau et cet été même elle était allée à Saint-Cloud où sous tous les prétextes je lui téléphonais à chaque heure. Ces anxiétés qui finissaient par quelques mots dits au téléphone, ou sa visite à Paris, ou un baiser, avec quelle force je les éprouve maintenant que je sais que rien ne pourra jamais plus les calmer. » Dans cette lettre, la construction bancale de la phrase atteste le chagrin de quelqu'un qui ne peut maîtriser la logique ni désirer se relire. Car, lui, de son côté, à quoi, et comment s'est-il entraîné ? À oublier Maman, enfin, en lui écrivant. À quoi fut-il entraîné, presque malgré lui ? À écrire ce qu'il n'avait pu écrire quand elle était là.

Le devenir écrivain de Proust s'est joué autour du baiser de Maman, écran de la mort, fétiche de l'amour : ce qui ne doit pas manquer. Ni d'elle ni en elle. Quand il se remet à écrire, Proust raconte Marcel. Malade, l'enfant sans âge mendie le dernier baiser de sa mère, mais elle le traite de stupide et le quitte. « Je repense à mon article [...] Je voudrais bien demander à Maman ce qu'elle en pense. J'appelle, aucun bruit ne répond. » Le *Contre Sainte-Beuve* sera une tentative de la garder auprès de soi, vivante et chaude, de lui rendre les mots d'avant. La présence maîtrisée dans l'écriture, le baiser revenu — on voudrait dire : souvenu — prennent la place de ce manque. Ensuite, toute la *Recherche* recouvre ce baiser perdu, cette séparation de Maman, cette attente sans fin du fils jusqu'à ce qu'elle vienne enfin réchauffer ses pieds froids d'enfant mort.

Long à écrire

Entrer dans la vie de Marcel Proust, c'est connaître la tristesse des hommes sans femmes, respirer l'ordonnance maniaque et funèbre des intérieurs de collectionneurs d'œufs de Fabergé, avoir de Venise la vision kitsch et embaumée d'un musée désert, souffrir la vieillerie des garçons seuls, sentir le parfum mort d'une mère flottant entre napperons et miroirs, écouter son chagrin lorsqu'il nous parle du nôtre, le plaindre et le haïr comme il l'avait fait de ses parents, redevenir l'enfant sale ou le fou perdu de désir, subir ses mensonges sentimentaux et sa mondanité vulgaire, revoir avec lui Maman revêtir une robe de jardin en mousseline bleue à cordons de paille, se regarder au miroir du temps par ses yeux aux longs cils, pour que reviennent les soirs déchirants où elle ne revenait pas, découvrir l'ange lorsqu'en lui la bête nous lasse, éprouver sa honte de ne pas être comme les autres et de ne désirer que ceux qui sont comme soi, se laisser prendre enfin par cette mort lente et longue qu'on appelle vieillir.

Ou écrire. Proust connaissait et acceptait cette vieillesse « anormale, excessive, honteuse et méritée des célibataires, de tous ceux pour qui il semble que le grand jour qui n'a pas de lendemain soit plus long que pour les autres, parce qu'il est vide ». Mais il la désirait, l'aimait, parce qu'elle protégeait son œuvre comme une coquille sèche et sourde.

« Long. » C'est par cette syllabe que commence le plus long roman de notre littérature, plein de longues phrases, avec un long titre *À la recherche du temps perdu.* À la toute fin, se trouve la phrase la plus courte : « Long à écrire. » Voilà ce que soupire — expire — le narrateur. Mais cela ne doit pas faire oublier que l'interrogation épeurée : « Est-il encore temps ? » survient aux dernières lignes, après que le romancier a pris le temps, c'est-à-dire la rage lente et l'indifférence brute, d'écrire les trois mille pages de son roman. Proust est long, trop long, dit-on, et certains ont proposé de réduire la *Recherche* en supprimant les digressions. Autant peler un oignon : à la fin, plus d'oignon. C'est que le hors sujet forme le cœur même du livre, puisque celui-ci ne fait que raconter comment Marcel devint Proust, et que n'importe quoi peut devenir le sujet d'un roman, y compris le romancier lui-même et sa difficulté à l'écrire. Il en va des longueurs de Proust comme de celles de Schubert, qu'on a dites divines : si vous les coupez, l'œuvre vous paraît non pas plus brève mais plus interminable encore. Anatole France disait un jour : « Que voulez-vous, la vie est trop courte et Proust est trop long. » Au risque de passer pour déviant ou mélancolique, j'avoue que j'ai toujours pensé l'inverse : la vie est trop longue et Proust trop court.

Mais, au fait, long comme quoi ? Comme l'angoisse. Comme la solitude. Comme le temps, quand Maman ne vient pas. « À la recherche de la mère perdue », ou bien « L'Écrivain retrouvé », ces titres annonceraient le vrai thème du long roman à la fois inachevé et fini qu'écrivit Marcel Proust. Contre sa mère, aux deux sens de contre : en la cherchant, et pour la perdre. Ce couple formé par Mme Proust et son fils, l'écrivain a pu en renverser l'étiquette, par la grâce et la gloire d'un livre. Désormais, on ne peut que dire : Marcel Proust et sa mère. De l'intérieur du roman, approchons donc Maman comme elle réveillait son petit, à pas de loup, en traversant d'abord un tableau, puis une conversation.

Dans une ombre propice

Le sujet du tableau est *Le Mariage d'Esther*. Il est dû à Franken le Jeune, un petit maître. Sur un fond de paysage flamand, quatre maisons en perspective. Au second plan, un grand concours de jeunes femmes chastes et de vieillards chenus se presse pour assister aux noces d'Esther et d'Assuérus. Esther est agenouillée, comme il convient à une promise. Plus que cela, elle est prosternée. Les yeux clos, la tête baissée, les mains jointes, elle semble une martyre attendant sa mise à mort ou une Vierge qui guetterait l'ange de l'Annonciation. Le futur, lui, se trouve fort loin. Exhaussé sur un trône, corpulent, engoncé dans une robe sombre, barbu et enturbanné, Assuérus darde un sceptre d'or. Mais il n'y a que lui pour croire aux pouvoirs magiques de cet instrument. À regarder les yeux réprobateurs des vieux et les œillades complices des femmes, on suppose qu'il ne sera qu'un lourd fantôme dans la vie de cette esclave humble qui attend son heure.

Quoique biblique, le tableau est inquiétant, presque angoissant. Car les époux sont séparés par un grand corps rouge : il se nomme Aman. Les enfants entendent souvent sans les bien saisir ces syllabes, même dans les familles bourgeoises et cultivées dont une branche est juive, comme celle qui entourera Gilberte Swann, ou comme celle qui a légué ce tableau à Jeanne Proust, née Weil. Aman veut empêcher cette union entre le roi des Perses et une juive dont le peuple doit être exterminé. Immense et cruelle, la toile figurait au mur de la salle à manger des parents de Marcel. Sans cesser d'être un enfant puisqu'il attendra trente-quatre ans pour quitter père et mère — en fait, ce sont eux qui l'ont laissé seul —, l'enfant se détournera enfin de cette peinture, pour écrire *À la recherche du temps perdu* à la place de cette scène devenue invisible, après que l'un et l'autre furent morts. Face à ce tableau qui le regarde, le petit deviendra un grand maître.

Plus de trente ans de déjeuners et de dîners sous une union qui ressemblait à un crime. Sinistre, massive, haute en couleurs, la peinture a dévasté les rêves du petit Marcel, avant de lui offrir de délicieuses rêveries. Un jour, il découvrira que le véritable titre de la toile plongée « dans une ombre propice » était en fait *Esther et Aman*. Il avait bien songé qu'Aman pourrait être le vrai maître de la femme au nom de sable et de pierreries. Quand il lira la tragédie de Racine, *Esther*, il croira qu'elle s'inspirait de ce funèbre appariement. Puis, il l'oubliera. Parfois, on écrit pour ne plus voir.

Au fond, regarder ce tableau, c'était comme lorsque Maman lisait les romans. L'histoire ne comptait pas. Le sens était suspendu, et à sa place des images venaient. Un écrivain est quelqu'un qui voit les mots au lieu de les lire. De Marcel Proust, Léon Daudet écrit : « Ne voyant pas ce que les autres voient, il voit des choses qu'eux ne voient pas, il se coule derrière la tapisserie et contemple le bâti et la trame. » Le tableau de Franken n'était pas à voir, mais à lire et à écrire. Ce n'est qu'une fois rendu dans l'espace de l'invisible et de l'absence de corps qu'est le roman, que Proust rencontrera son style, ce qui, comme il le dit, n'est pas affaire de technique, mais de vision.

La nuit dure

La conversation est en fait une scène, elle aussi. Une scène d'amour, si l'on veut, avec la littérature comme prétexte pour se dire des mots doux. Elle se passe aussi à la maison. Proust ne quitta jamais l'appartement de ses parents jusqu'à l'âge de trente-cinq ans, juste après la mort de sa mère. La scène est écrite vers 1908, trois ans après, par le fils qui lui donne pour titre « Conversation avec Maman ». Dans cet échange, il n'y a plus trois personnages, mais deux : la mère et son petit amant. Le troisième est absent, c'est un livre qu'il écrira pour elle. De cette conversation dont il se demande : « Faut-il en faire un roman ? », un immense roman finira en effet par sortir. Elle commence en plein jour. La mère couche son enfant qui n'en est plus un : « On te fera durer ta nuit aussi tard que tu voudras. » Elle se poursuit par la confession que le fils achève l'écriture d'un article. Maman regarde avec admiration et crainte son « petit Marcel » aimé des garçons presque autant que d'elle, et qui devra devenir écrivain pour faire entendre le nom de Proust.

Mêlant déjà les temps et les lieux, comme fera plus tard le roman, la scène continue dans une pièce qui est à la fois son cabinet de toilette de l'appartement parisien et une chambre d'hôtel à Venise. Tandis que la mère à sa coiffeuse se fait brosser la chevelure, « assise dans un grand peignoir blanc, ses beaux cheveux noirs répandus sur ses épaules », son petit lui expose son idée d'un texte sur la « méthode de Sainte-Beuve ». Sous ce nom tortueux et en déformant considérablement les véritables positions du critique, Proust désigne en fait l'approche biographique de la critique littéraire, l'explication des œuvres par la vie de leur auteur. Après s'être écoutés l'un l'autre des mains et du cœur plus que de la tête, en un dialogue tissé de tendres déclarations, de petits noms et d'alexandrins, la mère annonce par ce vers : *Cette nuit en longueur me semble sans pareille*, qu'elle va sortir et laisser l'enfant seul. Leur assaut de complices amoureux s'achève sur cet échange :

> « Tu sais en quoi elle consiste, cette méthode ?
> — Fais comme si je ne le savais pas », répond la mère.

Cette petite phrase presque insignifiante, « Fais comme si je ne le savais pas », va devenir le thème secret, la musique intime, l'hymne national de leur amour, comme Proust l'écrit de la petite phrase de Vinteuil entre Odette de Crécy et Charles Swann. La méthode de Sainte-Beuve, il la connaissait assez pour savoir qu'elle n'était pas cette caricature selon laquelle le « moi social » déterminerait strictement le « moi qui écrit ». Personne n'a jamais pensé, ni Bourget, ni Taine, ni Sainte-Beuve, que l'auteur écrive avec son moi social, ni que ses habitudes et ses vices soient l'unique explication de ses livres. Et lorsque Proust défend une thèse aussi fausse que son opposée : l'œuvre a peu à voir avec son auteur, et « un livre est le produit d'un autre *moi* que celui que nous manifestons dans nos habitudes, dans la société, dans nos vices », il fait *comme s'il ne savait pas* qu'il n'en est rien. Sinon, pourquoi, par exemple, répondre à un Paul Souday, jugeant « féminine » l'écriture du *Côté de Guermantes*, qu'il devrait interroger sur la virilité de son auteur les témoins qui l'avaient secondé lors de son duel avec Jean Lorrain en 1897 ? Si l'œuvre et la vie étaient deux étrangères, pourquoi faire mourir l'amante mais non aimante Albertine d'un accident de cheval, comme Alfred, l'amant aimé, s'était tué le 30 mai 1914 aux commandes d'un aéroplane tombé en mer Méditerranée ? Pourquoi la faire parler sans cesse d'aviation et d'aviateurs dans un passage si mal intégré au roman qu'il semble y signer le retour d'une vérité refoulée ? Pourquoi copier littéralement dans le roman, en la prêtant à la disparue, la lettre d'Alfred parlant d'adieux « deux fois crépusculaires » ? En retour, il est vrai, la vie elle-même copia l'œuvre. Lorsqu'il s'était inscrit à son club d'aviation, Agostinelli avait choisi comme pseudonyme Marcel Swann.

Comme souvent dans les pactes, un malentendu se noue. Marcel, sans le dire clairement, annonce à sa mère qu'il veut écrire un roman. « Je vais parler de moi, tu sais, et de toi ; mais on fera comme si ce n'était pas toi et moi. Comme si seul Sainte-Beuve pouvait le penser et qu'il avait tort. » Maman, entre les mots, lui dit : « Il y a deux choses que je ne veux pas savoir de toi. Elles concernent toutes deux ce que tu fais quand je ne suis pas là : le plaisir solitaire et l'écriture qui ne l'est pas moins. » Mais elle lui laisse la première en espérant qu'il n'écrirait pas, ou écrirait comme on se masturbe, sans autre, en se dispersant, en pollinisant. « Sois comme une fleur sans fruit, un sexe sans sexualité, un écrivain sans livre. » Marcel voudrait bien lui faire plaisir en ne prenant pas le sien, mais il ne cherche qu'une écriture où, loin de se ressaisir, tout moi se perd. On n'écrit pas comme un bourdon pollinise une fleur, mais comme un homme ensemence une femme, ce que Proust sait fort bien, qui qualifie les écrivains sans livre de « célibataires de l'art ». Ils tournent autour, butinent, conversent. Ils n'épousent pas. Ils font des pages fleuries et parfumées sur lesquelles se penchent des adolescents d'un sexe incertain et des baronnes qui ne veulent pas vieillir.

On trouve condensés dans ce petit échange les liens de désir et de connivence entre une mère et son fils homosexuel, ainsi que le déni qui en est l'envers. Chacun se demande ce qu'il doit feindre de ne pas savoir de l'autre, car tel est leur pacte d'amour et de haine. Maman surveillait le corps de Marcel. Le but était qu'il aille bien, qu'il ne soit pas trop nerveux, pas trop artiste. Le prétexte était la maladie. Mais le souci véritable était le sexe. Son désir était qu'il n'ait pas de désirs. Assez intrusive dans sa vie corporelle pour s'enquérir de caleçons, elle demandait par exemple à son grand garçon de lui décrire ses selles : « Surveiller les entrailles de Monsieur », lui écrit-elle alors qu'il a vingt-neuf ans. Elle s'ennuie de ses diarrhées et voudrait bien encore le mettre au régime lacté. Mais surveilla-t-elle ses amours, et son écriture ? Et lorsque ce fils devint ensuite un écrivain, que resta-t-il de ce lien ? N'était-ce pas alors au fils, en retour, de dire à la mère : « Ne me dis pas que tu sais qui je suis » ? Ou bien : « Je ferai comme si tu ne le savais pas » ? Ou encore : « Ce que je fais, ce livre, tu ne le savais pas » ?

Qui écrivit la *Recherche* ? L'enfant, le « petit Marcel » ? La mère en lui ? Le trop talentueux adolescent habité d'un précoce désir d'écrire, le faiseur de jolies proses déjà considéré après dix ans de tâtonnements frivoles et de brillants échecs comme un raté pour n'avoir pas à trente-sept ans publié un vrai livre ? Ou bien, par une sorte de mue inattendue, un être fort et dur, qui, à partir de 1908 et jusqu'à sa mort, sans désemparer, accomplit une œuvre immense avec le même désir brutal que mettent les pères à posséder les mères jusqu'à ce que vie s'ensuive ? Car le vrai interdit venant de Maman n'était pas d'être homosexuel, mais d'être écrivain. Proust finit par le contourner, non seulement en disant entre les lignes de son roman son homosexualité, mais en affirmant, par l'acte d'écrire, qu'il était auteur. Le seul désir des mères à l'égard de leurs fils est que surtout il ne leur arrive rien. Désir terrible, si l'on songe, quoique inspiré de la bonté la plus pure. Mme Proust y parvint, un temps. Car Marcel a pris son temps pour se passer de Maman, pour écrire. Aussi longtemps qu'elle fut en vie, il ne lui arriva rien. Ou presque. Une maladie étrange qui le tenait cloîtré, quelques amants approchés dans le trouble et la honte, des amitiés blessantes et mondaines, des spéculations boursières hasardeuses, un peu d'écritures bien brodées. Que veut la mère ? Que le fils dorme. Qu'il dorme bien, longtemps, seul. Qu'aucun heur ni malheur ne vienne troubler son repos. Qu'il soit aussi silencieux qu'un enfant sage. Qu'il reste un bébé, une bouche qui ne bée que pour elle, qui ne sert qu'à des baisers. Qu'il n'ait pas mal. Or, parler fait mal. Tout le temps qu'elle vécut et veilla, Marcel fut réduit au silence, sous sa forme la moins pénétrable : le sommeil. Elle contrôlait ses nuits, à défaut de maîtriser ses songes. Mais, plus intelligente et plus raffinée que les mères ordinaires, Maman donna à ce silence forcé où elle gardait son enfant dans son statut d'*infans*, d'être non doué de parole, la forme rusée de la conversation. Instaurant entre eux une sorte de reviviscence de l'amour courtois, elle réussit à ce que rien ne lui arrive qui ne soit de l'ordre de la conversation. Mais deux choses arrivèrent. Elle mourut. Il écrivit.

Sans cette mère-là, Proust ne serait pas devenu homosexuel ni écrivain ; mais, s'il n'avait pu, à force de travail, de haine et de désir, s'affranchir de son homosexualité et de sa mère dans l'écriture, il serait resté le petit loup qui montre ses petits papiers à sa petite maman, pour lui dire : « Reviens. » Dans le roman, le sentencieux Norpois énonce : « On ne doit connaître les écrivains que par leurs livres », donnant acte de ce constat à un « homme d'esprit ». Ce dernier en fait n'est autre que Marcel Proust, qui avait écrit textuellement cette phrase dans ce qui servit de préface au *Contre Sainte-Beuve.* L'ennui est que cette conception ne réfute en rien Sainte-Beuve, qui pensait exactement la même chose : « La biographie d'un homme de lettres n'est guère que la bibliographie complète de ses ouvrages. » Il y a donc dans ce refus autre chose qu'un débat critique. En réfutant la méthode de Sainte-Beuve, Proust semble dire : « N'allez pas penser que mon œuvre a à voir avec ma vie, mes vices, mes maladies. » Avec ma mère. Il reproche entre autres au critique de se demander, pour comprendre l'œuvre d'un écrivain, « comment il se comportait sur l'article des femmes ». C'était une question à ne pas se poser. À ne pas lui poser. D'ailleurs, Maman ne l'a jamais fait. Marcel avait sans doute de fortes raisons de refuser cette méthode, car ce livre-là, au moins, le

Contre Sainte-Beuve, s'éclaire par la vie de son auteur.

L'air ailleurs

Devenir écrivain n'est souvent que prendre distance de sa propre identité, rompre, se perdre. La plus profonde appartenance dont Proust dut se défaire fut l'appartenance à sa mère. Jamais l'auteur du *Contre Sainte-Beuve* et rarement celui de la *Recherche* n'utilise cette désignation : ma mère, alors qu'il dit presque partout : mon père. Dans la vie courante et dans sa prolixe correspondance, Marcel ne parle non plus de Jeanne Proust autrement qu'en disant : « Maman », souvent avec une majuscule et toujours avec un sanglot réfréné quand elle est morte et qu'il repense à elle. Il la nomme « mon exquise petite Maman », parfois « grand-mère », mais se reprend : « Je ne sais plus ce que je dis », comme dans le roman, il prêtera à la grand-mère les traits et les souffrances de la mère. Pourquoi, quand il parle d'elle, emploie-t-il le même nom que quand il lui parlait ? Façon de marquer qu'elle est toujours là, Maman, toujours à cette place de l'amour et de la détresse. Elle n'est pas celle que voient les autres, mais celle qui vient lorsque j'ai mal ou que je suis angoissé. Maman, c'est la mère immortelle, celle qui ne peut pas, ne doit pas mourir, jamais. Dire : ma mère, c'est accepter l'idée de sa mort. D'ailleurs, l'un des seuls moments de la *Recherche* — autres que les scènes sociales et mondaines du récit dans lesquelles des rôles s'affrontent plus que des personnages — où elle est ainsi désignée est celui où le fils évoque la pleureuse en noir d'une peinture vénitienne de Carpaccio, et à travers elle, la mère morte. À qui il ne sert à rien de dire : « Reviens. »

Qu'on le veuille ou non, les livres sont des enfants. Ne leur donne-t-on pas le nom qu'on porte ? Ne doit-on pas se séparer d'eux et les laisser à leur destin ? Deux choses sont frappantes dans la *Recherche* : personne n'y publie un livre, et aucun enfant n'y naît. Bien plus, lorsque s'achève le roman qu'on lit, où par une vaste prétérition il n'est question que d'un roman impossible à écrire, le narrateur regarde son livre comme s'il était son enfant, non sans la culpabilité d'avoir en quelque sorte pris la place de la mère. Dans l'enfantement douloureux, il se voit telle une mère morte en couches pour que survive ce morceau d'elle qui n'est plus tout à fait elle.

Regardons un instant les personnages évoqués dans les scènes du *Contre Sainte-Beuve.*

> « Que veux-tu pour le Jour de l'An ? demandait sa mère à Marcel.
>
> — Donne-moi ton affection, répondait-il.
>
> — Mais, petit imbécile, tu auras tout de même mon affection. Je te demande quel objet tu veux... »

Dans cet emmêlement de demande d'amour, de désir indicible et de besoin à combler, comment vivaient les trois figures du fils, de sa mère et de son père ? On peut approcher leurs relations à travers l'histoire de trois portraits. Lorsqu'il déménagea fin 1906 pour habiter boulevard Haussmann, Proust pensa installer dans sa chambre à coucher la « chambre bleue » de sa mère, afin de dormir dans ses meubles et de se voir dans les miroirs où elle s'était vue tandis qu'elle se coiffait ou l'écoutait exposer la méthode de Sainte-Beuve. Venus à travers le temps, ses regards se seraient posés de nouveau sur lui, doux comme des baisers. Finalement, il décida de remiser la « chambre bleue » dans un garde-meubles. Jamais il ne supporterait d'avoir dans sa chambre le portrait de sa mère, parce qu'il ressemblait trop à cette femme si incroyablement rajeunie par la mort : Maman. « À cinquante-six ans, en paraissant trente depuis que la maladie l'avait maigrie et surtout depuis que la mort lui a rendu sa jeunesse d'avant ses chagrins », s'étonne-t-il devant la morte. Il l'exila au salon, elle et son portrait. Quant au portrait du père, il alla sans autre forme de procès décorer la demeure du frère cadet, Robert. Le seul portrait que garda Proust fut celui que Jacques-Émile Blanche avait fait de lui en 1892. Un jeune homme brillant, sans timidité comme sans bravade, aux beaux yeux allongés et blancs comme des amandes fraîches, aux joues pleines et d'un rose blanc, qui rougissent à peine, aux oreilles que viennent caresser les dernières boucles d'une chevelure noire et douce, brillante et coulante, s'échappant en ondes comme au sortir de l'eau. Un camélia au revers du veston de cheviotte vert et une cravate d'indienne imitant les ocelures du paon soulignaient d'un point de fragilité son expression lumineuse et fraîche comme un matin de printemps, sa beauté non pas pensante mais peut-être doucement pensive. Traçant un autoportrait écrit plus caressant qu'objectif, Proust évoqua ce portrait dans *Jean Santeuil.* Ce jeune homme en fleur était l'image de lui-même qu'il aimait le plus. Il l'emmena dans tous ses déménagements, de la rue de Courcelles au boulevard Haussmann, puis rue Hamelin, où il le plaça au centre du salon afin qu'il ne soit pas trop loin de celui de Maman.

Que savons-nous de ceux qui avaient posé comme modèles de ces portraits ? La mère aimait la perfection. En trois choses, elle mettait une sorte de simplicité, de sobriété et de charme qui étaient plus que du doigté : un style. Selon elle, recevoir des invités choisis, jouer les sonates de Beethoven et cuisiner le bifteck aux pommes ne demandaient qu'une vertu : être soi-même, éviter les épices dans les plats, l'abus de pédale au piano et l'affectation dans la voix. Cette femme éminemment civilisée avait une autre vertu, rarement couplée avec l'intelligence et la culture : la bonté. Ainsi, la mère du narrateur reçoit Charles Swann vaguement proscrit du « monde » à cause de sa femme et de sa fille pour une raison simple et unique : elle aime l'écouter parler, et il sait que devant elle il n'est pas obligé de faire des phrases, mais peut aussi se taire. À peine si, d'un geste de la main, elle allège non sa souffrance mais sa honte de ne pouvoir la cacher.

Maman est née dans une famille juive, riche de culture et d'argent. Elle fit baptiser son fils, qui plus tard aimait accompagner son père à la petite église d'Illiers, village où le père du père était fabricant de chandelles et de cierges. D'un côté, les tableaux de maître, les meubles riches et laids, les partitions jouées en famille et les actions qu'achète et vend le père de la mère, qui exerce une profession au nom bien doux, « agent de change », celle du père de Swann dans le roman. De l'autre, la Beauce, les blés qui ploient sous le vent, la bonne odeur de toile écrue, le parler des gens simples qui, revenant des vêpres, disent qu'ils se sont « fait saucer ».

Le père, destiné au séminaire, perdit tôt la foi, devint interne des hôpitaux, puis chef de clinique, puis professeur agrégé de médecine. Beau, majestueux même, il eut auprès des femmes un succès qui n'était pas seulement dû à sa profession. Un être complexe et émouvant qu'Adrien, s'il était celui que le narrateur dépeint sous les traits du père : « Ne cachait-il pas, au fond, d'incessants et secrets orages, ce calme au besoin semé de réflexions sentencieuses, d'ironie pour les manifestations maladroites de la sensibilité ? » À ses côtés, Jeanne Weil resta ce que les femmes d'alors étaient vouées à être, une ombre intelligente et furtive exerçant le ministère des paroles qui bercent et des gestes qui consolent.

La mère et le fils se ressemblent. Elle a des langueurs de princesse d'Orient, lui un visage franchement assyrien lorsqu'il se laisse pousser la barbe, mais aussi des grâces de gazelle quand ses yeux las se posent sur les autres comme s'il les interrogeait : pourquoi n'es-tu pas moi ? pourquoi la séparation, la mort, l'ennui ? « Le même visage long et plein, nota Lucien Daudet, le même rire silencieux quand elle jugeait une chose amusante, la même attention prêtée à toute parole qu'on lui disait, cette attention qu'on aurait pu prendre chez Marcel Proust pour de la distraction à cause de l'air *ailleurs* — et qui était au contraire une concentration. »

L'émancipation des larmes

Un jour, Proust confia à un ami : « Pour elle j'avais toujours quatre ans », ce que confirma sa mère mourante à la religieuse qui la veillait. Mais voulait-elle se garder un petit garçon ou une petite fille de quatre ans, elle qui n'eut que deux fils ? Elle s'enquiert de ses levers et de ses couchers ; moins de ses découchers, rares à dire vrai. Il lui fait part de ses prises d'amyle et de Trional, au milligramme près. Elle lui envoie une photo ; il répond qu'il n'aime pas cet instantané. Alors, elle s'excuse de sa bouche rentrée et d'avoir trop pris la pose. Puis, elle lui écrit qu'il « fait si chaud à Auteuil, qu'elle se dévêt de la façon la plus audacieuse, mais reste tout de même écrasée ». Du père, ils parlent peu. Quand il est en voyage et ne se hâte pas de rentrer, Marcel lui fait croire qu'il embrasse des bonnes à Cabourg.

Tout au long de leurs lettres, Jeanne écrit à Marcel comme une femme à son amant : « Je te quitte tendrement, t'embrasse tendrement, t'aime tendrement, et compte t'étreindre tendrement. » Parfois, il s'emporte et lui dit qu'elle ne l'aime que malade. « C'est bien triste de ne pouvoir avoir ensemble l'affection et l'amour. La vérité, c'est que dès que je vais bien, la vie qui me fait aller bien t'exaspérant, tu démolis tout jusqu'à ce que j'aille de nouveau mal. » Être aimé et être malade, ensuite, il ne fera plus la différence. Ne s'agit-il pas dans les deux cas d'une affection ?

À treize ans, on avait demandé à Marcel : « Quel est pour vous le comble de la misère ? » Et il avait répondu : « Être séparé de Maman. » Quand cela arriva, il souffrit sans conteste. Il écrivit à Robert de Montesquiou une lettre à la fois de circonstance et de détresse : « Ma vie a désormais perdu son seul but, sa seule douceur, son seul amour, sa seule consolation. J'ai perdu celle dont la vigilance incessante m'apportait en paix, en tendresse, le seul miel de ma vie que je goûte encore par moments avec horreur dans ce silence qu'elle savait faire régner toute la journée si profond autour de mon sommeil [...] L'excès même du besoin que j'ai de la revoir m'empêche de rien apercevoir devant mes yeux quand je pense à elle. » Maman ne revenant jamais plus, c'est comme si la maladie et la mort lui avaient volé son visage. Dans le roman, elle ne le retrouvera pas. La seule marque physique donnée par le narrateur des traits de Maman dans toute la *Recherche* est celle-ci : elle inclinait « vers moi ce visage où il y avait au-dessous de l'œil quelque chose qui était, paraît-il, un défaut, et que j'aimais à l'égal du reste ». Le désir est la touche de la grâce. Il cherche le laid dans le beau, aime le disgracieux dans le parfait, s'attache à cette horreur légère qui est le signe du sublime. Ce qu'il voit comme un défaut — pas plus que l'amour, le désir n'est aveugle — là il s'arrête pour ne plus cesser. Mais là aussi la parole s'arrête. On ne peut pas dire ce qu'on désire dans un visage ou un corps. Quelque chose de perdu, sans doute. Le visage de la mère demeure comme une ombre sans traits, une face irreprésentable, comme on en voit à certaines femmes peintes par Vuillard ou Degas.

Quand elle mourut, ils ne s'étaient jamais quittés. Il avait trente-quatre ans, elle cinquante-six. Elle aurait voulu vivre plus longtemps pour ne pas le laisser seul, et il dira que toute leur vie ne fut qu'une appréhension du moment où la mort les séparerait. Quand ils étaient séparés, pour ne l'être pas tout à fait, ils s'écrivaient. Même quand ils dormaient sous le même toit, il lui adressait des mots qu'elle trouvait à son réveil. Éloignés l'un de l'autre par de brèves vacances, elle lui demandait de lui dire tout de son sommeil. C'est ce qu'il fit, en trois mille pages, bien plus tard. Une fois qu'il eût cessé de se coucher de bonne heure. Une fois qu'il eût admis qu'un fils n'est pas là pour faire plaisir à Maman.

Proust a trente ans passés lorsqu'il publie en 1903 son premier article dans *Le Figaro*, peut-être celui que dans la « Conversation avec Maman » elle lui apporte discrètement à son réveil. Qui est-il ? Il a déjà publié avec succès *Les Plaisirs et les Jours* en

1896, mais recule devant le travail d'ampleur d'un roman. Lorsque Jeanne meurt, en septembre 1905, un profond changement affecte l'écrivain. Certes, il se décrit à Mme Straus « voulant faire ce que Maman aurait aimé, n'ayant plus d'autre but ici-bas ». Mais, après un deuil de trois ans, il se mettra à faire ce que justement sa mère n'aurait pas aimé qu'il fît, ce grand roman qu'il n'aurait jamais écrit près d'elle. Dans la lettre précédente à la même amie, Proust esquisse ce qu'il faut bien appeler une scène de roman et transforme déjà le chagrin en littérature : « Sortir, même si malade, ce ne serait rien, mais *rentrer*, quand mon premier mot était : "Madame est là ?" Et avant qu'on ne répondît j'apercevais Maman qui n'osait pas entrer près de moi, de peur de me faire parler si j'étais trop oppressé et qui attendait anxieusement pour voir si je rentrais sans trop de crise. Hélas c'est ce souci qui ajoutait à mes tristesses, qui me ronge maintenant de remords et m'empêche de trouver une seconde de douceur dans le souvenir de nos heures de tendresse, que je ne peux même pas dire qui est incessant, car c'est en lui que je respire, que je pense, il est seul autour de moi. » Vient alors sous sa plume l'idée terrible que dans le chagrin le plus horrible arrivent ces moments où il cesse, où l'on semble s'habituer au malheur, où la vie reprend son goût. « Car on n'a pas un chagrin, le regret prend à tout instant une autre forme, à chaque instant, suggéré par telle impression identique à une impression d'autrefois, c'est un nouveau malheur, un mal inconnu, atroce comme la première fois. » Tout cela se retrouvera dans le roman : la douleur contemporaine à toutes les époques de notre vie où nous avons souffert, la peine qu'accroît l'oubli, la multiplicité de moi qu'il faut un à un prévenir de la perte qui nous morcelle.

Ensuite, le deuil de Marcel débouche sur une dépression. Il se fait hospitaliser dans la clinique du docteur Sollier. Quelques semaines qui dans le roman deviendront « les longues années, où d'ailleurs j'avais tout à fait renoncé au projet d'écrire, et que je passai à me soigner, loin de Paris, dans une maison de santé », et constituent la grande ellipse temporelle précèdant le retour du narrateur à Paris en pleine guerre. Il y a bien dans l'œuvre de Proust un avant et un après la mort de Maman. Son deuil l'amène à renoncer désormais à écrire de belles petites études du cœur humain, élégantes pages disséminées dans les revues et les salons. Et en même temps, dès juin 1906, il explique à Lucien Daudet qu'il a supprimé dans le texte définitif de « Sur la lecture », alors en cours de publication, le mot *mère* « afin qu'il ne soit pas question d'elle dans ce qu'il écrit jusqu'à ce que soit achevé quelque chose qu'il a commencé et qui n'est rien que sur elle ». Ce quelque chose, nous le savons, c'est le *Contre Sainte-Beuve*, puis la *Recherche.* Car, après cette mort, Proust trouva en lui un Marcel qu'il ne connaissait pas, acharné au travail et cherchant ce que devenu écrivain il appellera « l'émancipation des larmes ».

Proust, mère et fils. Telle serait à première vue l'enseigne sous laquelle fut fabriqué ce roman. Entre Mme Proust et son fils, un livre s'est conçu. Mais la naissance du romancier ne se fera vraiment qu'après la mort de Maman, et non sans que cette mort fasse revenir conflits et remords, fautes impardonnées et désirs de revanche. Dix-huit mois après le décès, Proust publie dans *Le Figaro* « Sentiments filiaux d'un parricide », article dans lequel il témoigne une profonde compréhension à Henri Van Blarenberghe, un jeune parricide — l'article évite le mot matricide. Avant de mourir, le meurtrier avait dû entendre la dernière question de sa mère : « Henri, qu'as-tu fait de moi ? » Les oreilles n'ont pas de paupières. Laissant Henri, qu'il connaissait un peu, parler en lui, Proust parvient à cette question qui demeure en général dans l'inconscient : n'avons-nous pas voulu que Maman meure ? « Si nous voulions y penser, il n'y a peut-être pas une mère vraiment aimante qui ne voudrait, à son dernier jour, souvent bien avant, adresser ce reproche à son fils. Au fond, nous vieillissons, nous tuons tout ce qui nous aime. » Mais il est une autre question qu'il ne se pose pas : pourquoi certaines mères mettent-elles autant de douceur et d'amour à tuer leur fils ? Pour répondre à cette interrogation, et faire passer Maman du statut de victime profanée à celui de tendre assassine, il faudra à Marcel plus qu'un article de journal : un long roman. Et lorsque Maman revenait hanter ses rêves et ses fièvres, s'il l'entendait lui demander : « Marcel, qu'as-tu fait de moi ? », nul doute que Proust lui répondait : « Rien. Un livre. »

C'est une véritable éducation littéraire que lui a donnée Maman. Jeanne Weil est cultivée, sait le latin et le grec, comprend l'anglais et l'allemand, dispose d'une assez solide formation classique. Sa propre mère et elle, se parlant, échangent des expressions de Racine, s'envoient des tournures de la marquise de Sévigné. Elle transmet à son fils aîné sa sensibilité particulière aux mots. Elle laisse au père le second fils, Robert, qui comme lui sera médecin. Avec les doubles sens, les sous-entendus, les secrets partagés, une sorte d'initiation amoureuse masquée les lie. Un amour tissé de littérature, où tout se dit par allusions ou citations. Dans *La Prisonnière*, le narrateur mentionne encore « notre habitude familiale des citations ». Non seulement la langue, la langue française, mais la langue littéraire forme entre eux la vraie langue maternelle. Ils communiquent par évocations lettrées, à noms couverts. Elle surtout, qui connaît ses classiques. Elle le reprend sur l'orthographe : « On n'écrit pas *sans* dessus dessous. » Elle lui écrit tous les jours, lui conte le récit d'une mère paralysée et aveugle qui suit malgré tout les progrès en amour de sa fille, lui cite Racine, pastiche Mme du Deffand.

Par la suite, le peu d'intérêt que Marcel portera aux femmes ne sera qu'une sorte d'hommage littéraire, de citation. Son ami Daniel Halévy raconte la virée que firent les deux lycéens sur les pentes de

Montmartre pour voir et revoir une crémière du nom de Mme Chirade, une fière et charmante beauté avec sa robe noire et ses cheveux noirs relevés bien haut sur le front. « Qu'elle est belle, murmurait le jeune Proust collé à la vitrine, belle comme Salammbô. Crois-tu qu'on puisse coucher avec elle ? » Puis, il suggéra de lui apporter des fleurs. Ce qu'ils firent un jour suivant, à la sortie de Condorcet, en remontant la rue Pigalle. Il entre bravement dans la boutique les bras chargés de roses. Dit-il un mot ? Balbutie-t-il un compliment ? Croit-il, comme avec Maman, belle, elle aussi, et vêtue de noir, le front encadré de sombres tresses, qu'il suffit de parler pour gagner un cœur ? Un sourire passe sur le visage de la femme, qui fait non. Doucement, mais fermement : non. Il est impossible d'être chassé avec plus de grâce, mais l'adolescent sort du magasin déçu, affligé, désolé, suppliant, ses vastes yeux tristes, ses lèvres entrouvertes. Cela ne vous rappelle rien ? Ces autres collégiens, Frédéric Moreau et Charles Deslauriers montant chez la Turque pour offrir des fleurs aux femmes du bordel, à la dernière page de *L'Éducation sentimentale*. Jeanne Proust, d'ailleurs, appelait Marcel « mon petit Frédéric », en référence au roman de Flaubert. Mais Marcel reste aussi muet que Frédéric : « l'appréhension de l'inconnu, une espèce de remords », encore, comme dans le roman. Devant une femme qui rit de vous, que faire, sinon se détourner, s'enfuir ? Cette Salammbô de la Butte, Marcel ne la désirait pas, mais il se souvenait que dans les romans, les garçons aiment des femmes et leur font la cour. Au vrai, il passa sa vie et son roman à confondre désir et souvenir, et la *Recherche* ne manque pas de joues pâles et rondes comme un bol de lait. De la belle crémière, Proust ne garda que la crème, pas la femme qui la vendait. C'est ce qu'il aura eu de meilleur, l'idée d'une femme. On ne couche pas avec les personnages de roman. D'ailleurs, il ne couchait pas. Du tout.

Ce qui frappe le plus, dans la *Correspondance* de Marcel et Jeanne, c'est, mêlé le plus souvent à une totale banalité, un certain ton. Les lettres de Maman sont celles de quelqu'un qui peut-être voudrait écrire, mais ne sait pas, adressées à quelqu'un qui sait écrire, mais ne veut pas. Elle sait raconter. Lui s'y essaie, tout en prêtant au héros de sa première tentative romanesque, Jean Santeuil, ces mots : sa mère était « la personne par rapport à qui il concevait tout ». Alors, il travaille avec elle et pour elle ses premières esquisses littéraires. Puis, dans toute sa débutante carrière d'écrivain, elle le soutient, l'inspire, l'encourage, lui reprochant sa paresse intellectuelle et le faisant mousser auprès des gloires littéraires.

Écrire un livre eût été impensable pour Maman, mais elle ne se contentait pas de lire. D'une écriture fine et penchée, Jeanne notait en secret dans un cahier des phrases qu'elle avait aimées ou quelques pensées accompagnant le deuil de sa propre mère. On y voit une prédilection subtile pour la mélancolie, la douleur à mi-mots. Nombreux sont les textes sur l'absence, la séparation, la peine. Comme son fils, Mme Proust avait toujours l'air absent, dira Léon Daudet, qui le dépeint retiré, « séparé de tout et de tous par une sorte de cloison transparente ». Mais ce n'était chez l'un et l'autre que la même attention prêtée à toute parole qu'on leur disait, et entre eux la même écoute de ce qu'on ne peut pas dire. Quand on s'aime, cela fait beaucoup de choses, aussi impossibles à dire qu'à taire.

Marcel Proust n'aimait pas l'amitié, mais aimait les gens. Il leur volait leurs souffrances pour en faire des livres. Les nommant ses amis sans les avoir parfois même rencontrés, il se liait sans toujours beaucoup de discernement, fréquentait des ducs et des cochers, avec une préférence toutefois pour ces derniers. Un jour, son ami Bertrand de Fénelon lui reprocha de confondre attirance sexuelle et estime personnelle, et de maquiller en égalitarisme son déni des distances sociales : « Ce cocher est mon égal, quelle raison ai-je de le traiter avec gentillesse, comme un inférieur, je lui dois la même vérité, la même rudesse qu'à toi. » Les êtres qu'il côtoyait, Proust ne pouvait les séparer des mots qui les trahissaient ou les masquaient, car dans sa vie comme dans son roman, une personne, ce n'est rien d'autre qu'un ensemble de singularités dans l'usage de la langue. Aussi, il se tenait toujours à distance, protégé par les effluves de sa compréhension et de sa bienveillance, séparé de leurs désirs par les vapeurs de ses cigarettes Espic et les quintes de l'asthme qu'elles étaient censées guérir.

Entre Maman et son petit Marcel se consommait l'insignifiance légère du langage, trouée de temps à autre par la respiration lente et profonde des vers de Racine. La mère, par sa lecture, devenait la loi intérieure, dépliant les mots comme des étoffes, chantant les noms si beaux et nus des personnages de romans, ouvrant des phrases pareilles à des chambres. Devant son fils, qu'elle serrait contre elle davantage par ses récits qu'entre ses bras, elle cessait parfois d'être sa mère, et devenait à son tour un enfant, une petite fille écoutant sa propre voix comme venue de quelqu'un d'autre. Les phrases semblaient écrites pour la beauté et la douceur du son d'une voix prenante, avec toute « la mélancolie qu'il y a dans la tendresse ». La plus grande douceur, elle la mettait à dire les imparfaits. Qu'était-ce alors que Maman ? Une voix, rien qu'une voix, qui se refermait sur elle qui parlait et lui qui écoutait, effaçant toute la douleur du monde.

Mon grand loup

Vladimir Nabokov définit la littérature comme mensonge. Au cours des années cinquante, il écrit : « La littérature n'est pas née le jour où un jeune garçon criant "au loup, au loup !" a surgi d'une vallée néandertalienne, un grand loup gris sur les talons : la littérature est née le jour où un jeune garçon a crié "au loup, au loup !" alors qu'il n'y avait aucun loup derrière lui [...] Entre le loup au coin du bois et le loup au coin d'une page, il y a comme un chatoyant maillon. Ce maillon, ce prisme, c'est l'art littéraire. » En 1962, Nabokov écrit que la poésie, cette fois, serait née « lorsqu'un petit garçon des cavernes est revenu en courant à travers l'herbe haute vers la grotte en criant dans sa course : "un loup, un loup" et il n'y avait pas de loup. Ses babouins de parents, chez qui on ne plaisantait pas avec la vérité, lui donnèrent une raclée, sans aucun doute, mais la poésie était née — une mystification était née dans les herbes hautes ».

Une fois, dans la *Recherche*, Maman appelle son fils « mon grand loup ». En général, comme dans la vie, c'est plutôt « mon petit loup », ou « mon loup ». Mais ce jour-là, le petit lui annonce qu'il va devenir grand : il va épouser Albertine. Marcel était le loup de sa Maman. Mais elle était aussi celle qui lui racontait des histoires de loup. Toutes les histoires sont des histoires de loup, destinées à dire sa peur, celle que les parents — et d'abord la mère — inspirent et consolent à la fois. Or, ce petit nom, *loup*, ce mot qui effraie, sera tout au long du roman lié au mensonge et à la dissimulation.

Au mensonge de Robert de Saint-Loup, par exemple, faisant croire à Gilberte, sa femme, que, s'il la trompe, c'est avec des femmes, mais que le narrateur voit sortir du bordel homosexuel de Jupien. Outre son nom, du loup des phobies enfantines, Saint-Loup possède deux traits : son ubiquité, sa vitesse. Il va comme le vent. Le narrateur envie sa capacité « d'occuper en si peu de temps tant de positions dans l'espace ». C'est l'exacte définition du personnage proustien, qu'il s'agisse d'Albertine ou de Saint-Loup (qui, soulignons-le, porte le même prénom que le frère de Proust et que son premier idéal masculin et littéraire, Robert de Montesquiou) : résumer la diversité de ses points de fuite dans un corps apparemment unique et consistant. Quant au roman lui-même, il obéit au principe inverse, mettre beaucoup de temps dans peu d'espace : une tasse de thé, un biscuit trempé, des pavés inégaux, le tintement d'une cloche.

Le loup est aussi un nom donné à un masque de bal. Proust pense que chaque être n'a qu'un masque de désir, de folie et de vice, et que ce masque se transmet des mères aux enfants. Dans une esquisse, le narrateur voit les traits d'Odette « qui [lui] souriaient dans le visage de sa fille où ils avaient élu domicile, comme s'il existait pour chaque famille un seul masque, un seul "loup" disponible et vivant, et qui, vivant plus longtemps qu'un individu, s'amusait à rester quinze ans sur le visage d'une femme, puis en disparaissait et se retrouvait alors tout d'un coup reconnaissable sur la figure de sa fille qu'il désertait aussi ». Lorsque Maman appelle Marcel « son loup », il faut entendre aussi cette croyance du fils dans la transmission d'un masque sous lequel elle continuera de vivre, comme si elle écrivait sous son identité.

Car les écrivains aussi sont des loups. Dans les contes, le loup est un animal qui parle pour dénier les apparences, parle de ce qu'on ne voit pas, parle pour qu'on ne le voie pas. Proust écrivant se fait loup. Comme sa grand-mère à l'agonie, il « regarde les bruits » et « écoute avec les yeux ». Il fait comme le prêtre qui la veille : « Il joignit ses mains sur sa figure comme un homme absorbé dans une méditation douloureuse, mais, comprenant que j'allais détourner de lui les yeux, je vis qu'il avait laissé un petit écart entre les doigts. Et, au moment où mes regards le quittaient, j'aperçus son œil aigu qui avait profité de cet abri de ses mains pour observer si ma douleur était sincère. Il était embusqué là [...] Chez le prêtre comme chez l'aliéniste, il y a toujours quelque chose du juge d'instruction. » Comme chez le romancier. Quand le narrateur marche dans les rues dans le pas des personnages de son roman, il est une bête qui avance sans se faire voir. Lorsqu'il surprend Saint-Loup disparu dans une rue de traverse, il prend le plus grand soin à ne pas se faire voir de lui et à ne pas le voir. Bien que l'ayant reconnu, il maintient le doute en se disant qu'un personnage de son statut social ne saurait fréquenter un aussi modeste établissement, remarque qui d'ailleurs s'appliquerait également à lui-même. Beaucoup plus asocial que l'amour (on aime rarement hors de sa classe), le désir sexuel est l'un des seuls lieux de franchissement des barrières sociales. C'est donc « à pas de loup » que le narrateur s'approche toujours des scènes où se joignent dans la sexualité des personnages appartenant presque toujours à des « mondes » différents. Il les regarde mais ne devrait pas voir. Ainsi : « Je m'étais hissé à pas de loup sur mon échelle afin de voir les vasistas que je n'ouvris pas. » Il peut ensuite se dire : « Fais comme si tu ne le savais pas, que Charlus est "une tante", ou que Saint-Loup cueillant des jeunes militaires chez Jupien n'est pas un espion à la solde de l'Allemagne, mais un inverti en quête de ses plaisirs habituels, qui d'ailleurs sont aussi les tiens. »

Mais Saint-Loup n'est-il pas, autant qu'un double du petit Marcel, la réincarnation de Maman ? On est toujours le grand ou le petit loup de quelqu'un. Lorsque le narrateur est malade, qui vient à son secours, sinon Robert ? Lorsqu'il obtient du capitaine, comme autrefois Jeanne du père, l'autorisation de dormir près du petit « préoccupé de me voir passer seul cette première nuit » dans sa chambre de Doncières, n'est-il pas une mère pour l'enfant esseulé et transi, un *sein* pour son *loup* ? Ici se lit toute l'ambivalence de la place de la mère dans la *Recherche*, à la fois personnage réincarné, qui a pris une part dans l'homosexualité masquée du narrateur, et destinataire du livre comme revanche sur le destin auquel il s'imagine qu'elle l'a voué. Marcel écrivant semble dire : « Regarde, Maman, comment ton *pauvre* loup est devenu un *saint* par la réclusion et la méditation, par la grâce de l'écriture ! »

Les loups mentent comme les mères. Ils racontent une histoire en faisant croire qu'ils sont de bonnes grand-mères, alors qu'ils n'aiment que le tremblement dans l'âme de celui qui les écoute, blotti dans leur pelage de mots. Marcel en petit chaperon blanc, qui aime tant les bols de crème fraîche et les joues des garçons lorsqu'elles ont la même douceur pleine, se plaît à se faire peur, et sait que certains baisers, loin de rassasier la faim d'amour, ne sont donnés que pour mieux vous dévorer, mon enfant. Le loup, c'est la mère lorsque la mort est en elle. « Elle cessa de vouloir, de regretter, son visage redevint impassible et elle se mit à enlever soigneusement les poils de fourrure qu'avait laissés sur sa chemise de nuit un manteau qu'on avait jeté sur elle. » Le loup a bien mangé la mère-grand. « Courbée en demi-cercle sur le lit, un autre être que ma grand-mère, une espèce de bête qui se serait affublée de ses cheveux et couchée dans ses draps, haletait, geignait, de ses convulsions secouait ses couvertures. »

Je n'est pas moi

Proust l'a assez dit, son roman n'est pas un roman à clés. « À clés, lui qui oubliait toujours les siennes », dira malicieusement Céleste Albaret, sa domestique des dernières années. C'est entendu, puisqu'il entend nous le faire entendre ainsi : le narrateur n'est pas Marcel Proust. Ou en tout cas, il n'est pas plus Marcel qu'il n'est Saint-Loup, Charlus, Swann, la duchesse ou la princesse de Guermantes, voire l'introuvable femme de chambre de la baronne Putbus, lui qui se présentait comme une « pute » dans une lettre à Robert Dreyfus. En novembre 1912, il annonce : « Vous verrez *le personnage qui raconte, qui dit "je" (et qui n'est pas moi)* retrouver tout d'un coup des années, des jardins, des êtres oubliés, dans le goût d'une gorgée de thé où il a trempé un morceau de madeleine. » Certes, mais dans le même entretien il dit de son livre : « Ses moindres éléments m'ont été fournis par ma sensibilité, [...] je les ai d'abord aperçus au fond de moi-même, sans les comprendre. » Dans un essai sur le style de Flaubert publié en 1920, la formule opposant « je » et « moi » est adoucie. Elle devient : « Quelques miettes de "madeleine", trempées dans une infusion *me rappellent (ou du moins rappellent au narrateur qui dit "je" et qui n'est pas toujours moi)* tout un temps de ma vie. » Cette distance n'a rien de remarquable en soi. Chaque romancier se divise entre tous ses personnages et n'est assignable à aucun en particulier, comme le rêveur se représente sous toutes les figures de son rêve. Mais chez Proust, l'effacement dans l'œuvre des marques d'identité de son auteur prend des formes spécifiques. Dans les scènes où il dialogue avec sa mère, le narrateur n'est jamais appelé par son prénom, mais par des petits noms : mon serin, mon jaunet, mon loup, mon petit loup, crétin, mon crétinos. Le premier signe de l'amour ou son premier effet est de substituer, par un nouveau baptême, au nom « commun » (en fait un nom propre, mais utilisé dans l'espace social), un nom vraiment « propre », un diminutif ou un surnom. Chacun de nous a ainsi au moins deux noms, le nom des autres et le nom de soi, le nom d'existence et le nom d'amour.

Le « petit nom », surnom ou diminutif, a cours entre Maman et son fils, dans les deux sens, *Maman* étant d'ailleurs plus un cri ou un appel qu'un nom. Le petit nom a également une part essentielle dans la connivence et la moquerie homosexuelles. Dans la *Recherche*, les homosexuels ont presque tous des sobriquets : Mémé (Charlus), Momo (le neveu de Lady Rufus Israëls), Mama (Amanien d'Osmond),

Chochotte (Brichot), Grigri (le prince d'Agrigente), Cancan (Cambremer), Babal (Hannibal de Bréauté).

Du côté du prénom, le personnage central qu'on voit à la fin du livre commencer enfin d'écrire le livre qu'on vient de lire, ce romancier sans nom, qui n'est pas Marcel Proust, l'auteur de la *Recherche* le nomme pourtant Marcel, à deux reprises, comme par mégarde et non sans de savantes ambiguïtés. « Elle [Albertine] retrouvait la parole, elle disait : "Mon" ou "Mon cher", suivis l'un ou l'autre de mon nom de baptême, ce qui, en donnant au narrateur le même prénom qu'à l'auteur de ce livre, eût fait : "Mon Marcel", "Mon chéri Marcel" ». La seconde occurrence de la signature se trouve elle aussi dans *La Prisonnière*. Il s'agit d'un billet laissé par Albertine : « Quelles idées vous faites-vous donc ? Quel Marcel ! Quel Marcel ! » Si dans le *Contre Sainte-Beuve* le héros se nommait déjà Marcel, dans les premiers carnets de la *Recherche*, ce prénom disparaît. Or, on sait par les esquisses aujourd'hui publiées que Proust a ajouté cette mention de son prénom dans *La Prisonnière*, et qu'il ne s'agit donc pas d'un oubli tardif dans le travail de mise à distance de l'autobiographie. Car le romancier savait bien qu'on ne fait des livres qu'avec son être et sa vie. Comme « les idées sont des substituts des chagrins », les livres sont « des cimetières de noms effacés ». C'est pourquoi il laisse tout de même, comme un peintre dans un coin du tableau, une indication selon laquelle le personnage ne saurait être complètement séparé de son auteur, et même un peu plus, une signature, un monogramme.

Ainsi, par une sorte de faux lapsus (supposons que l'auteur de ce livre soit le narrateur, mais faites comme si vous ne le saviez pas), Proust ménage l'exacte réalité psychique : Marcel *est* et *n'est pas* Marcel. S'il ne l'était pas du tout, comme l'affirment les puristes qui croient que le narrateur serait le véritable auteur de la *Recherche*, pourquoi Proust n'hésite-t-il pas, par exemple, à écrire à une correspondante : « Quand Albertine, plus tard (troisième volume) est fiancée avec moi, elle me parle de robes de Fortuny [...] le roman suit son cours, elle me quitte, elle meurt » ?

Du côté du nom, l'effacement est radical. À aucun moment, le nom *Proust* n'apparaît, ce qui, quoique inhabituel, n'aurait pas été impensable dans un roman où l'auteur n'hésite pas à faire entrer sous leur nom des figures vivantes, comme Charles Haas, Céleste Albaret, le professeur Dieulafoy, Robert de Montesquiou ou « l'ami le plus cher, l'être le plus intelligent, bon et brave, inoubliable à tous ceux qui l'ont connu, Bertrand de Fénelon ».

Dans une lettre, Marcel écrit : « Prière de ne pas m'appeler Proust quand vous parlez de moi. Quand on a un nom si peu harmonieux, on se réfugie dans son prénom. » Cette horreur de son nom, le narrateur la partage. À la soirée chez la princesse de Guermantes, « l'huissier me demanda mon nom, je le lui dis aussi machinalement que le condamné à mort se laisse attacher la tête sur le billot. Il leva majestueusement la tête et, avant que j'eusse pu le prier de m'annoncer à mi-voix [...] il hurla les syllabes inquiétantes avec une force capable d'ébranler la voûte de l'hôtel ». Dans une variante, Proust évoque la figure de Samson, rapprochant ainsi le prononcé de son nom à la coupe de la chevelure du héros. Comme si dire le nom était perdre sa tête, ses cheveux ou son sexe, deux craintes que l'auteur avait lui-même liées dans le souvenir d'enfance raconté tout au début du roman, lorsque le petit est tiré par les cheveux et ne se sent délivré de cette angoisse que par le sacrifice de ses boucles.

Une autre scène éclaire un peu cet étrange rapport au nom propre. Dans le bal de têtes chez Mme Verdurin, nouvelle princesse de Guermantes, lorsqu'il entend son nom, le narrateur comprend que sur lui aussi, le temps a passé : les domestiques « avaient chuchoté mon nom, et même "dans leur langage", raconta une dame, elle les avait entendu dire : "Voilà le père" (cette expression était suivie de mon nom). Et comme je n'avais pas d'enfant, elle ne pouvait se rapporter qu'à l'âge ». Avec une allusion très discrète à son homosexualité, un nom est ici prononcé : *père*. Pour chacun de nous, le nom touche à la mort et au père, mais chez Proust, ce rapport avait sans doute quelque chose de douloureux ou d'insoutenable, qui l'amena à ne supporter ce nom que sur la couverture d'un livre. Les écrivains renversent la filiation. Ils donnent leur nom à leur père. Marcel n'est plus le fils Proust, c'est Adrien qui n'est que le père de Marcel. Le narrateur consent à s'appeler Marcel, comme Maman le nommait, il refuse de se nommer Proust, comme son père. Même lorsqu'ils écrivent sous leur nom, les écrivains utilisent toujours un pseudonyme. Le nom de l'auteur n'est jamais le nom du père. Le père, en tous les sens, y est *refait*.

En être

Malgré ces esquives et ces dénis, est-il légitime de chercher Marcel « du côté de chez Proust » ? De lui appliquer la méthode qu'il croit trouver — et qu'il déteste — chez Sainte-Beuve ? Sans doute, car le Proust de la *Recherche* n'est pas autant « contre Sainte-Beuve » qu'on pourrait le croire. Dans ses propres travaux sur des écrivains, il n'hésite pas à interpréter l'œuvre à la lumière de la vie de l'auteur. Lorsqu'il écrit sur Baudelaire, il fait la place au biographique et pose la question : « Ce rôle d'agent de liaison, combien il eût été intéressant de savoir pourquoi Baudelaire l'avait choisi et comment il l'avait rempli. » Or, il s'agit en l'occurrence d'un rôle d'agent de liaison entre les sexes. Pourquoi Proust dévore-t-il les vies d'écrivains et leurs correspondances, si ce n'est pour y découvrir un peu du secret de leurs livres ? En réalité, comme Sainte-Beuve, il est lui-même convaincu que « la littérature n'est pas distincte, ou du moins, séparable du reste de l'homme ». Il écrit d'ailleurs dans *Jean Santeuil* : « Puis-je appeler ce livre un roman ? C'est moins peut-être et bien plus, l'essence même de ma vie recueillie sans y rien mêler, dans ces heures de déchirure où elle découle. Ce livre n'a pas été fait, il a été récolté. » Avertissement au lecteur qui pourrait tout aussi bien figurer en tête de la *Recherche*. Proust pense que ce n'est pas mal employer sa vie que de comprendre « quels sont les rapports secrets, les métamorphoses nécessaires qui existent entre la vie d'un écrivain et son œuvre, entre la réalité et l'art [...], entre les apparences de la vie et la réalité elle-même qui en faisait une substance durable que l'art a libérée ». Il avoue dans *Le Temps retrouvé* : « Je compris que tous ces matériaux de l'œuvre littéraire, c'était ma vie passée ; je compris qu'ils étaient venus à moi, dans les plaisirs frivoles, dans la paresse, dans la tendresse, dans la douleur. »

De même, à propos de Bergotte, il écrit : « Son œuvre était bien plus morale, plus préoccupée du bien, du péché que n'est l'art pur [...] Et sa vie, sa vie était bien plus immorale, bien plus adonnée au mal, au péché. » Discordance qu'il juge comique, mais explique par un excès de sensibilité : « C'était peut-être en effet quelque chose de ce temps que ses plus grands artistes sont à la fois plus conscients de la douleur du péché et plus condamnés au péché. » Il y a donc un lien, parfois asymétrique ou inverse, certes, mais un lien, entre les travers d'une vie et les manies d'un style.

Le débat pour ou contre Sainte-Beuve serait mieux posé si Proust distinguait la vie de l'auteur et sa personne. Un jour qu'on lui rapportait le propos de Remy de Gourmont disant : « On n'écrit bien que ce qu'on n'a pas vécu », Proust s'écria : « Cela, c'est toute mon œuvre. » Il avait raison de maintenir cette postulation, ainsi que celle qui en est l'envers : la vraie vie de l'écrivain, c'est son œuvre. La vie n'est pas la clef ouvrant l'œuvre. En revanche, pour ce qui concerne la personne même de l'auteur, si on désigne ainsi non le personnage social mais la personne psychique, ce que Proust nomme « le moi obscur », comment nier que c'est un seul et même sujet qui est signifié par la personne vivant et la personne écrivant ?

« Pour quelles fautes avez-vous le plus d'indulgence ? » En 1884, encore adolescent, à cette question incluse dans un questionnaire, Marcel avait répondu : « Pour la vie privée des génies. » Avec cruauté et indulgence, amour et abjection, il n'est donc pas infondé de chercher dans son œuvre qui était celui qui la signa d'un nom qu'il détestait, et pourquoi il joua ce jeu avec le nom et l'identité. Les raisons pour lesquelles Proust se défie de « la méthode de Sainte-Beuve » confondant le moi social et personnel de l'écrivain avec le moi de l'auteur ou le personnage d'un récit à la première personne tiennent toutes au rapport de Marcel et de Maman. On peut ainsi les résumer : il est le fils homosexuel d'une mère juive, mais il sait que pour devenir écrivain, il doit prendre distance vis-à-vis de ces identités.

« En être. » L'expression, par son recours à l'adverbe pronominal assez neutre et vague, permet à Proust de désigner successivement ou simultanément trois appartenances : les homosexuels, les juifs, les mondains. Toutes masquent une première et dernière appartenance à Maman. Toutes suscitent la même crainte : en être ou ne pas être. Mais elles plongent aussi dans l'angoisse inverse : « À me contenter d'en être, je ne suis plus. » Dans les trois cas, la reconnaissance de ce qu'on est passe par l'aveu de soi et le regard des autres. Elle s'accompagne de secrets douloureux, de rites réconfortants, de langues intraduisibles, de dénonciations cruelles. Et c'est justement sa peine à dire « nous » en parlant de ces trois cercles, son impossibilité de proclamer : « Je suis, puisque j'en suis », qui entraîne Proust vers un autre lieu, celui où la perte d'identité est la plus grande et où cependant il se sentira être comme nulle part ailleurs : le roman.

La *Recherche* est la réécriture de l'homosexualité, de la mondanité, de la judéité et de toute l'histoire infantile de Marcel Proust constituée autour de ces choses non dites. Tout comme il avait transporté les meubles de ses parents du 9, boulevard Malesherbes au 11, rue de l'Arcade, à deux pas, pour les placer dans une chambre de l'Hôtel Marigny tenu par son ancien chauffeur, Albert Le Cuziat, qui accueillait ses jeux sadomasochistes, Proust transféra ensuite cette chambre dans *Sodome et Gomorrhe* et y enferma Charlus en pénitence sous la férule de Maurice et de Jupien.

Mais ces déplacements n'expliquent pas pourquoi Proust écrivit son immense roman, et ne fut pas un autre Robert de Montesquiou, Narcisse sans œuvre, auteur de faibles livres. Ou moins encore, un adepte de l'homosexualité anonyme et brutale, nullement écrivain. Comment du petit Marcel est né le grand Proust ? Pourquoi n'est-il pas resté le fils de sa mère, mais est-il devenu le père de son chef-d'œuvre ? D'où lui vint le courage de l'écrire, la virilité de l'achever — ce qui ne se confond pas avec la masculinité ? Proust est un homosexuel raté qui devint écrivain, alors que Montesquiou est un homosexuel devenu écrivain raté. De même que jamais l'enfant n'assiste à sa propre conception, l'écrivain n'est pas témoin de la scène où il est né. La *Recherche* est une très longue mise au jour de l'origine d'un auteur qui s'appelle Marcel et dont les parents littéraires ne sont pas Bergotte et George Sand, mais Charles Swann, écrivain raté, et Maman, femme lettrée, qui sans doute goûtait en Swann son don littéraire, véritable talent d'Achille.

La race maudite

Avec le nom, un autre élément de l'identité du narrateur est dissimulé dans les replis du roman : l'homosexualité du personnage principal. Homosexuel, un mot que Proust comme son narrateur n'aime pas et n'emploie que rarement. « Trop germanique et pédant », juge-t-il. Il est vrai que ce mot, alors récent, appartient encore au vocabulaire médical. Mais Proust n'emploie pas plus celui de perversion, pourtant courant, et utilise plutôt inversion. Interrogé par Gide sur le degré de confidences concernant l'homosexualité qu'il convient d'envisager, Proust lui répond : « Vous pouvez tout raconter, mais à la condition de ne jamais dire : Je. »

Sodome et Gomorrhe commence par quelques pages très dures sur l'homosexualité masculine dans lesquelles le peuple de Sodome est dépeint comme une « race maudite ». Toutefois, alors que la première version du roman, *Contre Sainte-Beuve, souvenir d'une matinée*, avait pour personnage principal un homosexuel, l'écrivain ne représente nulle part le narrateur de la *Recherche* comme un homosexuel (on disait alors, comme Proust, un inverti ou un pédéraste). Marcel est le seul personnage masculin dont il ne soit pas révélé à un moment ou l'autre son appartenance à la « race maudite ». Tous les autres hommes, Morel, Jupien, Charlus, Brichot, Saint-Loup, le prince de Guermantes, Legrandin — et même des personnages historiques : Monsieur, « qu'on appelait ainsi sans doute parce que c'était la plus étonnante des vieilles dames », Richard Wagner lui-même — tous, derrière une façade hétérosexuelle (on disait alors normale), finissent par être découverts. Même Swann, que son dernier mot sur son amour pour Odette, qui « n'était pas son genre », peut faire soupçonner d'aimer le genre masculin, ce que Charlus ne manque pas d'insinuer, d'ailleurs. Et ce que peut encore laisser penser la contemplation enflammée, par cet invité tardif — il n'est plus un mondain et n'est pas loin de mourir — à la soirée de Mme de Saint-Euverte, de « la meute éparse, magnifique et désœuvrée des grands valets de pied qui dormaient çà et là sur des banquettes et des coffres et qui, soulevant leurs nobles profils aigus de lévriers, se levèrent et, rassemblés, firent le cercle autour de lui ».

Mais le narrateur, lui, s'en tient aux femmes. Quelque temps avant de mourir, Proust envisageait même de poursuivre ainsi son œuvre : « Mon héros, contempteur de Sodome, va se marier au moment où l'ouvrage finit. » Heureusement, la mort l'empêcha peut-être d'attenter à la vraisemblance et à la construction du roman en poussant aussi loin le *happy end.* Tout au long de la *Recherche*, le héros ne voit pas l'homosexualité qui règne autour de lui. Il fait comme s'il ne savait pas ce qu'il sait fort bien, par exemple pour Charlus, de qui il ne finira par comprendre le sens véritable des œillades d'espion lors de leur première rencontre que huit cents pages et des années plus loin, lors de la réception chez la duchesse de Guermantes.

Pourtant, dans deux circonstances, l'homosexualité du narrateur se dévoile à son insu. Un passage de *La Prisonnière* évoque ces mots qu'on n'entend pas quand quelqu'un les prononce, mais qui vous poursuivent et deviennent clairs après coup, lorsqu'on comprend la part d'inconscient qu'ils recèlent. Albertine en colère contre le narrateur qui lui propose un peu d'argent pour qu'elle invite à dîner les Verdurin, lui lance : « Grand merci ! dépenser un sou pour ces vieux-là, j'aime bien mieux que vous me laissiez une fois libre pour que j'aille me faire casser... » Elle ne finit pas l'expression qui l'eût trahie. « Parce que, dit-elle, c'est affreusement vulgaire, j'aurais trop de honte de dire ça devant vous. Je ne sais pas à quoi je pensais, ces mots dont je ne sais même pas le sens et que j'avais entendus un jour dans la rue dits par des gens très orduriers, me sont venus à la bouche sans rime ni raison. Ça ne se rapporte ni à moi ni à personne, je rêvais tout haut. »

L'expression entière : « J'aimerais mieux me faire casser le pot » n'est pas prononcée. Ni par Albertine, qui s'arrête après « me faire casser... », ni par le narrateur, qui élude le début de la phrase pour isoler la fin qui lui revient, aveuglante d'évidence : « Mais pendant qu'elle me parlait, se poursuivait en moi, dans le sommeil fort vivant et créateur de l'inconscient (sommeil où achèvent de se graver les choses qui nous effleurèrent seulement, où les mains endormies se saisissent de la clef qui ouvre, vainement cherchée jusque-là), la recherche de ce qu'elle avait voulu dire par la phrase interrompue dont j'aurais voulu savoir quelle eût été la fin. Et tout d'un coup deux mots atroces, auxquels je n'avais nullement songé, tombèrent sur moi : "le pot" [...] Horreur ! c'est cela qu'elle aurait préféré. Double horreur ! car même la dernière des grues et qui consent à cela, ou le désire, n'emploie pas avec l'homme qui s'y prête cette affreuse expression. Elle se sentirait par trop avilie. Avec une femme seulement, si elle les aime, elle dit cela pour s'excuser de se donner tout à l'heure à un homme. »

Mais le narrateur, au moment même où il cesse de s'interdire d'entendre ce qu'il avait fort bien entendu, esquive encore sa propre homosexualité. D'abord, en ne joignant pas les deux morceaux de la phrase. Ensuite, en prêtant à une lesbienne une pratique, la sodomie, qui n'a cours qu'entre une femme et un homme, ou bien entre deux hommes.

Enfin, en n'abordant pas le caractère vénal de l'acte ainsi découvert : Albertine devrait payer pour se faire sodomiser. Or, avec sa touche d'humiliation consentie, l'expression « se faire casser le pot » est en réalité typique du vocabulaire de certains homosexuels.

Proust prête-t-il ainsi à Albertine le fantasme, chargé d'horreur plus que de désir, de se faire, lui-même, « casser le pot » ? Ce n'est pas la prisonnière qui révèle ici son fantasme au narrateur en ne songeant pas qu'elle était avec lui, mais « comme elle eût fait avec une de ces femmes, avec, peut-être, une de mes jeunes filles en fleurs ». C'est le narrateur qui raconte au lecteur une scène en ne songeant plus qu'elle est censée se dérouler avec une femme, mais comme il l'eût fait avec un de ces garçons qu'il désirait.

La *Recherche* se déroule comme une représentation d'*Esther* au pensionnat de jeunes filles de Saint-Cyr en 1689 : « Bien qu'il y ait, dit Racine dans sa *Préface*, des personnages d'hommes, ces personnages n'ont pas laissé d'être représentés par des filles avec toute la bienséance de leur sexe. » Comme Esther, reine et prisonnière en son palais de Suze, Marcel, au cœur de sa chambre d'écriture du boulevard Haussmann, roi captif d'un règne de papier, *A peuplé ce palais de filles de Sion / Jeunes et tendres fleurs par le sort agitées*. Une telle confusion des sexes et des fleurs, des garçons et des filles n'échappe pas à Charlus, qui s'émerveille de voir la soirée chez la princesse de Guermantes ornée de tant de « jeunes filles ». Il cite *Esther* : *Ciel ! quel nombreux essaim d'innocentes beautés / S'offre à mes yeux en foule et sort de tous côtés.*

Dans *Le Temps retrouvé*, Proust laisse transparaître un second aveu involontaire de l'homosexualité de son narrateur. Plus exactement, là se retrouvent à quelques pages de distance deux indications qui disent l'une son vrai nom, l'autre son vrai désir. La signature indirecte se produit lorsque Jupien fait allusion à la traduction de *Sésame et les lys* de Ruskin, que le narrateur avait envoyée à Charlus. Un peu plus loin, Proust commet un véritable lapsus qui montre que c'est lui qui va dans l'hôtel de passe homosexuel regarder ou participer à des jeux sadiques, et non seulement Charlus. Errant dans les rues du Paris de la Première Guerre, le narrateur échoue par hasard dans l'hôtel que tient Jupien. Drôle d'idée, pour un homme qui aime les femmes, de ne trouver pour boire, après une marche harassante dans le noir de la ville troué par les faisceaux cherchant les Zeppelins et semblable à Sodome en proie au feu infernal, qu'un hôtel de passe homosexuel. À trois reprises, il est précisé que la chambre qu'il se voit alors attribuer est la chambre 43, tandis que Charlus se fait fouetter jusqu'au sang à coups de martinet clouté par Maurice, son complice sadique, dans la chambre 14 bis du même établissement. On peut se demander pourquoi il faut une chambre pour se désaltérer, pourquoi la boisson est un *cassis*, évoquant de près le *casser* le pot d'Albertine. Mais surtout on sera surpris de lire quelques lignes plus bas que Proust donne comme numéro de chambre où le lit de torture en métal sert de chevalet à Charlus le numéro 43. Et si un roman n'était que cela, une suite de belles inadvertances ?

Quel fascinateur effroi

En fait, au-delà de ces deux retours d'une vérité enfouie, la *Recherche* foisonne d'images et d'indices concernant l'homosexualité de son narrateur, trop nombreux et clairs pour être tous des lapsus. Ainsi, l'idée que seuls les hommes peuvent prendre en tant qu'objets d'amour la suite de la mère — une mère demeurée intacte, ni possédée par le père ni convoitée par le fils — dans ce qu'il faut appeler une « race ». « Depuis que la race de Combray, la race d'où sortaient des êtres absolument intacts comme ma grand-mère et ma mère, semble presque éteinte [...] je n'ai plus guère le choix qu'entre d'honnêtes brutes, insensibles et loyales et chez qui le simple son de la voix montre bien vite qu'ils ne se soucient en rien de votre vie — et une autre espèce d'hommes qui tant qu'ils sont auprès de vous vous comprennent, vous chérissent, s'attendrissent jusqu'à pleurer, prennent leur revanche quelques heures plus tard en faisant une cruelle plaisanterie sur vous, mais vous reviennent, toujours plus compréhensifs, aussi charmants, aussi momentanément assimilés à vous-même. » Ainsi encore, la comparaison du roman à une « robe », fait de l'auteur un personnage assez voisin de Charlus dont

« le penchant vers les attraits masculins a pour compensation le goût inné, l'étude, la science de la toilette féminine. À cet égard, M. de Charlus eût mérité le surnom qu'on lui donna plus tard, “la Couturière” ». Ou bien, adressée au narrateur par le baron qui avoue avoir failli tuer Morel, cette lettre étrange qui ne peut être adressée qu'à un homosexuel par un autre homosexuel dénonçant l'ignominie d'un troisième. Ou encore, cette incise : « Je n'en croyais rien, moi qui avais vu, ce que M. de Charlus ignora toujours, Morel donner pour cinquante francs une de ses nuits au prince de Guermantes. » Qui, sinon un homosexuel, ou un amoureux jaloux, peut, comme le narrateur, deviner au trouble d'un domestique annonçant l'entrée du duc de Châtellerault à la matinée chez la princesse de Guermantes que l'un a fait des avances à l'autre ? Qui, sinon un homosexuel, peut s'attirer cette remarque du baron de Charlus : « C'est comme ça, Brichot, que vous vous promenez la nuit avec un beau jeune homme ? » Ainsi, encore, cette page où le narrateur se plaint « d'avoir à traverser les cercles d'un enfer de soufre et de poix, de se jeter dans le feu qui tombe du ciel pour en ramener quelques habitants de Sodome », mais où il note avec lucidité (à propos des psychiatres il est vrai, non des romanciers) que l'objet des études réagit souvent sur leur auteur, et s'interroge : « Cet objet, quelle obscure inclination, quel fascinateur effroi le lui avait fait choisir ? » S'il y a bien un trait caractéristique chez certains homosexuels, n'est-ce pas de voir et dénoncer partout leurs semblables ?

En fait, l'erreur sur ceux, plutôt que celles, qui se font « casser le pot », tout comme le lapsus sur « la chambre 43 » ne sont peut-être pas si inconscients. Ils relèveraient alors d'une dissimulation particulièrement habile, d'un faux aveu involontaire, d'un lapsus calculé, comme pour dire : « Je fais comme si je ne savais pas ce que je montre là. » Cela éclairerait la démarche du *Contre Sainte-Beuve*. Il ne faut pas que puisse être imputé à l'auteur de la *Recherche* un fascinateur effroi qui le pousserait à se faire témoin des supplices infligés à un homosexuel masochiste. Il ne faut pas qu'on imagine que l'auteur serait lui-même en chasse de plaisirs identiques ou inverses, comme Proust lorsqu'il se rendait dans l'établissement dirigé par Albert Le Cuziat pour y voir transpercer à coups d'épingles à chapeaux des rats vivants emprisonnés, anecdote rapportée par Maurice Sachs et qui frappa tant André Gide. Proust, lorsqu'il n'arrivait pas au terme d'une masturbation silencieuse et distante devant un homme payé pour être ainsi regardé tout en le regardant, lui faisait signe de se retirer. Alors, Le Cuziat apportait, paraît-il, deux nasses. Dans chacune se trouvait un rat affamé. Les trappes des nasses disposées sur le lit où il demeurait immobile étaient ensuite abouchées l'une à l'autre. Les deux bêtes se ruaient au combat avec force cris, et se déchiraient des dents et des griffes. Seulement dans ces moments, le plaisir éclatait en Marcel. On ignore si Lucien Daudet, que Proust appelait familièrement « mon rat », connaissait cette pratique, mais il est certain qu'elle couvre d'une lumière de sang et de suie le secret de la chambre 43. Celui qui dit « je » dans le roman, et est hétérosexuel, n'est pas ou pas toujours moi, Marcel Proust, qui dans mon moi social, suis rigoureusement homosexuel.

Du pollen s'est répandu

S'il faut réfuter Sainte-Beuve, censé identifier purement et simplement l'auteur et le narrateur d'un roman, on ne peut pas non plus les dissocier entièrement. L'un et l'autre doivent s'affirmer différents dans le contrat d'écriture manifeste (ceci n'est pas une autobiographie), mais proches sur le plan de l'identification latente (le roman est la vraie vie). Proust emploie pour cela plusieurs moyens narratifs dessinant autant de destins de la censure. D'une part, il dissocie de l'homosexualité le personnage principal qui pourrait le représenter. Tantôt, ce personnage est homosexuel lui-même, mais c'est une femme, comme dans un texte de jeunesse, « Avant la nuit », publié en 1893 dans *La Revue blanche*. Tantôt, ce personnage est un homme, comme dans *Jean Santeuil* et dans la *Recherche*, mais alors il est hétérosexuel et l'homosexualité est reportée sur les autres personnages, hommes et femmes.

Par ailleurs, dans les deux romans, lorsque les personnages homosexuels sont aimés soit du narrateur, soit d'un personnage qui lui sert de hérault, comme Swann, systématiquement, il s'agit d'homosexualité féminine. Déjà dans *Jean Santeuil*, le héros questionne désespérément sa femme Françoise jusqu'à ce qu'elle avoue avoir aimé une femme, une seule. Dans deux scènes symétriques de la *Recherche*, Swann fait avouer à Odette sa liaison avec une femme au Bois, un soir de clair de lune, et le narrateur questionne Albertine sur Andrée.

Ces déguisements sexuels ont à voir avec la figure de la mère. Dans « La Confession d'une jeune fille », nouvelle qui sera insérée dans *Les Plaisirs et les Jours* en 1896, la sexualité de la jeune fille est mise sous les yeux de la mère, mais en cachant qu'il s'agit d'homosexualité, puisque le séducteur est un homme. Les récits de jeunesse furent publiés avant la mort de Mme Proust et certainement connus d'elle. La censure y prend donc la forme d'un changement du héros en héroïne. En revanche, dans les deux romans, publiés ou écrits après sa mort, le personnage devient un homme hétérosexuel, mais qui aime une femme homosexuelle.

Pourquoi, alors qu'il n'aimait pas qu'on dise que ses jeunes filles étaient des « hommes déguisés » Proust eut-il recours à cette substitution généralisée de Gomorrhe à Sodome, et était-il fasciné par l'homosexualité féminine au point de voir contre toute vraisemblance en Baudelaire un inverti, au motif qu'il était attiré par le lesbianisme ? D'abord, parce qu'il n'existe pas jusqu'alors dans l'histoire du roman de personnage principal ouvertement homosexuel. L'homosexualité de certains héros de Balzac reste assez secrète, et les romans de Jean Lorrain demeurent marginaux et sont rejetés hors de la grande littérature à laquelle Proust entend appartenir, à côté de Saint-Simon, Racine, Chateaubriand, Flaubert ou Baudelaire. Dans ce contexte, sans doute la censure sociale réprouve-t-elle moins l'homosexualité féminine que la masculine.

Mais surtout, parce que, malgré le refoulement, une vérité du désir de Proust se dit ainsi entre les mots et entre les sexes. Dans « Avant la nuit », lorsque la femme confie sur son lit de mort, après un suicide, qu'elle a eu une liaison avec une femme, l'amant affirme en défense qu'il a été lui-même l'instigateur de cette homosexualité par les théories « socratiques » développées à l'intention de celle qu'il a ainsi corrompue en justifiant l'homosexualité masculine. Si l'on inverse le sexe des protagonistes, on est en présence d'une mère incitant ou initiant un fils à l'homosexualité féminine.

Ce n'est donc pas tant sur l'homosexualité du fils que portent censures, déguisements et projections, que sur la complicité de la mère et la facilitation qu'elle a secrètement entretenue à l'égard de cette homosexualité. L'homosexualité féminine dans la *Recherche*, très générale, elle aussi, puisqu'elle concerne Odette, Gilberte, Andrée, Albertine, leur bande, quelques petites mains de blanchisseuses ou de caméristes et même Mme Verdurin, n'est pas un simple déguisement de la masculine. Les formes de la sexualité de Proust, telles qu'on les suppose aujourd'hui, comme celles de son personnage principal, semblent avoir exclu le sexe de l'homme, tant pour pénétrer un corps que pour en être pénétré. Ce ne sont que caresses, baisers, surfaces. La pression de la main d'Albertine « avait une douceur sensuelle qui semblait vous faire pénétrer dans la jeune fille, dans la profondeur de ses sens ». De même, Swann ne fait pas grand mal à Odette. La seule scène sexuelle entre eux se borne à l'ouverture d'un décolleté et à une probable masturbation sur sa poitrine ornée d'une variété d'orchidées, un bouquet de catleyas. « Voyez, il y a un peu... je pense que c'est du pollen qui s'est répandu sur vous, vous permettez que je l'essuie avec ma main. Je ne vais pas trop fort, je ne suis pas trop brutal ? » Scène annonçant la « conjonction Charlus Jupien » où reviennent les métaphores du pollen et de l'orchidée. On peut citer ici une étonnante lettre de Proust à Mme Straus : « Vous n'êtes pas assez pénétrée de cette vérité (je crois que vous n'êtes pénétrée d'aucune vérité), qu'il *faut accorder beaucoup à l'amour platonique.* » Autrement dit : « Je vous aime, Madame, mais ne me demandez pas de vous faire l'amour. » Mme Straus, qui avait l'âge de sa mère, ne demandait rien du tout à celui qui n'avait qu'extase et hyperboles à lui donner.

Ce que Proust appelle amour platonique est une sexualité d'enfant, cherchant des jeux maternels avec des garçons. L'horreur du sexe de la femme, il n'a pu la mettre à distance en faisant de la menace un attrait et de la peur un mystère, comme fait un homme désirant une femme. Il n'a pas non plus réussi à la fuir en recherchant simplement les hommes. Il l'étendit à l'horreur du sexe lui-même, et la transposa en devenant écrivain. Jeanne Proust souffrit longuement d'une affection génitale qui la forçait à des cures fréquentes à Salies-de-Béarn et sans doute la préservait des désirs de son mari, comme Marcel se servait de son asthme pour fuir le malheur de ne pas rester seul en travail dans sa chambre d'écriture. En juillet 1898, Jeanne Proust dut se faire opérer d'un cancer de l'utérus. Le second de ses fils, devenu chirurgien, consacra sa thèse à « La chirurgie de l'appareil génital de la femme ». Le premier, Marcel, fera un rêve dans lequel sa mère doit à nouveau se faire opérer et lui dit : « Toi qui m'aimes, ne me laisse pas réopérer. » Ensuite, il mettra entre lui et le mal intérieur ses mots d'écrivain. Chez Mme Verdurin, le narrateur ne regarde pas le charme des êtres, mais tente de pénétrer leur intérieur confus et déchiré « comme un chirurgien qui, sous le poli d'un ventre de femme verrait le mal interne qui la ronge ». Dès 1895, Proust comparait le mystère de l'écrivain à celui de la mère qui porte un enfant : « Ainsi, le gynécologiste pourrait étonner une femme qui vient d'accoucher en lui expliquant ce qui s'est passé dans son corps, en lui décrivant le processus physiologique de l'acte qu'elle a eu la force mystérieuse d'accomplir, mais dont elle ignore la nature ; les actes créateurs procèdent en effet non de la connaissance de leurs lois, mais d'une puissance incompréhensible et obscure, et qu'on ne fortifie pas en l'éclairant. »

Mes parents le surent

Pour se dire, l'homosexualité doit-elle être projetée sur l'autre sexe ? Faut-il que les femmes entre elles disent le fantasme sexuel du narrateur ? Dans sa longue digression sur l'homosexualité au début de *Sodome et Gomorrhe*, Proust défend l'existence d'une catégorie d'homosexuels qui ne sont pas des « hommes-femmes » excluant les femmes comme objets sexuels, mais, au contraire, recherchent électivement « celles qui aiment les femmes ». Or, s'il est bien une chose que la vie amoureuse ne présente pas, sauf erreur, c'est l'homosexuel désirant des lesbiennes. Deux explications pourtant sont avancées par le narrateur : « elles peuvent leur procurer un jeune homme » (ce qui est la dernière chose à attendre d'une femme qui ne fréquente que les femmes), et « ils peuvent prendre avec elles le même plaisir qu'avec un homme » (étant dépourvues de l'organe masculin, il est à supposer que le plaisir en question serait d'être sodomisées). Or, un homme peut certes pratiquer la sodomie sur une femme plutôt que sur un homme, mais sur une femme qui n'aime pas les hommes, ni leur organe, ni en être pénétrées, c'est beaucoup demander à une lesbienne. Ce serait, en face, beaucoup prêter à l'homosexuel, épris du même, que cette attirance pour un être qui n'est pas ce qu'il désire et ne désire pas ce qu'il est. Proust, en réalité, mourut sans doute vierge, et appartenait à ce type d'homosexuels qui désirent leurs semblables mais n'aiment pas leur sexe.

La même invraisemblance frappe presque tous les passages où il parle de sexualité. « La Confession d'une jeune fille » montre comment la culpabilité se mêle au désir de faire mal à la mère en faisant le mal. La jeune fille met sous les yeux de sa mère ses rapports sexuels et la mère en meurt. Rien n'est vraisemblable dans ce texte si on le prend à la lettre. On voit mal une fille dire : « Je ne serai pas séparée de ma mère, ce qui eût été pour moi la peine la plus cruelle », puis accrocher au corsage de celle-ci un œillet rose qu'elle repousse d'abord « puis qu'elle attacha, parce qu'il venait de moi, d'une main un peu hésitante, honteuse », et enfin attirer soudain près de la fenêtre son visage et l'embrasser avec passion. Ce comportement serait davantage celui d'un garçon conduit au vice par un jeune homme « pervers et méchant », aux « manières à la fois douces et hardies ». C'est d'ailleurs ainsi que s'était déroulée une scène qui figure dans « La Confession d'un jeune homme » que Marcel Proust fit en 1888 à son camarade de classe Raoul Versini. Il a consenti à une « grande saleté » dans « un moment de folie », car son partenaire était « plus grand que lui, et il n'a pu l'arrêter ». Il fit le même aveu à son père qui « connaissant ses tendances, ne l'a pas accablé et n'a considéré sa faute que comme une surprise ». Dans les premières versions de la nouvelle, figure cette phrase, non reprise dans le texte publié en 1924 : « Des jeunes gens vinrent me voir. L'un m'induisit à mal faire presque par surprise [...] Un jour il abusa d'une passion que j'avais pour lui et que ma mère savait pour m'induire à mal faire presque par surprise [...] Mes parents le surent et ne brusquèrent rien. » Dans « La Confession » écrite à l'âge de vingt-trois ans, et le seul texte de Proust avant la *Recherche* rédigé à la première personne, se trouve ce début de phrase : « Ma mère, d'ailleurs, comme s'il y avait eu entre elle et mon âme, malgré qu'elle fût dans une ignorance absolue de mes fautes, une solidarité mystérieuse... »

Lorsque la jeune fille se surprend dans la glace « transfigurée en bête » par la jouissance, et que sa mère surgit sur le balcon et, hébétée, la voit, la mort est le prix de ces regards croisés, de cette plongée dans « les bêtises ». C'est déjà une sorte d'annonce de la scène de Montjouvain, entre Mlle Vinteuil et son amie lesbienne faisant l'amour aux yeux (réels ou photographiés) d'un parent (mère ou père) qu'elle voit la voir. Une scène semblable, entre deux garçons cette fois, l'avait préfigurée dans *Jean Santeuil.* « Il y avait eu, avant, la vue par Jean chez Daltozzi de la photographie de sa mère. Un jour que Henri la lui montre ainsi dans la boue, il pense aux regards que sa mère laisserait tomber sur lui d'en haut. Elle ignore tout cela ! »

Pourquoi Marcel ne peut-il se dire homosexuel ? Pourquoi faut-il qu'il redouble le déni de la différence des sexes par le déni de ce déni, empruntant une posture feinte d'hétérosexuel ? Certes, on doit faire la part de l'époque et de la censure qu'elle infligeait sur des pratiques frappées d'opprobre. Argument d'une portée limitée cependant, puisque Gide n'hésite pas au même moment à publier son homosexualité dans *Corydon.* D'autres raisons, plus fortes, liées à la littérature plus qu'à la société, amènent Proust à se masquer. Il tient à ce que le personnage du narrateur ne soit pas un homosexuel parce que le reconnaître comme tel serait lui dénier en même temps la qualité d'écrivain. Les deux appartenances (homosexuels et célibataires sans œuvres) qu'il dépeint chez la plupart des hommes de la *Recherche*, il réussit par l'écriture à s'en arracher. De même que presque tous les personnages masculins se découvrent homosexuels dans le fil du roman, où personne jamais n'est celui que l'on croyait, de même, un snob vaguement lettré comme Legrandin s'avère avoir été un fin écrivain lorsque sur le tard le narrateur s'en avise.

Bien que Maman ne soit plus là, la censure demeure, mais pour d'autres raisons, plus littéraires que psychologiques ou familiales. Proust, qui n'était pas efféminé, voulait surtout un narrateur neutre — et le neutre en français se dit par l'accord au masculin — sexuellement entouré de personnages incarnant les diverses formes de sexualité.

Il existe plusieurs types d'homosexuels, mais tous ont un trait commun. L'homosexuel masculin est avant tout quelqu'un qui se définit comme homosexuel, se présente et se représente ainsi. Qui dit : « Je suis homosexuel », cherchant par là une fois pour toutes à répondre à l'angoisse d'être. Il n'a pas une sexualité, il est sa sexualité. Il n'est pas soumis à des choix d'objets, comme les hommes et les femmes hétérosexuels, ne se livre pas à des pratiques sexuelles partielles, perverses ou plus unifiées : il est son sexe. Souvent, il dira : « Quand j'ai découvert que j'étais homosexuel... », et non : « Quand j'ai commencé à désirer des hommes... » On voit mal un hétérosexuel dire : « Quand j'ai découvert que j'étais hétérosexuel... », ni même se présenter en tant qu'hétérosexuel. D'où, une certaine hantise, souvent soulignée par les homosexuels eux-mêmes, pour une sexualité qui ne relève plus du faire, mais de l'être, non du désir, mais de la pensée. Se penser comme homosexuel, c'est souvent ne penser qu'à ça. Mais Proust se distingue à cet égard de l'homosexuel, par sa profonde inaptitude à se définir par une identité quelconque, trop intelligent pour ne penser qu'au sexe, le sien et celui de l'autre choisi parce qu'il n'est pas différent, pour accepter de faire suivre « je suis » du moindre qualificatif. Même pas celui d'écrivain. La question que se pose Marcel n'est pas : suis-je homosexuel ou hétérosexuel ? Non plus que : suis-je homme ou femme ? Mais : suis-je un écrivain ou non ? Proust ne veut pas se peindre en homosexuel parce que, homosexuel et écrivain, il n'est pas un écrivain homosexuel. D'ailleurs, il n'existe pas plus d'écrivains homosexuels que d'écrivains juifs ou d'écrivains prolétariens. Proust n'est pas un écrivain homosexuel, pas plus que Chateaubriand un écrivain aristocrate, Flaubert un écrivain normand, Racine un écrivain janséniste. Il y a des écrivains et des non-écrivains. Il y a ceux qui, parlant de leurs désirs et de leurs amours, parlent aussi des nôtres, si différents soient-ils quant aux pratiques et aux objets, et il y a les autres, les régionalistes qui parlent de leur province sexuelle sans jamais s'en exiler. Ce sont les mêmes raisons qui poussent le romancier à dissimuler le nom propre et l'homosexualité de son narrateur. Pour que son roman, qui ne parle que de lui, parle à d'autres qui ne sont pas lui, pour qu'il se détache de son auteur et permette au lecteur de devenir en quelque sorte « lecteur de soi-même ».

Il en va de l'homosexualité de Proust comme de ses origines sociales : loin de l'assurer d'être ce qu'il est, elles le rendent inquiet. Riche, très riche, il lui fallut endurer les ricanements de son milieu pour s'être dédié à l'art, et le ressentiment des artistes pour n'être qu'un fils de famille. Homme qui ne désirait pas les femmes, ni les hommes, seulement l'enfant en lui que leurs caresses endormaient, jamais il ne put dire même par défi ou désespoir : « j'en suis ». Il jetait du noir parmi les lys, mais gardait dans la corruption un cœur léger. Très tôt, il avait su qu'il n'était pas là pour ça : jouir et faire jouir, séduire ou déplaire. Inaltérée, une voix lui disait : personne ne t'attend. Laisse venir. Les livres ni la mort ne commencent pas, ils continuent, malgré tout, malgré toi. Perds-toi si tu le veux, mais délivre-toi du désir comme on ouvre une porte dans la nuit.

Couche cette nuit auprès de lui

Que savait Maman de l'homosexualité de son fils ? Tout, bien sûr. Que savait Maman de l'écrivain que, sous ses yeux, mais hors de sa vision et de son entendement, son petit Marcel était en train de devenir ? Rien. Retracer la part prise par la mère et l'homosexualité dans le devenir écrivain du « petit Marcel » est plus difficile qu'il n'y paraît. Le destin homosexuel de Proust se trouve certes exprimé avec une remarquable lucidité par l'auteur de la *Recherche* : « La jeune femme qu'on désire est-elle comme un emploi de théâtre où, par la défaillance des créatrices du rôle, on est obligé de le confier à de nouvelles étoiles ? Mais alors ce n'est plus la même. » Ce qui fait qu'il ne désire pas les femmes ? Simplement ça : elles sont autres ; ce n'est plus la même. Maman, tu m'as eu, mais jamais je ne t'aurai. Proust n'a, semble-t-il, jamais lu Freud. Le lien qu'il fait entre la mère du narrateur telle qu'il la montre, et la sexualité de celui-ci, telle qu'elle se révèle sous le masque, est d'autant plus remarquable. Le caractère irremplaçable de la mère, quelle que soit la femme qui prétend s'égaler à elle, est évoqué à propos d'un rêve où la mère apparaît comme une conductrice de fiacre. Les femmes sont des figurantes. Même si c'est au prix du désir et en m'identifiant à elle, seule Maman vaut que je l'aime. Elle est une fois pour toutes la conductrice du désir où je suis embarqué.

Pour autant, il ne s'agit pas ici d'illustrer l'idée banale que les mères, par l'excès de leur amour, condamnent souvent leurs fils à l'homosexualité en même temps qu'elles les entretiennent dans une extrême sensibilité artistique. Bien plutôt, le destin littéraire de Proust fut de dépasser cette sensibilité pour accéder à une vraie création artistique. L'homosexualité — et la mère elle-même — sera tournée en dérision par l'écriture, qui deviendra pour lui un moyen d'échapper à l'une comme à l'autre. À cet égard, si les lettres adressées par Proust à sa mère sont littérairement bien décevantes, c'est que la véritable correspondance s'intitule *Jean Santeuil* et surtout *À la recherche du temps perdu*. Mais le pas-encore-écrivain n'accède à la position d'auteur que par une distance, un refus, un ressentiment qui se mêle à son amour comme à tout amour. Il écrit surtout pour se détacher de la part prise par sa mère à son homosexualité. Et tout en sachant fort bien que le « moi social » et le « moi qui écrit », qu'il voudrait absolument séparer l'un de l'autre, sont comme les deux « côtés » partageant l'espace du roman. Dans sa vie comme dans ses premiers écrits, le vice et la création avaient depuis longtemps mêlé leurs images et leurs mots, sous la fenêtre de la maison de Montjouvain, qui se trouve du côté de Méséglise, ou dans la cour de Jupien, du côté de Guermantes. S'il ne croit ni ne veut que la création le libère de son vice, sans doute espère-t-il que ce vice cesse d'être un obstacle à l'écriture, et en devienne un thème et un ressort.

Du côté de l'homosexualité, le silence entre fils et mère est retors et complice. Il est convenu de n'en pas parler, mais établi qu'elle existe. On sait par sa correspondance qu'il arrivait à Proust de montrer à sa mère les lettres de ses amants, en particulier celles de Reynaldo Hahn. Dans une lettre à son fils, la mère, se livrant comme toujours avec humour au jeu des citations classiques, lui lance un jour : « Monsieur, ne pourriez-vous pas la rendre muette ? », en précisant que ce pronom féminin singulier complément d'objet direct ne désigne pas la mélancolie de son fils qu'il exprime fort bien, mais ce fils lui-même, qu'elle entend endurcir en le désignant par « elle » ? Curieux moyen. « Fais comme si je ne savais pas que tu es un garçon. »

Marcel rencontre-t-il un jeune couvreur, du nom de Pierre Poupetière, il le présente à Maman et demande à celle-ci, au nom de la charité, une somme d'argent pour l'entretenir. Ce qu'elle accepte bien volontiers. De temps en temps, Marcel lui demande même d'écrire à sa place à tel de ses amants ou hommes désirés : le prince Radziwill, Antoine Bibesco, d'autres. Et elle le fait. Jeanne Proust ne serait certainement pas morte de chagrin comme la maman de « La Confession d'une jeune fille » si on lui avait donné à voir l'homosexualité de son enfant. D'abord parce qu'elle n'était pas pudibonde ; certaines lettres la montrent plutôt leste. Surtout parce que, pour certaines mères, l'homosexualité n'est pas vraiment une sexualité. Le seul danger sexuel, la seule impureté pour leur fils ne pourrait venir que des femmes. La sexualité des fils n'est pour elle qu'un mal nécessaire, comme le père et son sexe ne représentent qu'un mâle nécessaire. Dans son roman, Proust évoque discrètement « cette répulsion qu'eût éprouvée ma mère » pour les filles-fleurs par trop légères.

L'attitude de la mère est donc dédoublée, approuvant en secret ce qu'elle feint de réprouver ouvertement. Une lettre étrange montre Marcel en proie à la double pression de ses parents sur sa sexualité. Sa mère lui défend de voir Jacques Bizet, dont il est épris. Il s'interroge sur ses raisons : « Peut-être parce qu'elle redoute pour moi cette affection un peu excessive, n'est-ce pas ? et qui peut dégénérer (elle le croit peut-être) en... affection sensuelle [due] peut-être à ta figure, mais surtout je crois à cause de moi, de mon affection excessive pour toi. » Quant au père, il supplie son fils de cesser de se masturber pendant « au moins quatre jours ». Et Marcel brûle de leur répondre à tous deux qu'il ne le ferait pas si son « chéri » de Jacques le faisait avec lui. La mère moquait même à l'occasion l'homosexualité de son fils, tout en feignant de ne pas la voir, en ayant par exemple recours à un même mot pour dévaluer ses amants réels et ses maîtresses imaginaires : « Tu ne vas pas encore nous organiser un dîner de cocottes », lui enjoignait-elle, lorsqu'il voulait réunir ses amis. C'était en 1903, Marcel avait trente-deux ans.

Mais on peut imaginer quelle était son attitude réelle devant la révélation de l'homosexualité de son fils en lisant ce que Proust écrit de la même découverte faite par Vinteuil à propos de celle de sa fille. « Il n'est peut-être pas une personne, si grande soit sa vertu, que la complexité des circonstances ne puisse amener un jour dans la familiarité du vice qu'elle condamne le plus formellement — sans qu'elle le reconnaisse d'ailleurs tout à fait sous le déguisement de faits particuliers qu'il revêt pour entrer en contact avec elle et la faire souffrir. » La « personne » — ce nom féminin permet de voir Jeanne Proust derrière Vinteuil, en « familière du vice » — réagit alors en faisant comme si elle ne savait pas. « De ce que M. Vinteuil connaissait peut-être la conduite de sa fille, il ne s'ensuit pas que son culte pour elle en eût été diminué. Les faits ne pénètrent pas dans le monde où vivent nos croyances. »

Le culte que Maman vouait à Marcel ne fut sans doute pas davantage altéré par ce qu'il lui laissait voir de ses amours. On peut supposer que parmi les vers d'*Esther* que la mère aimait à citer figurent ceux-ci :

Des soins tumultueux un prince environné,
Vers de nouveaux objets est sans cesse entraîné.

Elle disait : « J'aime les gens qui aiment mon pauvre petit. » À condition que ces gens ne soient pas des femmes. Quand il sortait en ville au théâtre ou au restaurant, « jeune homme pâle aux yeux de biche », selon l'un, « faon aux grands yeux buveurs », disait l'autre, Maman priait l'ami qui venait le chercher d'emmener aussi une femme avec eux. L'ami en était tout surpris, et Marcel en riait, car il savait qu'en fait rien n'aurait davantage déplu à Maman. Il connut donc beaucoup de gens. De jeunes gens. Il eut beaucoup d'amis. Il n'aimait rien tant que de s'asseoir sur leurs genoux, comme s'ils n'étaient pas des garçons mais des mères. « Couche cette nuit auprès de lui. » Cette phrase, Mme Proust ne l'a certainement jamais dite à son fils en parlant d'un ami garçon. Mais le père du narrateur de son roman la prononce lorsque Marcel, éperdu comme un amant qui sent celle qu'il aime retenue dans un lieu de plaisir où il ne peut la rejoindre, sanglote si fort que le père cède.

Le fils opère de son côté un déni symétrique de

la part prise par sa mère dans son homosexualité. Dès « Avant la nuit », Proust esquisse une sorte de théorie génétique de l'homosexualité, dont la cause serait « une altération nerveuse ». Il n'abandonnera jamais complètement cette conception et parlera de *race* maudite, comme pour nier qu'il s'agit d'un destin du désir sexuel, non des effets d'un patrimoine chromosomique, et surtout pour oublier que Maman n'est pas pour rien dans ce « choix ». L'un et l'autre savaient bien pourtant que Marcel et ses amants ne jouaient pas vraiment à papa et maman, mais à Maman et son petit, et qu'il était peu question de désir et de sexe entre eux, mais d'amour et de disparition. Un jour, Proust confie à Reynaldo Hahn qu'il a rêvé la veille qu'il était à Saint-Moritz avec lui et « la veuve ». Ce nom peut désigner Madeleine Lemaire, une amie commune, mais aussi sa propre mère, alors veuve d'Adrien et morte depuis quelques mois, à propos de qui il dit dans la même lettre et avec son orthographe si particulière, que « chasgrin augmente tous les jours de Maman ». Les deux jeunes gens s'étaient rencontrés au printemps 1894 (Proust avait vingt-trois ans et Reynaldo vingt) chez Madeleine Lemaire (le nom de cette amie n'est pas indifférent), dans son château de Réveillon (qui sera le nom de famille de l'ami-amant Henri dans *Jean Santeuil*, personnage central pour comprendre la naissance de Proust à l'homosexualité, et dont les initiales *HR* inversent celles de Reynaldo Hahn). Dès le début, Proust s'adresse à lui comme une mère à son enfant : « Mon petit », « Mon cher petit », « Mon enfant »,

« Mon cher enfant ». Au bout de quelques jours, il lui écrit : « Comme Maman partira bientôt, vous pourriez venir après son départ pour me consoler. » Puis, plus direct : « Je n'ai plus personne à qui parler de vous depuis que Maman est partie. » Après la mort de Maman, il est plus explicite encore : « Je m'épanche avec vous comme je faisais avec Maman. Mais elle ne racontait *rien.* » Les lettres à Reynaldo emploient toutes un parler amoureux assez ridicule et infantile, une sorte de langue d'amour comprise d'eux seuls, intercalant un peu partout des *s*, employant diminutifs et noms codés. Un peu comme les conversations avec Maman se déroulaient dans une langue souvent secrète, toujours intime, « privée », qu'ils étaient seuls à connaître.

Le vase brisé

Briser un vase, casser un pot : deux expressions, l'une noble, l'autre vulgaire, pour une même représentation, un même fantasme, un même désir, que l'on retrouve dans la vie et l'œuvre de Proust. Les choses s'enchaînèrent ainsi. Un jour du printemps de 1897, Mme Proust, devant le valet de chambre de son père, dont la présence l'humilia, reprocha à Marcel ses extravagances et son ingratitude. Le docteur Proust se joignit à elle, avec une violence exceptionnelle chez ce débonnaire. Le fils sortit si furieux de la salle à manger que, claquant la porte, il brisa le vitrail coloré qui l'ornait. Puis, dans sa chambre, il cassa en mille morceaux en le lançant sur le plancher un vase en verre de Venise qui trônait sur la cheminée, cadeau de sa mère. Le *verre* de la *mère*, pour reprendre, en deux mots, l'étrange façon qu'avait Proust de parler de Vermeer, qu'il orthographie toujours : Ver Meer.

Proust écrivit à sa mère une lettre d'excuses que nous ne connaissons pas. Elle répondit d'un mot : « Mon cher petit. Ta lettre me fait du bien — ton père et moi étions restés sous une impression bien pénible [...] Ne repensons plus et ne reparlons plus de cela. Le verre cassé ne sera plus que ce qu'il est au temple — le symbole de l'indissoluble union [...] Je suis pourtant obligée de revenir sur le sujet en te recommandant de ne marcher que *chaussé* dans la salle à manger à cause du verre. » L'allusion de la mère est la seule qu'on connaisse à ses origines. Elle se réfère au rite du mariage juif consistant à briser le verre unique dans lequel le couple de fiancés a bu. Le sens littéral de cette image implique l'union mystique de la mère et du fils, plus solide que le mariage terrestre et chrétien avec Adrien Proust.

Fais comme si tu ne le savais pas. Quoi ? Que je suis juive. Lien indéfectible, puisque la religion juive est transmise par la mère. Indissoluble union. Trois jours après la mort de son père, Marcel écrit un petit mot à sa mère pour lui promettre d'« exister à son gré », c'est-à-dire de se coucher désormais de bonne heure.

Le père mort, ne reste au fils que l'identification à sa mère, clef d'une homosexualité et d'une judéité, l'une et l'autre inavouables dans l'espace du roman, mais qui sous-tend le constant parallèle fait par

Proust entre la race de Sodome et celle de Sion. Au moment de la crise du vase, dans laquelle on le voit laisser libre cours à sa haine de sa mère, si profondément refoulée ou même déniée, le père de Jeanne Weil venait de mourir quelques mois auparavant. Or, dans ce pacte du vase brisé, deux traits sont à relever. D'abord, l'idée d'un secret que la mère et le fils sont seuls à partager. Le père ou le frère, pourtant aimés, sont exclus. On les affuble de surnoms, on les moque, on échange des complicités littéraires dans leur dos. La langue, la littérature, sont le lieu où se noue ce secret. Ensuite, l'idée que le fils prend auprès de la mère la place du père, c'est-à-dire à la fois du mari, père du fils, et du grand-père, père de la mère.

La scène du vase brisé se retrouve quelque temps après sous la plume de Proust dans *Jean Santeuil*, où il transcrit presque littéralement la phrase de sa mère : « Ce sera comme au temple le symbole de l'indestructible union. » Bien entendu, le secret entre la mère et le fils (qui d'ailleurs porte au masculin le prénom de la mère de Proust) n'est pas celui de l'homosexualité du fils, mais, déjà comme dans la *Recherche*, un camouflage de celle-ci dans des rapports avec des « filles ». C'est parce qu'il cache à sa mère un dîner avec des camarades et trois jeunes filles, après lequel il compte découcher, que Jean provoque avec sa mère un conflit violent. « Il savait que cela serait désagréable à sa mère, mais aussi c'était bien tentant. D'ailleurs sa mère ne le saurait pas. Depuis deux ans, sous prétexte qu'il est plus convenable de ne pas initier sa mère à une vie de jeune homme, il y avait tant de choses qu'il faisait sans lui dire, tant de choses qu'il lui disait sans les faire. » Jean renonce finalement à son escapade chez les filles et à son découcher, préférant rentrer et retrouver sa mère jouant du piano ou lui faisant la lecture. Il lui annonce : « Ma petite maman, je dîne ce soir tout seul chez Réveillon », voulant expliquer par là qu'il allait goûter non la fièvre malsaine d'un grand dîner mais plutôt l'innocente félicité, les agréments vertueux d'une causerie sérieuse avec un bon ami. Mais Mme Santeuil donnant à ce même *tout seul* le sens de *sans ses parents, avec des femmes, pour nous préparer à une nuit d'orgie*, sentit la colère qu'elle se réservait de répandre à son heure sur Jean salutairement transformée en reproches, en conseils, en menaces, en défenses, en ordres : « [...] Oh ! ça non, tu dîneras ici, je trouve que tu vois trop Réveillon comme cela, il faut que cela change, du reste ton père te parlera. »

Une mère considérant que la sexualité de son garçon la regarde, un père relégué en domestique des volontés maternelles : on peut voir là une configuration assez classique d'un destin homosexuel. Jean Santeuil, d'ailleurs, prendra cette scène comme si les mots de sa mère jetaient sur lui une maladie et décidaient de toute sa vie. Tout y est, condensé par l'écriture et révélé par la fiction. La mère entend très bien l'aveu de l'homosexualité naissante du fils. Mais à la fois elle interdit la *sexualité* (en lui prêtant des pratiques et des désirs « avec les femmes »), et encourage l'*homo-*, en lui laissant penser que si au moins « tout seul » voulait dire seul avec un garçon, ce serait différent. Le fils, lui, entend que son homosexualité serait acceptée par la mère, pour autant qu'il ne la lui fasse pas savoir. Se noue alors une alliance dans laquelle l'un et l'autre savent le secret de l'homosexualité, mais la mère fait comme si elle ne la savait pas, et le fils comme s'il ne savait pas qu'elle la sait.

La convocation du père comme fantoche, succédané de la mère qui jette son emprise sur la sexualité du fils au moment même où elle feint de la lui interdire, est le sceau final de cette complicité. De cette place congrue faite au père témoigne peut-être le cri du cœur maternel : « du reste, ton père te parlera » ! Formule ambiguë qui peut signifier : « en plus, ton père te parlera », aussi bien que : « ton père te parlera du reste ». La mère va jusqu'à écrire elle-même à Réveillon que Jean ne viendra pas dîner. C'est alors que Jean brise la porte vitrée, comme si, en réponse à la phrase du père : « Tu n'as qu'à quitter la maison, je te fiche à la porte », le fils disait : « La porte, quelle porte ? » Jean « ne savait pas ce qui sous ces espèces était frappé en effigie ». Il parle certes de « loi violée », mais son acte signifie au contraire la défaillance du père à opposer sa loi à celle de Maman, cette mère, Mme « cent œil », qui littéralement se mêle de ce qui ne la regarde pas, et s'affranchit des portes psychiques entre elle et son fils, jugeant que, même vitrées, elles manquent de transparence.

Dans une lettre à Maman, Marcel, qui a alors trente et un ans, n'hésite pas à la prier de demander à son père ce qu'il doit faire pour soigner une affection urinaire : « Demande à papa ce que signifie une brûlure au moment de faire pipi qui vous force à interrompre, puis à recommencer, cinq, six fois en un quart d'heure. » L'idée que sa sexualité ne lui appartient pas en propre, mais concerne Maman et papa est évidemment partagée par Marcel. Que le second acte, le jet du vase, déplace la haine de la figure du père à celle de la mère, on s'en convaincra en lisant ces mots de Jean : « Ils verront, ils verront ! » Car, comme l'écrit le jeune auteur de *Jean Santeuil* : « La haine a besoin de rendre la haine. »

Il y a dans la *Recherche* un troisième vase, qui faillit bien être plusieurs fois brisé par Françoise, qui aurait sans doute alors dit à Madame : « A s'est décollée », mais que le fils, un jour de folie, décide de vendre pour combler Gilberte de cadeaux. Le vieux Chine rapporte dix mille francs au narrateur, une année de roses et de lilas pour la fille de Swann que malheureusement il croise le même jour au bras d'un autre sur les Champs-Élysées. Que fait le narrateur jaloux et dépité ? Il dépense l'argent du vase en allant le soir « pleurer dans les bras de femmes que je n'aimais pas ». On peut penser que ce n'est pas « chez les filles », mais dans une maison d'hommes que se réconforta Marcel. Vase bradé ou pot cassé, infidélité des filles de passage ou vénalité des garçons de passe, amour ou désir, le vase est le lieu où le vice du fils épuise la pureté de la mère. Déjà, comme chaque fois que le narrateur est concerné en personne, l'homosexualité masculine se masque en homosexualité féminine : tenant enlacée Gilberte Swann, le jeune homme dont le visage ne peut être distingué était en fait une jeune femme, Léa.

Ailleurs, Swann, aux prises avec la mère de Gilberte, Odette, la regarde briser un vase parce qu'il ne veut pas lui faire l'amour. La rage qui s'empare d'elle fait soupçonner à Swann que ce désir qu'elle prétendait avoir de lui, si soudain, si inexplicable, si impérieux était en fait celui de montrer leurs ébats à quelqu'un de caché. Un homme ? Une femme ? Une mère ? Dans la *Recherche*, le vase brisé n'apparaît plus que sous la version noire, où la brutalité du sexe remplace la violence de l'amour. Le passage où Albertine avoue involontairement aimer mieux « se faire casser le pot » fut d'ailleurs ajouté par Proust à la dactylographie de *La Prisonnière* deux mois avant sa mort, comme si, alors, cela n'avait plus de sens de préserver Maman du secret éventé de l'homosexualité de son fils.

Le destin des vases précieux serait-il d'être cassés, vendus, avilis, de finir au bordel ? Un jour de 1888 (Proust a dix-sept ans), Marcel réclame d'urgence treize francs à son grand-père. Le motif est surprenant : « Papa m'a donné 10 francs pour aller au bordel, mais 1° dans mon émotion j'ai cassé un vase de nuit, 3 francs ; 2° dans cette même émotion je n'ai pas pu baiser. Me voilà donc comme devant attendant à chaque heure davantage 10 francs pour me vider et en plus ces trois francs de vase. » Que de vases communicants, pour ainsi dire, dans ces quelques lignes : entre l'argent et le sexe, entre ce que l'argent peut acheter, l'objet du désir, et ce qu'il ne peut payer, le désir lui-même, entre le liquide et le liquide, le grand-père et le père, le fils et le père, le vase cassé et le sexe arrêté.

Vase de nuit ou vase de Chine, Marcel tourne autour du mot (l'un et l'autre sont des pots « de chambre »), tout comme lorsqu'il cherche à compléter la phrase interrompue d'Albertine. Chez Proust, les lapsus, les oublis de mots, les noms imprononçables, les phrases disjointes dont le sens est masqué, comme la locution « se faire casser le pot », toutes ces figures portent trace d'un fantasme censuré, déplacé. La vérité ne peut se trouver que dans les cassures du langage, dans un roman aux plans rompus et aux temps contradictoires, dans ce qui reste, une fois brisé le vase de la conscience, selon les tropes de l'ellipse et de l'anacoluthe. « Ainsi, elle [Albertine] usait, non par raffinement de style, mais pour réparer ses imprudences, de ces brusques sauts de syntaxe ressemblant un peu à ce que les grammairiens appellent anacoluthes ou je ne sais comment. S'étant laissée aller, en parlant femmes, à dire : "Je me rappelle que dernièrement je", brusquement, après un "quart de soupir", "je" devenait "elle". » Proust sait très bien ce qu'on nomme anacoluthe, mais il feint de chercher ce nom savant, non pour ne pas paraître pédant, mais pour ne pas se révéler pédéraste, si l'on ose dire, le mot étant une sorte d'anagramme des mots « anal » et « encule ». Ces aposiopèses, dont les rhétoriciens nous disent qu'elles indiquent en général l'émotion, le pathétique, la réticence, la connivence, l'excès de plaisir ou la ruse, Marcel en était coutumier dans ses dialogues avec Maman, où chacun laissait sa phrase en suspens, attendant de l'autre qu'il achève la construction grammaticale dans la continuité d'une seule énonciation.

La mère est un vase sacré et impénétrable. Ce qu'elle pense est aussi inconnaissable que ce dont elle jouit, son âme aussi close que ses joues. Entre le vase intact et le pot cassé, il y a le corps inaccessible débordé par un désir qu'il ne contient plus. On trouve à plusieurs reprises chez Platon l'image du tonneau fendu, de la jarre fêlée ou du vase percé pour représenter l'âme qui désire. Dans le *Gorgias*, c'est pour montrer à Calliclès l'horreur du désir inassouvi et le contentement d'une vie réglée et satisfaite de ce que chaque jour lui apporte que Socrate utilise l'image de la jarre sans fond désignant cette partie de l'âme déréglée et incapable de rien garder à cause de sa nature insatiable. Mais se perdant lui-même dans le flux de ses désirs, chaque être demeure irrémédiablement fermé aux autres. Le vase clos est jusqu'à la fin une figure récurrente du roman. Ainsi, Proust compare le côté de Méséglise et celui de Guermantes à deux vases incommunicants. « Cette habitude que nous avions de n'aller jamais vers les deux côtés un même jour [...] les enfermait pour ainsi dire loin l'un de l'autre, inconnaissables l'un à l'autre, dans les vases clos et sans communication entre eux, d'après-midi différents. »

Qu'est-ce que l'autre ? Un vase plein de désirs et de mal, un corps plein de mots qu'on ignore. On ne l'écoute pas mieux qu'il ne nous entend. Et c'est un cri plus cruel encore lorsqu'il nous dit, comme les demoiselles du téléphone au narrateur : « J'écoute. » Ceux que, par désespoir de les atteindre vraiment, nous appelons nos proches sont comme ces demoiselles du téléphone, « Danaïdes de l'invisible, qui sans cesse vident, remplissent, se transmettent les urnes des sons ». Le corps rend notre pensée invisible. Le mensonge y reste enclos, et la jalousie voudrait briser ce refuge où la vérité reste inexpugnable. Le corps permet « ainsi aux êtres de se livrer chaque jour et à peu près impunément à leur œuvre de mensonge, à la poursuite du plaisir », constate Swann à propos des mensonges d'Odette. Souvent Proust utilise pour dire cette opacité et cette fermeture l'image du vase scellé et impénétrable où les secrets de la personne aimée, ses désirs, ses plaisirs sont enfermés « comme dans un tabernacle ». Tel un génie prisonnier d'une bouteille dans les *Mille et Une Nuits*, l'âme se dérobe à celui qui voudrait la connaître toute. « Je sentais que je touchais seulement l'enveloppe close d'un être qui par l'intérieur accédait à l'infini. » C'est d'ailleurs dans une scène de mensonge et d'aveu, lors d'une tentative pour ouvrir le vase qu'est Albertine, que celle-ci lâche son anacoluthe : « J'aime bien mieux que vous me laissiez une fois libre pour que j'aille me faire casser... » L'effraction du corps prêtée à Albertine est redoublée par l'effraction psychique de ses secrets et de ses mensonges par le narrateur.

Dernier vase, le livre lui-même. Un jour, en 1912, Proust propose à un éditeur un roman qui alors s'appelle « Les Intermittences du cœur, le temps perdu, 1re partie ». Étrangement, il compare alors son livre à un vase, s'inquiétant ainsi auprès de Fasquelle : « Si, après le premier volume, vous cassiez mon œuvre en deux comme un vase qu'on brise... »

Mater semita

Proust était-il vraiment « mondain » ? Cette appartenance-là ne lui était-elle pas aussi insupportable que l'appartenance à la race des invertis ? La non-appartenance de Proust au « monde », le fait de se sentir exclu par le beau monde, d'être ou de ne pas être reçu dans le grand monde — pas celui des parents, de la rive droite et du quartier Malesherbes-Monceau, le vrai, celui du faubourg Saint-Germain, et de ses hôtels — est à la fois soufferte et revendiquée. Souffrance de ne pas être reçu, tout court, comme le dit douloureusement ou avec mépris le narrateur, marquant là une sorte de redoublement du désarroi du fils de ne pas être assez aimé par une mère rejetante et froide. Revendication d'une ouverture plus large que ce confinement où avait péri Swann et d'une chance de mettre en œuvre son désir d'écrivain. Mais cette souffrance sociale qui n'épargne personne au cours de la *Recherche*, pas même Charlus, qui à la fin ne conserve plus que l'amitié d'un proxénète, ne saurait être comprise dans le cas du narrateur s'épuisant à briguer les faveurs de gens qu'il méprise, sans qu'on la relie à l'origine juive de ce fils et de cette mère-là. Le snobisme, investissement érotique des faits sociaux, et la mondanité, dénégation de l'origine juive pour Swann comme pour Marcel, l'un et l'autre convertis, si agaçants qu'ils soient, ne sont que la vêture de la détresse. « Être né », appartenir au « monde », comme on le dit des gens titrés, masque, sans la guérir, la nostalgie douloureuse d'être au monde sans jamais être né vraiment. La déchéance qui s'empare de tous les grands personnages lors du dîner de têtes final rend chacun d'eux à sa solitude tandis qu'un froid mortel gagne la petite société. Ce n'est pas une assemblée de morts en sursis que les yeux déssillés du narrateur découvrent, mais un parterre d'enfants gelés par une attente sans nom.

Comment se nouent, dans le fantasme du fils, l'homosexualité et l'origine à moitié juive ? Qu'en a-t-il confié à sa mère, et que lui en a-t-elle permis de dire ? Pas plus que Marcel n'a vraiment caché à sa mère ses liaisons, celle-ci n'a dissimulé à son fils ses origines, bien qu'elle l'ait fait baptiser et élever dans le catholicisme. Pourtant l'œuvre porte des traces assez effacées de quelque chose qui tient tout de même du secret. Au début de *Sodome et Gomorrhe*, dans le long passage consacré au peuple des homosexuels, Proust noue une tresse avec trois secrets : l'origine juive, la sexualité des garçons cachée à leurs mères, l'origine maternelle de son homosexualité. La mère lie l'homosexualité et la judéité. *Mater semita*, telle est l'étymologie fantaisiste que donne Gilberte Swann au nom de Mme de Marsantes, la mère de Saint-Loup qu'elle va épouser, ajoutant : « Pour moi, en revanche, c'est mon *pater.* » Nul doute que pour Marcel aussi, dont Saint-Loup n'est que l'un des doubles, la mère et la juive sont frappées d'un même désir secret et silencieux, d'une même douloureuse origine. Mais d'une façon négative. De même qu'il ne se sentira ni juif ni chrétien, Proust ne se croira ni homosexuel ni hétérosexuel. Non pas bisexuel, selon la vision d'une sexualité dédoublée, positive et assumée, qui n'est d'ailleurs qu'un mythe, mais véritablement neutre, ni l'un ni l'autre.

Nulle part il n'est dit dans la *Recherche* que Maman — et par conséquent le narrateur — est juive. Et dans la vie de Proust il en allait de même. Ce n'est que dans une lettre écrite au moment de l'enterrement de sa mère qu'il peut dire : « Comme elle n'avait pas changé sa religion juive en épousant Papa, parce qu'elle y voyait un raffinement de respect pour ses parents, il n'y aura pas d'église. » Pourtant, représentations déplacées de Maman, deux figures de femmes juives sont évoquées dans la *Recherche*, celle, mythologique et presque sacrée, d'Esther, et celle, mondaine et prostituée, de Rachel.

Suivons le premier « côté ». Esther détient le secret de l'amour. Jeanne Proust avait souvent raconté à son fils l'histoire, apprise dans la Bible, d'Esther, cachant son origine pour épouser Assuérus, aryen roi des Perses, et sauver ainsi son peuple de l'esclavage et de la mort. Elle avait fasciné l'enfant en dépeignant un Assuérus maître de la vie et de la mort, interdisant à quiconque de l'approcher sans avoir été convoqué, faisant trancher la tête de ceux qui s'y risquaient. Par mille jeux de langage, elle feignait de rejouer la scène. Elle en Esther soumise à son sceptre, lui en Assuérus de douze ans.

Esther transgresse son ordre et ne sera pas punie car l'amour est plus fort que la loi.

« Maman.
— Tu m'avais bien appelée, mon chéri ?
— Oui.
— Je te dirai que j'avais peur de m'être trompée et que mon loup me dise :

C'est vous, Esther, qui sans être attendue ?

ou même :

Sans mon ordre on porte ici ses pas.
Quel mortel insolent vient chercher le trépas ?

— Mais non, ma petite maman.

Esther, que craignez-vous, suis-je pas votre frère ?
Est-ce pour vous qu'on fit un ordre si sévère ?

— Cela n'empêche pas que je crois que, si je l'avais réveillé, je ne sais pas si mon loup m'aurait si béatement tendu son sceptre d'or. »

Voilà le cadre de la scène. L'ombre de Racine plane sur les acteurs. Voici l'action. Dans leur idiolecte amoureux, la mère laisse supposer, comme si elle n'entendait rien à ces choses, qu'elle serait l'épouse forcée d'un roi cruel. Chacun affecte de croire que l'autre ne voit pas son déguisement. « Je serais Assuérus et tu serais Esther », joue Marcel. « Je serais ta femme promise, et tu serais mon suzerain implacable », feint sa mère. Tous deux ne voient dans le fils, le loup, le prince, qu'un sceptre d'or. Elle fait comme si elle ne savait pas l'ordre du roi. Il fait comme s'il ne savait pas qu'elle le transgresse.

On voit ici le glissement que la mère imprime au triangle des figures. Au lieu d'un père interdisant au fils de désirer la mère et à la mère de combler son fils, le tyran est un fantoche, laissant comme dans la scène du baiser des premières pages de la *Recherche* fils et mère s'aimer à mots que veux-tu. Faire jouer le rôle du père par le fils, c'est prendre celui-ci dans un scénario où la loi n'a plus cours, puisque celui qui en est le représentant et celui qui est censé s'y assujettir ne sont qu'un. Souvenons-nous que le couple d'Esther et Assuérus, sur le tableau flamand, était un couple séparé par Aman, figure cruelle et despotique, comme l'enfant-amant de la mère rêve de séparer ses parents. Et y parvient. Que penser de ce tyran ressemblant au roi des Perses, « grand, dans sa robe de nuit blanche sous le cachemire de l'Inde violet et rose qu'il nouait autour de sa tête », qui pourtant dit : « Mais va donc avec lui, puisque tu disais justement que tu n'as pas envie de dormir, reste un peu dans sa chambre, moi je n'ai besoin de rien » ? Un couple mal assorti par l'âge (comme M. et Mme Proust : Adrien Proust avait quinze ans de plus que Jeanne Weil). Un couple désuni, le père incarnant le désir, la mère recueillant l'amour. Un couple inégal, où le pouvoir véritable n'était pas dans les mains de l'homme à la barbe fournie, mais dans celle de la faible femme. Mais, comme les effigies peintes, séparés, ils l'étaient d'abord par la religion.

Proust reprendra le thème d'Esther et le déplacera du couple des parents à celui des Guermantes et d'un tableau de Franken à une tapisserie accrochée dans la chapelle de Combray sous le titre *Le Couronnement d'Esther*. Il dépeint ces « personnages qui étaient pour moi presque des personnages de légende ». Plus rien de juif, mais un lignage des plus hauts. « Deux tapisseries de haute lice représentaient le couronnement d'Esther (la tradition voulait qu'on eût donné à Assuérus les traits d'un roi de France et à Esther ceux d'une dame de Guermantes dont il était amoureux) auxquelles leurs couleurs, en fondant, avaient ajouté une expression, un relief, un éclairage : un peu de rose flottait aux lèvres d'Esther au-delà du dessin de leur contour, le jaune de sa robe s'étalait si onctueusement, si grassement qu'elle en prenait une sorte de consistance et s'enlevait vivement sur l'atmosphère refoulée ; et la verdure des arbres restée vive dans les parties basses du panneau de soie et de laine, mais ayant "passé" dans le haut, faisait se détacher en plus pâle, au-dessus des troncs foncés, les hautes branches jaunissantes, dorées et comme à demi effacées par la brusque et oblique illumination d'un soleil invisible. » Cette belle page montre, entre création, souvenir et fantasme, comment ce qui s'est « enlevé », ce qui a « passé » et ce qui a été « refoulé » se mêlent dans l'écriture proustienne pour représenter une mère onctueuse et grasse, aussi crémeuse que les petites laitières dont rêve le narrateur, aussi rose qu'Albertine, aussi « Guermantes » qu'Oriane. Ou encore, que Maman, cette mante religieusement dévouée à mon sceptre qu'elle entend garder et à qui tout mon roman signifie une sorte de déclaration d'amour et de guerre. Le père, l'Assuérus du fantasme, quoique roi, demeure, comme le soleil, invisible.

Pourtant, les origines juives font, tout comme l'homosexualité, l'objet d'un demi-aveu. « Il n'y a personne, pas même moi puisque je ne puis me lever, qui aille visiter le long de la rue du Repos, le petit cimetière juif où mon grand-père, suivant le rite qu'il n'avait jamais compris, allait tous les ans poser un caillou sur la tombe de ses parents. » De même, alors qu'il prend soin de présenter Mme Santeuil comme catholique et « issue d'un milieu où pesait sur les juifs la défiance la plus profonde », on la voit un peu plus tard sceller avec son fils l'union devant le Temple.

Les belles lignes de son visage

Si on quitte l'œuvre pour déchiffrer la vie, on constate que dans la correspondance entre Proust et sa mère l'origine juive et l'homosexualité ne sont pas non plus abordées. Dans le cours du roman comme dans le fil des plaisirs et des jours de son auteur, ces deux appartenances sont pourtant souvent rapprochées ou confondues. En avril 1905, le compositeur Reynaldo Hahn, juif et homosexuel, alors amant de Marcel, fit représenter en audition privée chez les Proust, puis chez Mme de Guerne son *Esther,* œuvre chorale destinée à la tragédie de Racine. Proust fait le récit de cette soirée, et trace le portrait secret de sa mère en captive juive : « Il les a chantés pour la première fois à ce petit piano près de la cheminée, pendant que j'étais couché, tandis que Papa arrivé sans bruit s'était assis sur ce fauteuil et que Maman restait debout à écouter la voix enchanteresse. Maman essayait timidement un air du chœur... Et les belles lignes de son visage juif, tout empreint de douceur chrétienne et de courage janséniste, en faisaient Esther elle-même. » Mme Proust allait mourir quelques semaines plus tard, le 26 septembre 1905. Nulle part il ne sera question, ailleurs que dans le *Carnet 2* (qui deviendra le *Contre Sainte-Beuve* jamais publié), de l'origine juive de Mme Proust ou de la mère du narrateur. Proust lui-même ne se considéra jamais comme juif. Non seulement, il se refusait en tant qu'écrivain à passer pour un « écrivain juif », mais dans sa vie sociale et personnelle il ne fait aucune référence à cette origine. Un journal antisémite lui reprochant en tant que juif de honnir Barrès, Proust écrit : « Pour rectifier, il aurait fallu dire que je n'étais pas juif et je ne le voulais pas. » Qu'est-ce qu'il ne voulait pas, être juif, ou dire qu'il ne l'était pas ? Ne me dis pas que tu es comme ça.

En revanche, les seules juives de la *Recherche* — Gilberte ne l'est pas, car son père seul est juif — sont Rachel, une prostituée, et Esther Lévy, amie homosexuelle de Léa et d'Albertine, autour de laquelle de légères lesbiennes forment une sorte de colonie juive, *issraélite,* comme prononce Albertine. Filles de Gomorrhe et de Sion, ces femmes, dont Andrée dit : « Elles ont un sale genre, vos amies », tandis qu'Albertine renchérit : « Comme tout ce qui touche à la tribu », animent l'envers sexuel du décor social. Quoique, en fait, le « monde » et les « mondaines » ne soient pas plus éloignés que les deux « côtés » partageant l'espace du roman. Andrée et Albertine se révéleront très « amies » d'Esther, tandis que les salons du Faubourg ne sont pas si éloignés des bordels : ne parle-t-on pas dans les deux cas d'hôtels ? Et la patronne — surnom de Mme Verdurin — ne vous y accueille-t-elle pas avec un mépris mêlé de bienveillance pour vous demander ce que vous désirez ?

Mais les juives qui peuplent la maison de rendez-vous où le narrateur cherche « Rachel quand du seigneur » n'étaient pas reçues chez les Guermantes. Non plus qu'Albertine. Et jamais Mme Proust n'aurait accepté qu'une jeune fille pénétrât dans la chambre à coucher de son petit, comme elle le fait lors de sa première visite au narrateur. En fait, il y a peut-être une autre figure « juive » dans la *Recherche* : Albertine elle-même. C'est entendu, nulle part il n'y est dit que la prisonnière, qui s'appelle Simonet, puis, par adoption, Bontemps, soit d'origine juive. Mais lorsque le narrateur se penche sur elle dormant, et se retournant soudain, il la peint ainsi : « Il n'y avait que, quand elle était tout à fait sur le côté, un certain aspect de sa figure (si bonne et si belle de face) que je ne pouvais souffrir, crochu comme en de certaines caricatures de Léonard, semblant révéler la méchanceté, l'âpreté au gain, la fourberie d'une espionne, dont la présence chez moi m'eût fait horreur et qui semblait démasquée par ces profils-là. »

Qui le narrateur voit-il, sous le masque d'Albertine endormie ? Quel visage lui revient, quand il se souvient d'elle après sa mort ? « Le souvenir qui me vint fut celui d'une fille déjà fort grosse, hommasse, dans le visage fané de laquelle saillait déjà comme une graine, le profil de Mme Bontemps. » « Les visages parlent », disait Proust. Il arrive même qu'ils trahissent ce dont il ne faut pas parler. Dans la même phrase, on voit ici le visage d'Albertine révéler le secret de son sexe (*hommasse*), et celui de sa race (*le profil saillant*). Espionnant la femme endormie, n'est-ce pas en lui-même (« chez lui », formule ambiguë au possible), qu'il cherche et reconnaît, révélée par la face de la femme, l'identité qui lui « ferait horreur » si elle venait à être démasquée, celle entre Marcel et Maman ?

Albertine est évidemment, plus que d'Alfred Agostinelli, une réincarnation de Jeanne Proust. Or, on sait par les portraits, les photos et les témoins qu'il existait entre Marcel et sa mère une ressemblance physique étonnante. On en retrouve une trace lors de la rencontre du narrateur et d'Odette, maîtresse de son grand-oncle Adolphe. La dame en rose dit alors « Oh, si ! laisse-le entrer ; rien qu'une minute, cela m'amuserait tant. Sur la photographie qui est sur ton bureau, il ressemble tant à sa maman, ta nièce, dont la photographie est à côté de la sienne, n'est-ce pas ? » La scène ne fait que déplacer la rencontre de Marcel Proust et de Laure Hayman, maîtresse de son grand-oncle Louis Weil, mais aussi de son propre père, Adrien Proust, ce dont témoignent la présence des photos de la mère et du fils, peu vraisemblable chez un grand-oncle, mais probable chez le père, ainsi que l'insistance sur « ma nièce ». Qu'on n'aille pas confondre Adrien et Adolphe ni ma mère et une juive. Adrien fut le modèle du docteur Cottard, amant d'Odette avec qui il pratique à l'occasion la sodomie, ce qui pourrait éclairer en retour l'aversion de Proust pour cette pratique, prêtée dans le fantasme à un père féroce fornicateur. Est-ce cela qu'il faut censurer ? Comment effacer tout ce qui pourrait laisser croire que je ne suis que ça, le fils de Maman ?

Tout comme les anti-invertis, les antisémites abondent dans la *Recherche :* Albertine, qui ne peut fréquenter les juifs et les traite de « youpins », le duc de Guermantes, le prince de Guermantes, antisémite dreyfusard et homosexuel occasionnel, comme le baron de Charlus est un antisémite intermittent. Dans *Sodome et Gomorrhe*, il se livre à une charge anti-juive (« l'instinct pratique et la cupidité se mêlent chez ce peuple au sadisme »), utilisant les mêmes stéréotypes que ceux de Marcel devant Albertine endormie. Dans les deux cas, c'est au cours de leur sommeil que M. de Gurcy (qui ne se nomme pas encore de Charlus) et Albertine dévoilent, l'une sa fourberie « judaïque », l'autre sa vraie nature de femme : « Pauvre M. de Gurcy qui aime tant la virilité, s'il savait l'air que je trouve à l'être las et souriant que j'ai en ce moment devant moi. On dirait que c'est une femme. [...] J'avais compris, c'en était une ! »

Un secret peut en cacher un autre. Lorsque Rachel reproche à Saint-Loup de prétendues origines juives, elle ignore — ou bien sait, mais déplace son attaque — ses pratiques homosexuelles. Il y a, dans les esquisses, un étrange passage où sont rapprochées deux révélations (l'homosexualité de M. de Charlus et ses possibles origines juives dans une famille apparemment catholique) : « À propos de la voix de M. de Charlus. En somme sa psalmodie de certains mots, si caractéristique des homosexuels [était] peut-être héritée d'un père pourvu d'un même vice. Car comment se reconnaître dans l'interprétation des signes physiques ? J'ai dit qu'on avait tort de prendre un nez juif pour un signe de judaïsme puisqu'il se cabre dans les familles les plus catholiques. Mais qui sait si là il n'a pas été amené par quelque ancêtre juif ? » Le nez, ici, la voix, là, sont les deux révélateurs corporels d'une appartenance héritée à une « race ». Une variante de *Sodome et Gomorrhe* est très explicite : « Il suffit pour trouver un nez juif au fils d'une juive et d'un catholique qu'il ait le nez busqué du père. Reste à savoir si, au cours ténébreux de cette longue histoire inconnue de l'hérédité et comme un oiseau subreptice aura apporté à une fleur par l'apport fortuit d'un pollen différent un caractère nouveau qui reparaîtra de temps à autre, une des aïeules de la famille catholique n'eût pas dans le passé une aventure avec un juif, ou si au Moyen Âge un Guermantes inverti n'a pas indélébilement apposé sur sa descendance les caractères particuliers de l'inversion que même ceux qu'elle n'entachera pas reproduiront. »

L'association entre un nez juif et des attitudes corporelles efféminées chez les Guermantes ne va pas de soi pour le lecteur. La logique n'est pas la qualité dominante de ce passage où, portées par les oiseaux, les fleurs et les pollens, génétique et botanique se mêlent dans l'affirmation qu'on peut avoir l'air d'un juif ou d'un homosexuel même si on ne l'est pas — ce qui d'ailleurs ruine la théorie « raciale » de *Sodome et Gomorrhe.* La seule cohérence entre les deux idées est que, quelles que soient les apparences, il faut bien le fait ou la faute d'une mère pour faire un juif ou un homosexuel. Cette conception permet de comprendre l'étrangeté d'un antisémitisme chez les juifs et d'un « anti-homosexualisme » chez les homosexuels. Charlus cultive l'un et l'autre, et Proust rapproche ses allusions méprisantes et haineuses à l'homosexualité de l'attitude de Bloch, juif qui « faisait volontiers des plaisanteries sur les juifs ». Selon le baron (et sans doute selon Proust), le juif, comme l'homosexuel, est avant tout un profanateur. La grande tirade anti-Bloch de Charlus — à qui eût convenu l'appellation forgée par Françoise de « charlatante » — emploie deux fois le mot profaner et parle du « curieux goût du sacrilège particulier à cette race ».

En fin de compte, « en être » n'est pas si facile, lorsqu'on a un père anti-dreyfusard et une mère juive. Proust en tant qu'auteur fait comme s'il ne savait pas que Proust en tant que personne était juif, et n'hésite pas à caricaturer les juifs, comme il le fait des homosexuels, non sans tendresse, mais en ne prêtant à son narrateur aucun trait qui eût pu trahir cette double appartenance. Car le plus secret des antisémites de la *Recherche* est peut-être le narrateur lui-même. Un peu partout revient l'injonction ou la prière faites à l'autre d'être « gentil ». Saint-Loup le demande à Gilberte, la mère au narrateur, Albertine lui reproche d'être méchant lorsqu'il refuse d'ouvrir ses lèvres à son baiser. « Moschant, Genstil », ces adjectifs ponctuent par ailleurs les lettres de Proust à Reynaldo Hahn. Or, qu'est-ce qu'un *gentil* ? Un non-juif, un infidèle. Infidèle à la foi de sa mère, comme Proust baptisé. À l'amour maternel, comme le narrateur, ou comme Albertine, dont il se fait la mère. Ce sont des personnages non juifs (Saint-Loup, Albertine) ou bien des personnages dont l'origine juive est déniée (le narrateur, la grand-mère, Marcel Proust lui-même) qui reprochent à des juifs d'être « méchants ». « Sois gentil, ne sois pas "juif". »

À quoi pense mon crétinos

Quelle fut l'attitude de la mère envers le second et véritable secret de Marcel, le secret d'écriture ? En fait, ce qui compte, ce n'est pas tant ce que la mère lui interdisait ou lui autorisait réellement (était-elle sa complice en homosexualité ou en littérature ?) que l'idée qu'il se faisait d'elle sur ces deux plans. Dans la « Conversation avec Maman », il la montre lui autorisant les garçons :

> Le souvenir intolérable du chagrin que j'avais fait à ma mère me rendit une angoisse que sa présence seule et son baiser pouvaient guérir [...] Je ne suis plus un être

heureux que sollicite un désir ; je ne suis qu'un être tendre torturé par l'angoisse.

Je regarde Maman, je l'embrasse.

« À quoi pense mon crétinos, à quelque bêtise ?

— Je serais si heureux si je ne voyais plus personne.

— Ne dis pas cela, mon Loup. J'aime tous ceux qui sont gentils pour toi, et je voudrais au contraire que tu aies souvent des amis qui viennent causer avec toi sans te fatiguer.

— Ma Maman me suffit.

— Ta Maman aime au contraire à penser que tu vois d'autres personnes, qui peuvent te raconter des choses qu'elle ne sait pas et que tu lui apprendras ensuite. »

Pour certaines mères, quand leurs fils ne pensent pas à elles, ils ne sauraient penser qu'à des bêtises. Ce qui est bête, c'est le désir, et tout ce qu'il vous fait faire : des mensonges, des cadeaux, des fugues, des folies, des saletés, des livres. Dans la même scène, Proust représente sa mère l'incitant à écrire.

« Je voudrais te soumettre une idée d'article que j'ai.

— Mais tu sais que ta Maman ne peut te donner des conseils dans ces choses-là. Je n'ai pas étudié comme toi dans *le grand Cyre*.

— Enfin écoute-moi. Le sujet serait : contre la méthode de Sainte-Beuve.[...] Tu sais en quoi elle consiste cette méthode ?

— Fais comme si je ne le savais pas. »

Mais, lorsque Marcel se fait vraiment écrivain, trois ans après la mort de Maman, il pense qu'elle n'aurait pas compris son livre. Non qu'elle aurait été trop « bête ». Elle aurait été celle qu'elle avait toujours été. La mère indifférente à ce que son fils a de différent, à ce qui ne dépendrait plus du corps. La mère disant : « Bonjour », « Bonne nuit », « Tu pourrais prendre mal », « Couvre-toi », « Il pourrait t'arriver quelque chose. » Pensant peut-être, pis encore : « Il pourrait t'arriver quelqu'un. » En 1908, Proust note dans une des toutes premières esquisses :

> Voici Maman, mais elle est indifférente à ma vie, elle me dit bonjour, je sens que je ne la reverrai pas avant des mois. Comprendrait-elle mon livre ? Non. Et pourtant, la puissance de l'esprit ne dépend pas du corps.

Puis, il déplace de sa mère à sa grand-mère le chagrin, le deuil et le livre dédié :

> Elle demande quelque fois ce que tu es devenu. On lui a même dit que tu allais faire un livre. Elle a paru contente. Elle a essuyé une larme.

À une mère rêvée indifférente à sa vie et fermée à son écriture, le roman substitue une [grand-] mère intéressée par ce qu'il devient et émue aux larmes par la nouvelle qu'il devient écrivain. Comme pour le secret sexuel, la mère est ici dédoublée, se réjouissant et désapprouvant à la fois.

Pourquoi écrit-on ? Par bêtise. Tel un enfant qui ne comprend rien, entend tout de travers, humilié et dépossédé, l'écrivain en veut aux mots de le fuir. Et Marcel ne comprend pas grand-chose. Il ne comprend pas que sa mère le laisse seul, puis qu'elle dorme à ses côtés. Ne comprend pas que son père ne le punisse pas. Ne comprend pas que Gilberte le désire sans l'aimer et que lui l'aime sans la désirer. Ne comprend pas pourquoi on admire la Berma. Ne comprend pas la beauté. Ne comprend pas le mal qui lui est lié. Ne comprend pas où se joignent le « côté » de son père et le « côté » de Maman. La parole perdue, il se regarde, interdit, essaie de calmer ses questions sans nombre, comme autant de menues douleurs. Puis, à l'endroit où une larme a été ravalée, un désir étouffé, une plainte repoussée, il laisse se former une petite partie de lui endurcie et insensible. Mais bientôt la cicatrice le démange, et il la gratte avec une plume, en sachant que l'irritation n'en sera que plus vive.

Il arrive que la cicatrice soit trop dure et que le sentiment d'être bête arrête l'écriture. Proust a ainsi interdit par sa maîtrise de la langue romanesque un écrivain jusqu'alors délié et sensible, qui ensuite s'arrêta pratiquement d'écrire. René Boylesve, dont Proust avait en 1903 jugé sublime *L'Enfant à la balustrade*, histoire d'une enfance mélancolique racontée à la première personne, a pratiquement cessé d'écrire lorsqu'il découvrit *Le Côté de Guermantes* en 1916. Il écrivit alors à Proust ces lignes doucement tragiques : « Ne jalousez pas ceux qui comme moi ont peur des mots et s'aperçoivent tout de suite qu'ils ont fini. C'est une infériorité qui me fait beaucoup souffrir. Je ne veux pas écrire, et il y a des gens qui s'imaginent que je suis écrivain ! Ce que j'aimerais, c'est votre liberté, votre aisance, votre faculté d'en dire et d'en dire encore et de dire tout, cette confidence infinie et variée. Votre gros livre, que j'ai tant aimé, m'a causé des espoirs fous parce que vous vous exprimez à peu près complètement vous-même tandis que je ne sais ni parler ni écrire et qu'il me semble que j'ai des milliers de choses qui m'étouffent... j'écris difficilement ou peu... mais je suis resté longtemps sans écrire. »

La bêtise n'est pas la sottise. Les anges sont aussi bêtes que les bêtes, avec leur manie de n'avoir que des désirs et point de corps pour les exaucer. La « bêtise » de Proust tient en deux séries de traits. Connaître d'abord son insuffisance en tout : corps malade, amour de l'impossible, amitiés trahies, volonté molle, désir d'avilir, mémoire à éclipses, sans chercher à la masquer par un esprit suffisant. Le manque est son lot, il le sait et en fait sa ressource. Le suffisant n'est pas seulement bête, mais idiot, perdu dans son propre. Ensuite, ne pas se réjouir davantage de ce qui est que de celui qu'on est. Chercher son dissemblable plus que son semblable, aimer le lointain, non le prochain. Se vouloir aussi abaissé qu'un enfant, aussi balourd qu'un animal. Savoir, quand on écrit, qu'on a des mains qui préféraient caresser, des pieds qui ont froid. Voir que dans le monde social comme en soi, tout est toujours « plus compliqué que ça » et en même temps, « aussi bête que ça ». Dans la *Recherche,* la bêtise, par exemple celle de croire Charlus grand séducteur de femmes, ou Vinteuil médiocre professeur de musique, n'est ni une maladresse ni une feinte, mais un principe de construction. Dans les révélations successives que le temps opère dans les corps et les âmes, l'ombre du roman n'est qu'une lumière en perspective. L'une n'est pas plus vraie que l'autre. La vérité n'est pas de découvrir que les hommes couchent avec les hommes et les femmes avec les femmes après avoir cru qu'il en allait autrement, c'est que cette découverte elle-même ne livre pas le dernier mot : l'homosexualité n'est pas ce qu'on pense. On en arrive à ne plus savoir du tout qui trompe, qui ment, qui fait du mal à qui.

À chaque personnage sa bêtise : Odette l'écervelée, Vinteuil le bourgeois, Oriane la sotte, Bergotte l'hébété, Charlus le monstre, Verdurin la snob, Swann le fol, Françoise l'obtuse, Saint-Loup l'innocent, Albertine la distraite, Elstir le prétentieux, Maman la simple, le narrateur le petit imbécile.

La bêtise n'est pas toujours une inhibition. Elle demande un certain courage, celui de ne pas juger, de ne même pas vouloir comprendre. Jamais Proust ne juge ses personnages. Il les fait être et vivre comme chacun de nous. Plutôt mal. Il nous voit les voir, et se moque de ce que nous en pensons. Jamais il ne demande son étincelle au mépris ou à l'admiration. On aurait du mal à parler des *héros* de la *Recherche.* Des personnages, sûrement, des personnes, ce serait beaucoup dire, avec leur moi en éclats. Pour l'œuvre, la bêtise n'est pas nécessairement une absence, une privation. Celui qui se sent par elle affligé la connaît aussi, peut-être pas comme une richesse, mais souvent comme une force. Parfois, elle relève d'une stratégie, ou plus simplement de la nécessité de survivre à ce qu'on sait. Lorsque savoir fait mal et que penser risque de tuer celui qu'on est, quelle autre issue que la bêtise ? L'hébétude de Marcel était sans doute moins pétrifiée que celle de Boylesve, romancier lui aussi et son prédécesseur dans l'exploration des blessures d'enfance. Mais il eut aussi sa bêtise, qu'il aviva, cultiva, dépassa. Dans son cas, la « bêtise » fut la cicatrice sur laquelle il attendait que se pose le baiser de Maman. Mais Maman jugeait que cet attachement, ce chagrin de la séparation étaient eux-mêmes une bêtise. « Je démêlais très bien le sincère au milieu du feint, sa tristesse qui perçait sous ses reproches gais et fâchés par ma tristesse "bête, ridicule" qu'elle voulait m'apprendre à dominer, mais qu'elle partageait. »

Ce mot, bêtise, qui fait partie des mots doux et secrets échangés entre mère et fils, a deux sens, intellectuel et sexuel, et la posture littéraire se double ici d'une imposture sexuelle. Dans sa correspondance, la mère prend la pose de la dame de salon littéraire, de l'épistolière, et, tout en se moquant des femmes savantes, joue un peu les femmes écrivantes. Certes, elle n'est pas sans qualités pour occuper cette place. Mais, s'il y a imposture, c'est en un autre sens. Elle fait miroiter son savoir littéraire pour cacher et offrir en même temps son savoir sexuel. Elle séduit son fils à coups de citations, comme d'autres mères à coups de déshabillé, question d'époque ou d'éducation. Comme souvent dans les rapports entre Proust et sa mère, « Fais comme si je ne le savais pas » était en fait une phrase codée, une citation littéraire, tirée d'une réplique du *Bourgeois Gentilhomme*, lorsque monsieur Jourdain répond ainsi à son maître de philosophie l'interrogeant s'il sait le latin. Mais le « Faites comme si je ne le savais pas » de Molière est celui de quelqu'un qui ne sait vraiment pas et veut que l'autre croie qu'il sait. Celui de Maman est dit par quelqu'un qui sait et veut faire croire à l'autre qu'elle ne sait pas, tout en lui laissant entendre qu'il se pourrait bien qu'elle sache. D'ailleurs, au détour de sa conversation, Proust écrit : « Maman, qui devine toujours tout. » Cette phrase forme une sorte de suspens du savoir : il est également possible que la mère sache ou non ce qu'est la méthode de Sainte-Beuve, mais il est nécessaire que son fils ne sache pas si elle le sait ou pas.

En laissant sa feinte à nu, comme le mensonge dans le paradoxe du Crétois, la mère force le fils à simuler à son tour, car celui qui dit : « Fais comme si je ne le savais pas » demande à l'autre de savoir qu'il sait, tout en se comportant comme s'il ne savait pas, puisqu'il fait tout de même son récit. Double entrave, de la part de la mère, illustrant ce qu'on pourrait appeler le « paradoxe de l'imposteur », comme on désigne en logique le paradoxe du menteur. Là s'enracinent, parmi ces désirs croisés et ces doubles entraves en miroir, l'origine de l'écrivain et son illégitimité foncière d'imposteur. Écrire, c'est prendre la place d'un autre, l'auteur, et prétendre même occuper la place de l'Autre, c'est-à-dire du langage. C'est ce que l'on pourrait appeler le paradoxe de l'auteur : Proust consacre un livre à écrire ses difficultés d'écrivain.

Mais on pourrait aussi appeler ce montage logique du « Fais comme si je ne le savais pas » le « paradoxe du trompeur ». Car la mère est habile à utiliser le demi-mensonge, comme Albertine fera pour tromper amoureusement le narrateur, ce qui renvoie encore à la littérature, art de ce qu'on ne pourra jamais savoir, si jaloux qu'on soit de l'autre et avide d'une langue où il s'avoue. Enfin, on pourrait le nommer « le paradoxe du fabulateur », car c'est bien ce premier « comme si » de la mère qui induit le récit du fils et le force à lui raconter l'inracontable. Le fils n'est pas moins dans l'imposture. Écrivant, il fait la mère, comme on fait l'ange ou la bête, joue un rôle, endosse ses habits de femme lettrée qui fait semblant de ne rien savoir des lettres. Elle dit : « Mais tu sais que ta Maman ne peut pas te donner des conseils dans ces choses-là. Je n'ai pas étudié comme toi. » Et lui commence son *Contre Sainte-Beuve* par la phrase étonnante : « Chaque jour, j'attache moins de prix à l'intelligence. » Pourquoi cet *incipit*, sous la plume de celui qui fut avec Musil l'écrivain le plus intelligent du siècle ? Parce qu'il faut distinguer la bêtise comme manque d'intelligence et la bêtise comme renoncement à l'intelligence ? La réponse se lit dans la « Conversation avec Maman ».

> Je regarde Maman, je l'embrasse.
> — À quoi pense mon crétinos, à quelle bêtise ?

À cette bêtise dont le baiser dispense, la bêtise d'être écrivain, de passer ses jours à dormir afin d'écrire à la seule lueur de la nuit. La leçon d'écriture donnée par Jeanne Proust ne contient qu'un chapitre : la bêtise est nécessaire au romancier, la bêtise de George Sand, les choses simples que sait le cœur d'une mère. Le doux nom de crétinos induit le fils à préférer la mère et sa « bêtise » à l'intelligence rationnelle mise au compte, au passif du père. La mère est porteuse de savoir, de littérature, de culture, elle lui lit les premiers romans, meurt en citant Molière et Corneille, et elle incarne pourtant le territoire familier et enfantin de l'ignorance opposé au monde adulte de la connaissance. Dans la *Recherche*, Maman s'attendrit : « Voilà mon petit jaunet, mon petit serin, qui va rendre sa maman aussi bêtasse que lui, pour peu que cela continue. Voyons, puisque tu n'as pas sommeil ni ta maman non plus, ne restons pas à nous énerver, faisons quelque chose, prenons un de tes livres. » Mais, même dans les livres, c'est la part d'ignorance incluse dans le savoir qu'elle choisit : les petits romans berrichons de Sand garderont pour Marcel le parfum de la vérité sensible et l'illusion d'un langage secret du cœur qu'aucune grande littérature n'approchera jamais.

Marcel Proust gardera comme un trésor quelque chose de la bêtise de George Sand. L'idée que l'auteur d'un livre ne sait pas, que le livre lui-même et son lecteur ne savent pas, que le livre n'est jamais un fétiche. Il est ce qui laisse à désirer. Son roman a l'intelligence d'épargner au lecteur la bêtise de se croire plus intelligent que l'auteur. Car il est une chose qu'aucun amour de soi n'abolit entièrement, le désir de l'autre. Parlant d'« elle », c'est-à-dire d'Albertine, mais au-delà, de Maman, le narrateur écrit dans une esquisse pour *La Prisonnière* : « Mais quelles statues, quels tableaux, quelles œuvres d'art contemplées ou possédées m'eussent ouvert comme elle cette petite déchirure qui se cicatrisait assez vite mais qu'elle, et les indifférents inconsciemment maladroits, et à défaut de personne d'autre, moi-même savaient si bien rouvrir, cette cruelle issue hors de soi-même, ce saignant petit chemin de communication privé mais qui donne sur la route où tout le monde passe vers cette chose qui n'existe pas d'habitude pour nous tant qu'elle ne nous a pas fait souffrir, la vie des autres. »

Semblable à François le Champi, l'écrivain ne sait pas grand-chose. Ne sait pas parler. Et même, ne sait pas écrire. Il réapprend à chaque phrase, en tirant la langue hors de la bouche comme les cancres. Les romanciers seraient-ils tous des « idiots de la famille », tel Flaubert selon Sartre ? Des « crétinos », comme Proust pour Maman ? L'écrivain ne cherche pas à être aussi intelligent que sa mère, à savoir ce que l'amour et ses peines lui ont appris. Il voudrait la rendre aussi bête que lui.

La mort est une bêtise, la dernière, dont on se rend coupable envers ceux qui nous aiment. « Mais si ce n'était plus qu'une bête qui remuait là, ma grand-mère où était-elle ? » Lorsque mourut Maman, Marcel se souvint et la prit au mot : « Prenons un de tes livres. » Un seul, en fait, qu'il lut en l'écrivant, qu'il ne quitta plus jamais, la *Recherche*, construit contre l'intelligence, et qui devait s'appeler « Les Intermittences du cœur ».

Pour illustrer sa thèse de l'avantage de la mémoire affective sur l'intelligence dans la résurrection du passé, Proust emploie une image évoquant à la fois Maman et les « tantes » qu'ailleurs il montre triturant un manchon et singeant l'image de leur mère : « Les morts que nous avons perdus [...] la vue d'un vieux manchon oublié dans une armoire nous en dira davantage et nous tirera des larmes des yeux. » Le pouvoir des mères se passe du savoir, des méthodes et des théories. Il se fonde sur un autre savoir, celui du corps, à travers les thèmes du désir et de la nuit, de la maladie et de la médecine.

Le désir et la nuit ? Le loup est une bête qui aime la nuit, et l'homosexualité prend parfois le masque de la bêtise. Maman ne sera pas pour rien dans les « bêtises » de son fils avec ceux qui deviendront les modèles de Saint-Loup, sur lesquelles elle fermera les yeux. L'inversion du jour et de la nuit, elle l'accepte aussi, dînant à minuit avec lui qui prend alors son déjeuner, le laissant dormir jusqu'à six ou sept heures du soir, ne faisant entrer personne dans sa chambre à coucher, ne jouant plus de piano le jour ou décommandant les ouvriers qui devaient travailler au-dessus. La maladie et la médecine ? Encore une scène, racontée dans le *Contre Sainte-Beuve*. Marcel est souffrant. Maman fait venir le médecin et le console en lui lisant *François le Champi*. Le médecin prescrit des médicaments, mais la mère silencieuse décide qu'il n'y aura pas de médicaments. Alors, elle fait comme s'il ne savait pas. « Il », le médecin, ou le père, qui est médecin, lui aussi, le Dr Adrien Proust ? « Tu as jugé dans ta science que j'avais la peau fraîche et un bon pouls [...] Tu n'avais aucune confiance dans le médecin, tu l'écoutais avec hypocrisie [...] “Mes enfants, ce médecin est peut-être beaucoup plus savant que moi, mais votre Maman est dans les vrais principes.” »

Entre le mal et le mal, la bêtise et la souffrance, des fils se nouent. « Il est triste, écrit Marcel à Maman, de ne pouvoir avoir à la fois affection et santé. » Être malade, c'est donner à Maman le corps qu'elle sait, et en même temps la retenir si elle veut partir ; entendre des romans et s'échapper loin d'elle tout en demeurant captif de sa voix ; c'est enfin tenir à l'écart le faux savoir intellectuel, la science du père ou de son représentant, récuser ses ordonnances et désavouer son ordonnance. « Quand tu l'auras rendu malade, tu seras bien avancée ! » lance le père à Maman dans la scène du baiser.

La *Recherche* est l'enfant tardif d'un inceste littéraire. A-t-on assez remarqué que, tout comme *Phèdre*, la tragédie de Racine dont mère et fils échangent les vers, *François le Champi,* ce roman de Sand dont Maman berçait son petit Marcel, est le roman d'un inceste ? Et Maman, en sautant les passages d'amour, ne faisait que creuser dans son petit la curiosité de ces bêtises qu'on fait derrière les portes quand dorment les enfants. La mère s'y nomme Madeleine, tout comme l'héroïne du premier roman très bref, *L'Indifférent*, écrit par Proust en 1896, et ce prénom — ainsi que la forme rainurée et convexe évoquant la valve du gâteau ainsi désigné — aura un certain destin dans les rêveries littérales et littéraires de Proust. Madeleine donc, une meunière au grand cœur, recueille un enfant trouvé, fils de personne, sans père connu et sans nom. Elle l'éduque, l'aime, et il finira par la sauver de la maladie et de la ruine. Garçon des champs, d'où son nom, enfant conçu sans scène sexuelle entre un père et une mère, qui finit par racheter la mère de la déchéance qui la menace : on retrouve ici tous les ingrédients du fantasme du petit garçon attiré vers l'homosexualité lorsque le père ne vient pas signifier que la mère, lui, il l'a désirée et qu'elle l'a désiré ou au moins aimé.

J'avais peur de m'être trompée

Proust donnera à Esther et Assuérus un destin qui ne s'inscrit plus seulement dans une tapisserie vue, mais dans une tapisserie écrite. La scène se retrouve deux fois dans l'œuvre. Dans le *Contre Sainte-Beuve*, elle unit et oppose la mère et le fils, le savoir de l'amour et le non-savoir de l'écriture. Dans le roman, elle sous-tend les couchers du narrateur, ceux avec « Maman », et ceux avec Albertine.

> « J'avais peur de m'être trompée et que mon loup me dise : [...] *Quel mortel insolent vient chercher le trépas ?* »

Ainsi esquissée dans le *Contre Sainte-Beuve*, l'entrée de Maman dans la chambre du fils, reine soumise et toute-puissante à la fois, se retrouve dans *La Prisonnière*.

> La plus grande peur d'Albertine était d'entrer chez moi quand je sommeillais : « J'espère que je n'ai pas eu tort, ajouta-t-elle. Je craignais que vous ne me disiez :
>
> « *Quel mortel insolent vient chercher le trépas ?* »
>
> Et elle rit de ce rire qui me troublait tant. Je lui répondis sur le même ton de plaisanterie :
>
> « *Est-ce pour vous qu'est fait cet ordre si sévère ?* »

La symétrie avec la « Conversation avec Maman » est si frappante que l'on peut se demander si le nom de « prisonnière » ne désigne pas Marcel Proust lui-même, enfermé dans l'amour jaloux de sa mère, en même temps qu'Albertine recluse par le narrateur (à un endroit, il la nomme Albertine-Esther) selon des « lois draconiennes et persanes ». Autour de la *Recherche*, court ce qu'on pourrait appeler *le thème perse*. Le narrateur parle du « nom, presque de style persan, de Balbec ». Le narrateur, après avoir entreposé le canapé de tante Léonie chez l'entremetteuse, n'y retourne plus, de crainte qu'il ne vienne vivre et le supplier « comme ces objets en apparence inanimés d'un conte persan, dans lesquels sont enfermées des âmes qui subissent un martyre et implorent leur délivrance ». Dans les mythes servant de support aux fantasmes de l'auteur, on note que les Perses, oppresseurs des juifs, ont Assuérus-Xerxès pour terrible roi. Quant à la figure de Proust lui-même, nombre de témoins insistèrent sur ses traits orientaux, ses yeux de Perse. Barrès le peignit ainsi : « un poète persan dans une loge de concierge ».

Oserais-je rapprocher cette insistance sur ces noms (Perse, Persan, que l'on pourrait aussi écrire *perçant*, ou *père-sans*, etc.), du fait que Marcel fut conçu au retour d'un voyage en Perse d'Adrien Proust ? Pourquoi, dans la *Recherche*, le docteur de campagne s'appelle-t-il Percepied, nom dans lequel on peut entendre deux moments condensés du destin d'Œdipe : sa blessure aux pieds à la naissance et ses yeux volontairement crevés pour se punir de l'inceste ?

Esther, prisonnière du Perse, raconte à son roi des histoires et lui lit des chroniques. Comme Jeanne Weil aimait consoler d'histoires son petit Marcel pour qu'il s'endorme. Comme Schéhérazade raconte à Shériar des histoires pour que la mort ne vienne pas encore. Dans les variantes de *La Prisonnière*, Proust montre le narrateur prisonnier de son propre livre, écrivant sans trêve du fond de son lit, reclus derrière ses persiennes dans sa chambre, condamné par sa fonction de geôlier d'Albertine à l'écriture du malheur d'aimer. Mais l'écriture est cette maladie qu'elle prétend guérir : jalousie, envie, désir. Le narrateur écrivain est captif de son propre désir, regardant par les fenêtres les inconnues qui passent, admirant « la grille des regards ». Tout le renversement de la prison sexuelle en prison d'écriture tient en ce troc : la cage des mots contre la grille des regards.

Que les gardiens soient eux aussi des détenus, on le sait ; mais on sait aussi que les inquisiteurs sont souvent les complices de l'impossible aveu d'une faute qui est la leur. Dans la scène de la « Conversation » comme dans celle du réveil par Albertine, un des deux personnages fait semblant de ne pas savoir. La mère feint d'ignorer tout de « la méthode ». Le fils, qu'il s'agisse de son réveil par « Maman » ou de celui du narrateur par Albertine, feint de dormir. Tous deux espèrent, par leur semblant, amener l'autre à dévoiler son désir trahi, à faire avouer : au fils qu'il est écrivain, à Albertine qu'elle est infidèle. Parfois, un plaisir très ancien remonte, à regarder un être qui dort, rendu à sa fragilité première. « J'ai été content de te voir dormir hier soir avec le calme d'un héros ou d'un enfant », écrit Proust à Antoine Bibesco. Mais le sommeil de l'autre est rarement une chose douce pour celui qui à ses côtés ne dort pas. Souvent, le pas du narrateur semble celui d'un enfant mort, qui reviendrait, la nuit, pour regarder dormir sa mère. Le sommeil d'Albertine est un piège. Pour elle-même, d'abord. *La regarder dormir*, tel était dans le fragment qu'il adressa à *La Nouvelle Revue française* en 1922 le premier titre que Proust donna aux sommeils d'Albertine. Elle s'appelait alors Giselle. *Elle gît*, Maman, tandis que je prends du plaisir à *la regarder mourir* ? Tel serait le sens véritable de ce passage où Proust laisse transparaître, avec le chagrin de la séparation et de l'ignorance absolue de l'être endormi, une inconcevable jouissance causée par la pensée de sa mort. Alors, le piège se referme sur celui qui croyait le tendre.

Je n'ai pas pu rouvrir un livre

Initiatrice, incitatrice à la lecture, sans nul doute, Jeanne Proust le fut à un degré rare. « Fais comme si je ne le savais pas », telle est aussi la demande que l'enfant adresse à la mère ou au père qui lui raconte une histoire. L'histoire doit être toujours la même, les variantes sont interdites, et l'enfant a beau la connaître par cœur, c'est toujours la même chose qu'il réclame. Et si le parent s'avise de lui dire : « Encore ? mais tu la connais déjà ! » il répond : « Ça ne fait rien. Fais comme si je ne la savais pas. » Telle est également au fond la demande implicite que le lecteur lance à l'auteur : « Ce dont tu vas me parler, je le sais déjà. Amour, trahison, mensonge, solitude, folie, décombres, ce dont tout roman est fait, depuis toujours, je ne connais que ça. Mais, ça ne fait rien, raconte. »

À un moment ou à un autre, pourtant, la lecture doit cesser, comme les baisers de Maman, dont elle n'était que le prolongement. Lorsque sa mère mourut, Proust écrivit à Francis de Croisset une phrase étrange : « Je n'ai pas pu rouvrir un livre, je ne lisais jamais qu'avec Maman. » Ce que l'on peut entendre comme un chagrin, mais aussi une résolution. Avec Maman, je ne faisais que lire. Maintenant qu'il me faut écrire, je dois m'éloigner d'elle et de la lecture.

« Monsieur le liseur », c'est ainsi que Legrandin interpelle le narrateur, non en signe d'admiration, mais plutôt comme un reproche ou une incitation à passer à autre chose. Ce personnage, moins ridicule qu'il n'y paraît, est une sorte d'initiateur à la littérature, l'un des rares vrais modèles de l'écrivain, bien qu'ingénieur de profession, mais dont on découvre ensuite qu'il « eût une certaine réputation comme écrivain ». Il cesse de parler lorsqu'il s'avise qu'il aurait pu composer « toute une éthique de paysage et une géographie céleste de la basse Normandie », c'est-à-dire très exactement ce qu'est, entre autres, la *Recherche.* Qui, sinon Proust, aurait pu écrire la phrase qu'il prête à Legrandin, à qui l'on demande s'il a des amis à Balbec : « J'ai des amis partout où il y a des troupes d'arbres blessés, mais non vaincus, qui se sont rapprochés pour implorer ensemble avec une obstination pathétique un ciel inclément qui n'a pas pitié d'eux » ?

Du côté du non-savoir de l'écriture, la mère fait semblant de ne pas connaître ce que pourtant son fils lui a fait lire, un résumé, d'ailleurs bienveillant, par Bourget (ou Taine, selon une variante) de la méthode de Sainte-Beuve. Pourquoi ? Ce non-savoir feint, portant sur le non-savoir vrai qu'est la littérature, est mis en scène à la fois dans le *Contre Sainte-Beuve* et dans la *Recherche.* C'est le matin, mais le narrateur dort encore. Ce qui deviendra l'*incipit* du roman est ainsi formulé à l'envers dans l'essai : « Déjà je ne dormais que le jour. » Comme dans les autres scènes du *Contre Sainte-Beuve*, la mère s'approche du lit, doucement. « Quand je vis, après qu'elle m'eut dit bonjour, son visage prendre un air de distraction, d'indifférence, tandis qu'elle posait négligemment *Le Figaro* près de moi, [puis] sortir précipitamment de la chambre [...] je compris immédiatement ce que Maman avait voulu me cacher, à savoir que l'article avait paru, qu'elle n'en avait rien dit pour ne pas déflorer ma surprise. »

On retrouve la même scène dans *La Fugitive.* « Un moment après, ma mère entrait dans ma chambre avec le courrier, le posait sur mon lit avec négligence, en ayant l'air de penser à autre chose, et se retirait aussitôt pour me laisser seul. Et moi, connaissant les ruses de ma chère maman, et sachant qu'on pouvait toujours lire dans son visage sans crainte de se tromper, si l'on prenait comme clef le désir de faire plaisir aux autres, je souris et pensai : "Il y a quelque chose d'intéressant pour moi dans le courrier et maman a affecté cet air indifférent et distrait pour que ma surprise soit complète". »

Cette fois, ce n'est plus l'écriture de l'article qui fait l'objet d'un faux secret entre la mère et le fils, entre le narrateur et Maman, mais la publication d'un autre article (est-ce d'ailleurs un autre ? rien ne prouve, mais rien n'interdit de penser que ce serait celui sur Sainte-Beuve). Le second récit est très raturé sur le manuscrit, mais il est clair que Proust substitua Maman à Françoise comme porteuse de courrier. Il fallait que ce second secret fût partagé par quelqu'un digne de lui. Car il est assez grave pour justifier dans la première version la comparaison de la mère, sortant précipitamment et renversant la bonne, avec « un anarchiste qui a posé une bombe ». Pourtant, entre les deux scènes, un élément a changé. Bien que dans les deux cas la mère feigne de ne pas savoir, dans la « Conversation » sur Sainte-Beuve, c'était sa propre virginité intellectuelle qu'elle préservait, tandis que dans le cas de l'article du *Figaro*, c'est l'entièreté — la virginité encore — du plaisir de son fils qu'elle entretient.

Une fiction romanesque ne s'édifie sans doute pas ailleurs que dans un récit secret fait à sa mère pour qu'elle ne s'en aille pas, ni sans qu'un « faire comme si » tienne la plume. Le semblant, le mensonge façonne le visage de la littérature. Au-delà de l'anecdote, les personnages principaux de cette « scène primitive » de l'écriture romanesque, la « Conversation avec Maman », ne sont plus la mère et le narrateur, mais le lecteur et l'auteur, ou bien, par un degré de plus vers l'allégorie, la lecture et l'écriture. La théorie proustienne du « livre intérieur » que son auteur n'écrirait pas mais lirait en lui-même est illustrée ici par deux dédoublements. Entre l'écrivain et sa mère. Il écrit, elle lit. Mais quand il écrit, il fait comme s'il ne faisait que lire, et peut-être lire en elle. Entre Proust auteur d'un article et Proust lecteur du même article dans *Le Figaro*. « À chaque phrase, dès le premier mot se dessine d'avance l'idée que je voulais exprimer ; mais ma phrase me l'apporte plus nombreuse, plus détaillée, enrichie, car auteur, je suis cependant lecteur, en simple état de réceptivité, et l'état où j'étais en écrivant était plus fécond, et à la même idée qui se recrée en moi en ce moment, j'ai ajouté alors des prolongements symétriques auxquels je ne pensais pas à l'instant en commençant la phrase. » On remarque que Proust écrit tantôt « ma phrase », tantôt « la phrase ». C'est l'autre sens du « Fais comme si je ne le savais pas » : ouvrant *Le Figaro* et se lisant, il fait comme si lui-même ne se savait pas écrivain, ce qui est encore plus clairement indiqué dans la reprise du même passage dans *La Fugitive* : « Il faut que je lise cet article non en auteur, mais comme un des lecteurs du journal [...], que je cesse un moment d'en être l'auteur. »

Bref, lire ce qu'on a écrit, c'est lire une lecture. Chez Proust, il n'y a pas un temps pour écrire succédant au temps de lire, pas plus que le lecteur ne lit un livre écrit déjà, une fois pour toutes. L'écriture est la lecture de soi par soi dans le temps. Car, dans cette seconde version, apparaît une séparation nouvelle, non entre auteur et lecteur, mais entre temps perdu et temps retrouvé. « Mais ma pensée qui, peut-être déjà à cette époque, avait commencé à vieillir et à se fatiguer un peu, continua un instant encore à raisonner comme si elle n'avait pas compris que c'était mon article, comme les vieillards qui sont obligés de terminer jusqu'au bout un mouvement commencé. » Écrire n'est donc pas seulement lire, c'est relire, et relire avec des trous de mémoire, comme si le tissu des phrases prenait le jour. Voilà donc la forme dernière du « Fais comme si... », cette fois lancé au lecteur : « Moi, Marcel Proust, je suis le narrateur et le principal personnage de la *Recherche*, j'en suis l'auteur, mais faites comme si vous ne le saviez pas, respectez mon conditionnel passé : on dirait que j'aurais été écrivain. » En miroir, comme dans la « Conversation », le lecteur répond à l'auteur qui feint de ne pas l'être, en feignant lui-même de ne rien savoir de ce que le roman lui fait non pas lire, mais relire.

L'objet inconcevable

Initiatrice ou incitatrice à l'écriture, Maman ne le fut pas. Il suffit de voir avec quelle véhémence la mère du narrateur s'oppose à ce que son fils aille voir et entendre la Berma dans *Phèdre*. Ce n'est pas la rivale possible et « l'ensoleillement de sa voix dorée » qu'elle redoute. Elle ne peut admettre que son fils cherche ailleurs, sous « un voile », telle « l'image inconcevable », quelque chose qui n'est pas elle, qu'elle ne connaît pas, et qu'il désire découvrir : « les perfections de la déesse dévoilée à cette même place où se dressait sa forme invisible ». Au-delà de la Berma, déclamant, comme la mère : *On dit qu'un prompt départ vous éloigne de nous...* ce que cherche Marcel et que devine Maman, c'est un autre objet, un autre infini. L'objet littéraire attire son fils au point de le lui ravir dans « l'étonnement délicieux d'avoir enfin les yeux ouverts devant l'objet inconcevable et unique de tant de milliers de mes rêves ». Prétextant le souci de sa santé et les malaises à attendre d'une telle représentation, Maman devine donc que ce qu'il en attendait,

« c'était tout autre chose qu'un plaisir : des vérités appartenant à un monde plus réel ». Dans *Jean Santeuil*, la mère confie au médecin : « Je ne souhaite pas à mon fils d'être un artiste de génie. Je préférerais avec son intelligence réelle et toutes les relations de son père le voir parvenir un jour dans les ambassades ou dans la haute administration à une situation importante, rémunératrice et considérée. Pourtant, j'essaie d'éveiller en lui le goût de la poésie. »

Les mères cherchent parfois à éteindre dans leurs fils, non tant leurs plaisirs, qu'elles peuvent contrôler et même vivre par procuration en désignant leurs modes et leurs objets, que leur désir, qui leur échappe toujours, et qu'elles ne contrôlent pas plus qu'eux-mêmes. Ce que le fils conçoit très bien lorsque la mère lève l'interdit sur la Berma. « "J'aimerais mieux ne pas y aller, si cela doit vous affliger", dis-je à ma mère qui, au contraire, s'efforçait de m'ôter cette arrière-pensée qu'elle pût être triste, laquelle, disait-elle, gâterait le plaisir que j'aurais à *Phèdre* et en considération duquel elle et mon père étaient revenus sur leur défense. Mais alors cette obligation d'avoir du plaisir me semblait bien lourde. »

De ces deux secrets qui n'en sont pas : secret de l'homosexualité et secret de l'écriture romanesque, la mère est destinataire et complice. En fait, ce qu'elle sait mais feint de ne pas savoir, ce n'est pas ce que son fils écrit (tel ou tel article, ou telle ou telle thèse dans un article : elle se moque du pour ou contre Sainte-Beuve), c'est que son fils va écrire, quand elle ne sera plus là, un roman à travers la réfutation de cette méthode, et que ce roman parlera des mères et de l'homosexualité masculine. Ce qu'elle fait semblant d'ignorer, c'est aussi qu'elle-même n'écrit pas et qu'il est son « sceptre d'or ». Proust écrivait avec un stylo, mais il n'apprécia pas du tout qu'une marque de stylographes utilisât pour sa réclame le slogan « stylos Swann ». Le style est ce qui n'est qu'à soi, comme le désir. Ni Swann ni personne ne peut me donner le sceptre d'or. Ni Maman, surtout ; sinon, la plume pourrait bien devenir l'épingle de Jocaste par laquelle je m'aveugle. De façon un peu perverse, Maman tente de transformer en son propre objet le désir de Marcel. Entre eux, tel est le malentendu : son objet à lui n'était pas son objet à elle.

Proust suivra à la lettre l'injonction maternelle de lui dérober le double secret, déguisant Alfred en Albertine, travestissant les garçons en sueur en jeunes filles en fleurs, avouant et cachant à la fois une homosexualité mise au compte des femmes. Mais, par ailleurs, il inversera l'injonction, son narrateur traitant Albertine comme sa mère l'avait traité lui-même, fermant les yeux sur ce que pourtant il ne cessait de regarder : la vie homosexuelle de l'être aimé. Les deux scènes communiquent, comme en témoigne cette expression qu'emploie le narrateur à l'endroit de la prisonnière : « mon enfant ». « Un jour pendant que je l'embrassais ainsi, je m'aperçus dans la glace. Je fus frappé par l'expression de dévotion, de tendresse passionnée avec laquelle je l'embrassais en l'appelant mon enfant. » Dans la version publiée, ce « mon enfant », ambigu sexuellement et rappelant sans doute trop les mots de Maman à son fils, est remplacé par « ma petite fille ». Le parallèle se poursuit. Quand Albertine moqueuse lance au narrateur : « grand méchant », on entend Mme Proust appeler Marcel : « mon loup ». Quand elle lui reproche : « Avez-vous seulement écrit quelque chose tantôt, mon petit chéri ? », on se souvient des lettres où sa mère s'enquérait des progrès en littérature de son « petit », et on repense à la « Conversation » : « Maman me quitte, mais je repense à mon article et tout d'un coup j'ai l'idée d'un prochain. » Quand Albertine, revenant de ses tromperies, provoque le narrateur, semblant dire : « Fais de moi [sexuellement] ce que tu veux », on devine la voix caressante de la mère : « Fais de moi [intellectuellement] ce que tu veux. Je suis toute à toi. » Quand enfin on voit la mère apporter comme si de rien n'était *Le Figaro* à son fils endormi, on se souvient que c'est à la lecture de ce journal le 31 mai 1914 que Proust apprit le détail de la mort d'Alfred Agostinelli. « Fais comme si je ne le savais pas », qu'il y a la mort au bout du désir, au creux de l'amour homosexuel.

Le secret d'écrire sera lui aussi bien gardé. Tout au long de la *Recherche,* le narrateur fait comme s'il ne savait pas qu'il était romancier. Il ne cesse de se plaindre de ses difficultés à écrire, annonce ses échecs, prépare ses renoncements, oscille entre l'excitation vaine et l'aboulie meurtrie. Il peuple le roman de splendides échecs littéraires. Vinteuil est un génie de la musique, Elstir un phare de la peinture. Mais Bergotte trébuche sur la littérature.

Le fils cache à sa mère ce qu'elle lui a annoncé qu'elle ne voulait pas savoir : sa « méthode ». La prisonnière cache au narrateur ce qu'il lui a annoncé qu'il ne voulait pas savoir : son infidélité. Par ce parallélisme, l'objet du faux secret est bien unique : l'écriture comme sexualité. La prisonnière fait revivre au narrateur tous les émois de Marcel avec sa mère : jalousie, baisers refusés, injonction de fermer les yeux. À preuve : dans toute la *Recherche*, les deux seuls endroits où le narrateur est appelé « Marcel », ou « Mon Marcel », « Mon cheri Marcel », se trouvent précisément dans *La Prisonnière*. Et chaque fois que survient ce prénom, Proust ajoute une restriction. Les deux scènes de la « Conversation » et du *Figaro* n'en forment qu'une, qu'on pourrait appeler « la scène du faux secret exigé par l'autre ». La mère n'a cet air de négligence quand elle porte à son fils son courrier que lorsqu'elle dépose un article de lui ou sur lui (secret littéraire), ou bien une lettre d'une écriture aimée (secret amoureux). Écrire sur le secret sexuel, telle sera la tâche douloureuse de Proust romancier, mais cette écriture ne cessera de constituer elle-même un secret sexuel, un plaisir défendu dont le prix sera la mort.

Après la mort de Maman, Proust a cessé de lui ressembler. Il a pris le masque de son art. Ses yeux se sont emplis des visages qu'il regardait autrefois, mêlés à ceux qu'il voyait à présent, faces reflétant d'autres faces comme, suivant une enfilade de pièces, dans une glace d'un salon d'autres glaces se mirent. Ils étaient tous là, Swann et Charles Haas, Jupien et Le Cuziat, Saint-Loup et Reynaldo, Odette et Laure, Albertine et Alfred, Françoise et Céleste, Maman et grand-mère, Marcel et Marcel... Tous pareils aux morts dans nos rêves, beaux et silencieux, indiscrets et douloureux. Et il regardait sans pouvoir les toucher tous ces miroirs dédorés, ému de voir si petits ces grands que jadis il avait tant désiré fréquenter.

La férocité du corps qui jouit

En 1894, Proust confie dans « La Confession d'une jeune fille » son amour homosexuel d'alors pour Reynaldo Hahn sous le déguisement d'une jeune fille séduite et dépravée. La fin en est exemplaire : au moment précis où elle cède une fois encore au mal, la jeune fille se voit dans la glace au-dessus de la cheminée, angoisse et joie sensuelle mêlées, et elle repense à son visage mélancolique et tendre de tout à l'heure, lorsqu'elle embrassait sa mère. Surprenant ainsi « la part de férocité du corps qui jouit », elle se voit vue par elle. « En face de moi, oui, je le dis comme cela était, écoutez-moi puisque je peux vous le dire, sur le balcon, devant la fenêtre, je vis ma mère qui me regardait hébétée. » Peu importe la conclusion mélodramatique, la mère qui succombe frappée d'apoplexie, la fille qui se tire une balle près du cœur. Peu importe la condamnante culpabilité, la leçon véritable est ailleurs, dans ces regards vus, dans ces yeux qui virent ce qu'il ne fallait pas voir. Le mal n'est pas dans ce qu'on fait, mais dans ce qu'on donne à l'autre d'en voir. Aussi, la fille [le fils] veulent-ils fermer les yeux de Maman. Autrement, elle en mourrait peut-être. On peut tuer sa mère par la jouissance. Sa propre jouissance confondue avec la sienne, sa propre bestialité l'amenant à devenir à son tour une bête au regard effaré. « Tandis que le plaisir me tenait de plus en plus [...] il me semblait que je faisais pleurer l'âme de ma mère. » Certes, Proust devine la part incestueuse qu'il y a dans toute jouissance, mais il ne conçoit pas combien cette âme en pleurs, ce cœur malade (la mère de la « jeune fille » est cardiaque) augmente cette jouissance.

« Fais comme si je ne le *voyais* pas. » Telle est peut-être la position exacte de la mère et du fils. De quel œil la mère voit-elle son enfant qui la regarde ? De quel œil Mme Proust vit-elle l'écrivain naissant lui montrant ses premiers articles ? La mère ferme les yeux, mais ainsi, elle voit tout. Après avoir nommé son premier héros Jean Santeuil (il hésita un temps avec Francœil), Proust dans les premières versions de la *Recherche* hésite pour son personnage d'artiste entre Vinteuil et Vington. Bien que le ton parût plus propre à désigner un musicien que l'œil, Proust préféra cette désinence, sans doute pour ses qualités phonétiques et son écho aristocratique. Mais il y avait une autre raison. L'œil est le lieu de la perversion, comme l'oreille est celui de la paranoïa. Chez quelqu'un de pervers, même l'ouïe est fétichisée, même le creux devient une chose susceptible — mais aussi capable — d'effraction. Être pénétré par un trou, étrange affaire, dira-t-on, mais qui nous arrive tout le temps, par exemple à chaque fois que quelqu'un prend de nous une photo. Baudelaire ne prête-t-il pas à ses « Petites Vieilles » des « yeux perçants qui sont [comme] des puits » ?

Qu'on relise la scène de Montjouvain. Toutes fenêtres ouvertes, la fille Vinteuil dénude son amie sous le regard d'un portrait de son père placé à dessein près du canapé. L'amie fait semblant de s'inquiéter qu'on les voie du dehors. Elle la provoque en lui disant : « Quand même on nous verrait ce n'en serait que meilleur. » Mais, comme le corps de son amie tourne le dos à la petite table où est placé le portrait de son père, et qu'elle feint probablement de ne pas le voir — à perverse, perverse et demie —, Mlle Vinteuil lui dit,

> Comme si elle venait seulement de le remarquer : « Oh ! ce portrait de mon père qui nous regarde, je ne sais pas qui a pu le mettre là » [...] Ce portrait leur servait sans doute pour des profanations rituelles, car son amie lui répondit par ces paroles qui devaient faire partie de leurs réponses liturgiques :
>
> « Mais laisse-le donc où il est, il n'est plus là pour nous embêter. »

La relation perverse transforme tout spectateur en voyeur. À l'intérieur, tous les regards veulent le mal, font mal. Ce n'est pas seulement au portrait du père défunt qu'on donne à voir la scène sadique, c'est au narrateur, caché sur le talus au-dehors, c'est au lecteur sur lequel se referme brusquement la fenêtre et qui ne saura jamais si l'amie a ou non craché sur le portrait du vieux musicien.

Déjà, la « Conversation avec Maman » reposait sur les mêmes non-dits que celle entre les deux lesbiennes ou que la scène de la « Confession ». Pour atteindre le point de mise en scène qui assure la jouissance complète, le scénario doit être à plusieurs degrés. Montrer l'homosexualité à celui (ou à celle) qui est censé l'interdire ; lui dédier un acte qui met son sexe au défi (je n'aime pas ton sexe) mais se soumet à son amour (n'ayant jamais d'amour de ton sexe, je te serai fidèle à jamais) ; servir un rite sacré et salir en même temps ses objets de culte : tout cela est nécessaire pour aboutir à la jouissance. Une jouissance dans laquelle la mère sacrée est en fait invoquée. Les mots de « profanations rituelles », de « réponses liturgiques », la comparaison de la photographie du père avec un « instrument sacré » qui devait « servir depuis déjà longtemps à des rites toujours les mêmes » laissent planer sur la scène de Montjouvain le ressouvenir de la religion juive. Non pas que Mme Proust fût pratiquante, loin s'en faut, mais plutôt, étrangement, à travers ici encore le cliché antisémite de profanation rituelle imputée aux juifs.

Mais, pour parfaire la scène, il faut de plus que celui qui voit ne sache pas qu'il voit, que celui qui est montré sache qu'il l'est et que celui qui montre fasse semblant de ne rien montrer (« Je ne sais pas qui l'a mis là »), mais soit surpris dans ce scénario dont il est pourtant le seul metteur en scène. La « Conversation avec Maman », comme la scène de

Montjouvain, se disposent selon un leurre entrecroisé. « Elle devina sans doute que son amie penserait qu'elle n'avait dit ces mots ["Fais comme si je ne le savais pas", ou bien : "Mais c'est assommant, on nous verra"] que pour la provoquer à lui répondre par certains autres qu'elle avait en effet le désir d'entendre ["Le sujet serait : contre la méthode de Sainte-Beuve", ou bien : "Quand même on nous verrait ce n'en est que meilleur"], mais que par discrétion elle voulait lui laisser l'initiative de prononcer. » Non, contrairement à ce que suggère Mlle Vinteuil, ce n'est pas « assommant, quelque chose insignifiante qu'on fasse, de penser que des yeux nous voient ». C'est un élément essentiel de la jouissance — et pas seulement dans la perversion — que de penser à ces yeux qui ne voient rien, mais qui regardent, ces yeux qu'on regarde regarder, qu'on fait semblant de ne pas voir.

« La Confession d'une jeune fille » se termine ainsi : « Non elle [ma mère] n'a pu la voir [l'expression joyeuse qu'avait ma figure dans la glace, qui dans la jouissance toute respirait, des yeux brillants aux joues enflammées et à la bouche offerte, une joie sensuelle, stupide et brutale]... C'est une coïncidence... elle a été frappée d'apoplexie une minute avant de me voir... Elle ne l'a pas vue... Cela ne se peut pas ! » Trois fois répété, le mot *voir*, marqué d'un déni. Il faudrait peut-être ici renverser ou inverser tous les termes de cette scène où l'enfant montre sa sexualité aux parents. Ce n'est pas une jeune fille qui dénie avoir vu sa mère la voir faire l'amour, mais un petit garçon qui dénie avoir vu sa mère faire l'amour, et découvert l'horreur d'un sexe différent du sien.

Dans la *Recherche*, les deux épisodes montrant des êtres accouplés dans l'amour sont l'un et l'autre des rencontres homosexuelles : la scène de Montjouvain et la conjonction d'un « insecte très rare et d'une fleur captive », c'est-à-dire du baron de Charlus et du giletier Jupien. Ce sont bien là des scènes primitives : chaque fois, celui qui voit et raconte est caché, comme l'enfant cherchant à savoir ce qui se passe dans la chambre des parents, ne voit pas tout, n'entend pas tout. L'enfant est exclu. « Elle murmura à l'oreille de Mlle Vinteuil quelque chose que je ne pus entendre... » « Je n'en entendis pas davantage, car Mlle Vinteuil, d'un air las, gauche, affairé, honnête et triste vint fermer les volets de la fenêtre. » Ou bien, lors de la rencontre entre les deux hommes : « La porte de la boutique se referma sur eux et je ne pus rien entendre. »

De plus, dans la scène de Montjouvain, le narrateur, qui faisait une promenade, s'est endormi et aperçoit la scène à son réveil, « à peu de centimètres de distance ». « La fenêtre était entrouverte, la lampe était allumée, je voyais tous ses mouvements sans qu'elle me vît. » Cette scène a un prologue. Caché, déjà, « de plain-pied avec le salon du second étage, à cinquante centimètres de la fenêtre », le narrateur avait vu Vinteuil « se hâter de mettre en évidence sur le piano un morceau de musique » dans l'intention probable que les parents prient le musicien de l'exécuter. Dans ces scènes, tout le monde ment, tout le monde feint, et le metteur en scène n'est pas celui qu'on croit. Vanité, ou désir de musique, Vinteuil dispose sur son pupitre une partition de lui, puis répète plusieurs fois : « Mais je ne sais pas qui a mis cela sur le piano, ce n'est pas sa place. » Exactement comme sa fille, des années plus tard, s'écrie : « Oh ! ce portrait de mon père qui nous regarde, je ne sais pas qui a pu le mettre là, j'ai pourtant dit vingt fois que ce n'était pas sa place. » Vinteuil place la partition et sa fille le portrait comme Mme Proust pose *Le Figaro* : « négligemment, avec un air de distraction et d'indifférence, près de moi — mais si près que je ne pouvais pas faire un mouvement sans le voir ».

Dans la scénographie perverse, où voyeurisme et exhibitionnisme, sadisme et masochisme se répondent, personne n'est innocent. Dans l'échange, apparaît une troisième figure, celle du témoin muet qu'encadre la fenêtre, celle que reflète la glace, celle que le photographe a captée. C'est dans une grande glace qu'Albertine ne cesse de regarder ses amies homosexuelles, sans que le narrateur voie ces regards.

Mais il y a une chose que ni Maman ni Albertine ne verront, parce qu'elles sont mortes et que c'est cette mort qui a permis à Marcel de s'y adonner : cette histoire qui ne s'appelle pas *Le Visage retrouvé*, mais *À la recherche du temps perdu*, ce roman où elles continuent de vivre, ce livre auquel il s'adresse comme à une morte, ou comme à un enfant, en lui disant « Te verrai-je jamais ? »

Voulez-vous lire un autoportrait de Proust ? N'écoutez pas le narrateur, ni Swann. Ouvrez-vous à la voix de Mlle Vinteuil. Entrez sur son théâtre : « Certes, dans les habitudes de Mlle Vinteuil l'apparence du mal était si entière qu'on aurait eu de la peine à la rencontrer réalisée à ce degré de perfection ailleurs que chez une sadique ; c'est à la lumière de la rampe des théâtres du boulevard plutôt que sous la lampe d'une maison de campagne véritable qu'on peut voir une fille faire cracher une amie sur le portrait d'un père qui n'a vécu que pour elle ; et il n'y a guère que le sadisme qui donne un fondement dans la vie à l'esthétique du mélodrame. » Marcel ne détestait pas cette mise en scène d'une mise à mort qu'est le rituel sadique et en jouissait lui-même dans l'ombre des représentations du petit théâtre de Le Cuziat, car les bordels devaient être alors des sortes de théâtres, avec leurs fauteuils plongés dans l'obscurité et leurs scènes jouées derrière une rampe de lumière crue.

Mais ce qu'il aimait surtout, c'était la honte de cette jouissance. Le plaisir de faire le mal ne serait rien sans celui de s'en accuser. Voici donc son autoportrait en vicieuse triste : « Une sadique comme elle est l'artiste du mal, ce qu'une créature entièrement mauvaise ne pourrait être car le mal ne lui serait pas extérieur, il lui semblerait tout naturel, ne se distinguerait même pas d'elle ; et la vertu, la mémoire des morts, la tendresse filiale, comme elle n'en aurait pas le culte, elle ne trouverait pas un plaisir sacrilège à les profaner. Les sadiques de l'espèce de Mlle Vinteuil sont des êtres si purement sentimentaux, si naturellement vertueux que même le plaisir sensuel leur paraît quelque chose de mauvais, le privilège des méchants. Et quand ils se concèdent à eux-mêmes de s'y livrer un moment, c'est dans la peau des méchants qu'ils tâchent d'entrer et de faire entrer leur complice, de façon à avoir eu un moment l'illusion de s'être évadés de leur âme scrupuleuse et tendre, dans le monde inhumain du plaisir [...] Ce n'est pas le mal qui lui donnait l'illusion du plaisir, qui lui semblait agréable ; c'est le plaisir qui lui semblait malin. »

Marcel avait le plaisir malin et la chair triste. Quoi de plus triste que la scène de Montjouvain ? Proust intitule une esquisse « Tristesse de Charlus ». Il éprouvait peu de sentiments, mais était très sentimental. S'il aimait mêler le frelaté et le douloureux, s'entourant de secrétaires scabreux, de grooms compromis, de garçon de café vicieux, de coursiers louches, s'il payait ses plaisirs pour humilier et s'humilier un peu plus, il ne fut pas comme Charlus ou Montesquiou dévoré par ses vices. Bien sûr, il semble avoir cultivé une rare dilection pour « les valets de pied en panne bleue ». Ils avaient nom Henri Rochat, Ernst Forssgren, ou demeurent sans nom, comme ces valets que le narrateur fascine de son regard à la soirée chez Mme de Saint-Euverte, ou les serveurs de Rivebelle et les liftiers du Grand-Hôtel à Balbec. Et on ne peut que faire des hypothèses sur ses pratiques perverses si l'on rapproche la comparaison, qui semble presque lui échapper, de Maman avec un « valet de pied de tripot », du rôle constant de celle-ci dans toutes les scènes de baiser : venir lui réchauffer les pieds entre ses mains. Mais ses perversions bien communes ne font pas à elles seules de Proust un pervers. Combien d'hétérosexuels n'ont-ils pas tendance à séparer les objets de leur désir des personnes de leur amour ? Combien n'élisent pas un morceau de corps comme point aigu de leur jouissance ?

Le sentiment de culpabilité est bien dévalué depuis que la psychanalyse enseigne le désir de désirer ne pas céder sur son désir. Pourtant, il mérite mieux. Il est la source d'œuvres et d'actes. C'est lui qui poussa Proust à écrire, avec cette touche de nostalgie de la pureté et de la virginité qui révèle une homosexualité plus infantile que masculine. Sur le fuselage de l'avion qu'il voulait offrir à Alfred Agostinelli, Proust voulait faire graver le vers de Mallarmé, « le vierge, le vivace et le bel aujourd'hui ». Il n'en eut pas le temps, mais ce temps aussi fut retrouvé dans le roman : le yacht destiné à Albertine porte cette devise.

Marcel, en habillant en femmes ses garçons homosexuels ne fait pas que dissimuler, il révèle ce que sa mère lui a sans doute transmis, le désir d'être une femme parmi les femmes, ou plutôt de rester un enfant parmi les mères, de quelque sexe qu'elles soient. En témoigne encore la conception très partielle qu'il donne de l'homosexualité masculine au début de *Sodome et Gomorrhe*, représentée comme un rapport entre deux « hommes-femmes », sans apercevoir la haine du féminin et le culte du masculin présents dans la plupart des formes d'homosexualité. Il ignore l'attrait de l'homme pour l'homme, de sexe à sexe. Pourquoi ? Parce que pour lui, il ne faut pas lire hommes-femmes, mais enfants-mères. De même que le recouvrement de l'homosexualité masculine par la féminine vise à maintenir la mère au centre du fantasme, et n'est pas qu'un déguisement pour contourner une censure sociale plus dure pour la première, de même, ces hommes-femmes (ou ces femmes-femmes) maintiennent en quelque sorte l'infantile du désir. Ces garçons désirés, qui appartiennent souvent à la catégorie des personnels de service, et qu'il déguise souvent en fraîches et joufflues crémières, une fois encore cachent la figure de Maman, celle qui sert, qui se met sacrificiellement au service de son fils.

D'autres objets attirent le désir de Marcel. On devine chez lui, comme chez un certain type d'homosexuels, le fantasme de séduire les hommes d'autorité, de préférence même, caricaturalement, ceux qui portent un uniforme, policiers, magistrats, soldats, pilotes, pompiers. Proust préférait les portiers et les chauffeurs. Charlus, lui, donne dans les conducteurs d'omnibus et les télégraphistes et range parmi les horreurs irréparables de la guerre l'existence de télégraphistes femmes. Les petits télégraphistes ont aussi une place à part dans l'imaginaire de Proust, qui s'enquiert de retrouver des porteurs de dépêches auprès d'amis homosexuels, pour les connaître et les voir « dans l'exercice de leurs fonctions ». Quelles fonctions ? Porter à domicile des nouvelles capitales : maladies, décès, succès. Mais aussi donner à la parole l'urgence et la vitesse d'un coup porté à l'autre, la soudaineté d'une caressse attendue de lui. Ils sont comme Françoise donnant à Maman le billet qui doit la faire revenir, comme Marcel rêvant d'une langue pareille à cette mère qui apportait la mort ou la vie en trois mots.

Il est d'autant plus révélateur de voir Proust attribuer aux femmes cet étrange engouement pour les porteurs d'uniformes : « Elles aiment les militaires, les pompiers ; l'uniforme les rend moins difficiles pour le visage ; elles croient baiser sous la cuirasse un cœur différent, aventureux et doux. » Lorsqu'il allait se faire photographier, rue Royale, ce que Marcel aimait le plus, c'était se déguiser en militaire, lui qui avait passé la guerre au Ritz, mais avait toujours gardé un souvenir ému de son volontariat militaire à Orléans en 1889-1890. Comme son narrateur à Doncières, il avait trouvé un plaisir sans pareil à dormir à la caserne, soldat parmi les soldats.

Mais aucune présence de l'objet aimé ou du fétiche qu'il devient parfois n'apaisera l'inquiète tristesse du pervers. « Son enfance s'agita misérablement au fond d'un puits de tristesse dont rien ne pouvait encore l'aider à sortir, et que l'idée même de la cause de ses chagrins ne venait pas encore éclairer. De sa tristesse, d'ailleurs, il ne connut guère plus tard que les causes secondes, car pour la cause première elle lui sembla toujours si inséparable de lui-même qu'il ne put jamais renoncer à elle qu'en renonçant à soi. »

Il y a toujours quelque chose de théâtral dans les perversions, dont les scénarios se donnent explicitement pour des jeux ; les fantasmes des névrosés tenant davantage de l'esthétique du cinéma, de l'effet de réel, du donné pour vrai. Proust, assez expert, nous donne la clé de la scène de Montjouvain : elle n'est pas surprise, mais montrée. Pas vue, mais montée. Les scénarios pervers n'unissent pas des personnes mais des acteurs. Le metteur en scène s'y livre avec ses personnages à un théâtre de la cruauté.

Quand le narrateur croit voir sa mère en s'apercevant dans un miroir au-dessus du corps d'Albertine livrée à ses caresses fort peu masculines, est reprise la scène du miroir où « la jeune fille » débauchée voit « cette expression joyeuse qu'avait [sa] figure dans la glace ». La mère, profanée et triomphante, vicieuse et pure, menaçante et défaite, la mère dans le fils (ou la fille) restera le témoin de l'homosexualité (ou de la sexualité) de son enfant, qu'elle ne saurait voir.

Une chose à ta mère

Il est peu d'homosexuels qui ne se promènent dans l'existence flanqués d'un personnage féminin dont la fonction est d'être le garant d'une fréquentation de la femme masquant leur dégoût de sa sexualité et l'horreur que son sexe leur inspire. Ce type de femmes, sans qu'elles soient à proprement parler homosexuelles, poursuivent sans doute ainsi une façon d'évitement des hommes, de leur sexe et de leur sexualité. Dans la *Recherche*, l'exemple en est la princesse de Guermantes, qui trouve le moyen d'être infidèle à son mari homosexuel en tombant folle d'amour pour Charlus au point de chercher à se tuer. Ainsi, dans la vie de Marcel Proust, il y eut une longue cohorte de protectrices ravies de ses liaisons avec des jeunes gens : Mme Straus, Mme de Chevigné, Louisa de Mornand, la comtesse Greffulhe, la princesse Soutzo. La plus étrange de toutes était Laure Hayman, à qui il écrit : *Mon esprit glorieux ne verra point l'aurore / Mais un dieu t'envoya ; tueuse, je t'adore !* Elle deviendra Odette. Proust lui envoyait des vers, des fleurs et des porcelaines de Saxe.

Il est une idée répandue un peu partout dans la *Recherche*, mais jamais pleinement exprimée : l'homosexualité des fils leur vient de leur mère. Transmission quasi-génétique, laisse penser Proust, qui ne va pas jusqu'à la considérer comme psychique. D'où vient la voix de contralto de Charlus ? « Il eut un petit rire qui lui était spécial — un rire qui lui venait probablement de quelque grand-mère bavaroise ou lorraine, qui le tenait elle-même, tout identique, d'une aïeule, de sorte qu'il sonnait ainsi, inchangé. » D'où vient le visage du mal qui envahit la face dépravée du fils ? D'où vient aux invertis cette « politesse instinctive et atavique envers les inconnus » ? « C'est toujours l'âme d'une parente du sexe féminin, auxiliatrice comme une déesse ou incarnée comme un double qui se charge de l'introduire dans un salon nouveau et de modeler son attitude jusqu'à ce qu'il soit arrivé devant la maîtresse de maison. » Sinon de sa tante, d'où viennent au neveu de Mme Cottard ses manières efféminées et ses fréquentations faisant « toujours une entrée comme s'il venait vous faire une surprise ou vous annoncer un héritage, illuminé d'un bonheur dont il eût été vain de lui demander la cause qui tenait à son hérédité inconsciente et à son sexe déplacé » ? D'où vient l'impression, lorsque Charlus s'avance chez les Verdurin, de voir entrer sa sœur, Mme de Marsantes. D'où viennent, chez le baron encore, entouré de garçons vaguement fouetteurs dans la maison de débauche de Jupien, « ces grâces héritées de quelque grand-mère », ce « désir de paraître grande dame » ? Des mères. Mais des mères maudites, mal dites, redites en les abaissant en soi.

Parlant de l'homosexualité passive, une forme qui n'était pas la sienne, Proust propose une théorie de l'homosexualité masculine comme identification à la mère profanée. Lorsque « la tante réincarne la tante », avec manchon, bouche en cœur ou dandinement enjuponné, c'est le fils qui mime la mère. Et si l'homosexualité passive était une vengeance, un défi répondant au déni ? Tu as voulu m'interdire le sexe des femmes ? Eh bien, je me soumettrai à celui des hommes, comme une femme ! Jean Santeuil retire une certitude du conflit avec sa mère : il sent « sa tendresse pour Henri se mêler, redoubler, chercher protection auprès de lui et peut-être aussi lui offrir la sienne [...] Rien ne la retenait plus maintenant que sa colère avait un motif désintéressé et brûlait de venger moins la peine qu'on lui avait faite que le tort causé à son ami ». C'est alors qu'il brise le vase : « Il se leva, courut à la cheminée et il entendit un bruit terrible : le verre de Venise que sa mère lui avait acheté cent francs et qu'il venait de briser », ce verre qu'il devait justement le lendemain faire admirer à Henri.

Mais ensuite, Jean va encore plus loin. Il a froid, veut se couvrir et ne trouve rien d'autre à jeter sur ses épaules qu'un « petit manteau de velours noir bordé d'aiguillettes, doublé de satin cerise et d'hermine ». Il sent son odeur, revoit en lui la jeunesse de sa mère, pleure dans ses plis les baisers manqués. Puis, ainsi travesti, il va repentant demander pardon et baiser à papa, qui s'y prête, et à Maman, qui d'abord le rebute. Le père s'aperçoit tout de même que quelque chose ne va pas lorsque apparaît la doublure de satin rose du manteau relevée sur les bras de son fils : « "C'est ridicule, il fait chaud ici, et c'est une chose à ta mère. Ôte cela et tout de suite." Il éprouva l'amertume qu'il y a à ne pas être compris et l'ôta. Mais alors sa mère le [...] regarda en souriant. Il comprit ce sourire, qu'elle avait compris et que rien n'avait été perdu pour elle. Courant à elle, il se jeta sur ses joues en pleurant et la tint longtemps embrassée. » À sa mère « heureuse d'être aimée », il avoue le bris du vase. « Il croyait qu'elle allait le gronder, lui rappeler le pire. Mais restant aussi douce, elle l'embrassa, scellant leur union. » Après cette scène, Jean songe à la mort, et à un testament où il léguerait le petit manteau à Henri.

De cet épisode, où l'on voit le fils se revêtir en

quelque sorte du sexe de la mère (noir, frangé, doublé de rose) et l'offrir à l'ami aimé, ainsi que du pacte qui l'accompagne (« il comprit », « elle avait compris »), on retrouve plusieurs traces masquées dans la *Recherche*. Dans une longue digression consacrée à l'homosexuel : « en lui, avec quelles ruses, quelle agilité de plante grimpante, la femme inconsciente et visible cherche-t-elle l'organe masculin ! », Proust parle du jeune garçon dont il faut comprendre que si le soir, « il se glisse hors des doigts de ses parents, malgré eux, malgré lui, ce ne sera pas pour aller retrouver des femmes ». Ailleurs, on peut lire une allusion directe à cette scène de déguisement du fils en Maman : « Tel jeune peintre élevé par une sainte cousine protestante [tel jeune écrivain élevé par une sainte mère juive] entrera la tête oblique et chevrotante, les yeux au ciel, les mains cramponnées à un manchon invisible, dont la forme évoquée et la présence réelle et tutélaire aideront l'artiste à franchir sans agoraphobie l'espace creusé d'abîmes qui va de l'antichambre au petit salon. »

Dans le roman, d'autres manteaux de femmes peuvent évoquer le sexe maternel, son horreur, cette chose qu'il est impossible de regarder en face sans risquer la mort ou la folie. Un jour, lors d'une séparation, Marcel comprend que sa mère va vivre sans lui, autrement que pour lui, d'une autre vie, et qu'elle va habiter de son côté avec le père. Alors, le cœur serré, il la regarde s'éloigner. « Je la regardais comme si elle était déjà séparée de moi, sous ce chapeau de paille rond qu'elle avait acheté pour la campagne, dans une robe légère qu'elle avait mise à cause de cette longue course par une pleine chaleur, et qui la faisaient autre, appartenant déjà à la villa de "Montretout" où je ne la verrais pas. » Si ma mère me montre tout, j'en perdrai la vue.

Parfois, les yeux d'Albertine semblent aussi dangereux à regarder que le sexe dont ils prennent l'aspect lorsque le désir « faisait exprimer à son regard quelque chose de plus pervers et de plus malsain, la sombre pourpre de certaines roses, d'un rouge presque noir ». Images du sexe de la femme. D'un côté, portée par Mme de Guermantes, « cette robe de chambre qui sent si mauvais, que vous aviez l'autre soir et qui est sombre, duveteuse, tachetée ». De l'autre, sous la robe, mais en réalité pour effacer et ne pas voir ce que cachent les robes des mères, ce qu'il faut bien appeler un fétiche : le narrateur n'a pas besoin de dévêtir Albertine pour savoir que « son ventre (dissimulant la place qui chez l'homme s'enlaidit comme du crampon resté fiché dans une statue descellée) se refermait, à la jonction des cuisses, par deux valves d'une courbe aussi assoupie, aussi reposante, aussi claustrale que celle de l'horizon quand le soleil a disparu ». Le même mot, *valve*, désigne la petite madeleine de Combray moulée « dans la valve rainurée d'une coquille de Saint-Jacques ». Le corps d'Albertine, comme probablement celui des partenaires de Proust dans ses fantasmes sexuels, est un corps sans sexe, dépourvu de celui de l'homme comme de celui de la femme, rien de saillant ni de creux. Rien à voir, il est scellé. La valve n'est pas une vulve. Maman n'est pas une femme.

Il n'y a pas d'organe pour le baiser

La première apparition du baiser de Maman dans « La Confession », où c'est une jeune fille qui l'attend, douce et brûlante source de peine, ne montrait pas le baiser d'une femme à un homme, ni d'une mère à son garçon. C'est celui de Maman à un enfant sans sexe. Dans « Combray », le vrai rival du petit, dans la scène du baiser, n'est pas son père bourru mais inconstant dans sa sévérité, c'est Swann que la mère trouve le moyen d'emmener un peu à l'écart, mais que l'enfant suit. Non pas le rival-homme désirant la même femme, le rival-enfant dans l'amour de la mère. Maman lui demande comment va sa fille Gilberte : « Nous reparlerons d'elle quand nous serons tous les deux, il n'y a qu'une maman qui soit digne de vous comprendre. » Marcel ne regarde pas Swann comme un homme pouvant prendre la mère, mais en tant qu'enfant pris par Maman dans un amour « à mi-voix ». Si Swann est ensuite pour lui le modèle auquel s'identifier — le narrateur passe son temps à table à se tirer le nez et à se frotter les yeux pour lui ressembler — ce n'est pas comme un fils s'identifie à son père, mais plutôt comme un enfant à ce qu'il croit être l'enfant idéal de sa mère.

En français, « baiser » a le sens de mettre ses lèvres au contact d'un objet ou d'une partie d'un corps, mais aussi, plus vulgairement, de pénétrer une personne. Il y a entre le narrateur et Albertine toutes sortes de baisers donnés ou refusés, par l'un ou par l'autre. Mais jamais on ne voit Albertine se faire « baiser » par son geôlier. La mère, on l'embrasse tant et plus, mais on ne la pénètre pas. La profondeur d'Albertine n'est pas effleurée : « Les lèvres, faites pour amener au palais la saveur de ce qui les tente, doivent se contenter, sans comprendre leur erreur et sans avouer leur déception, de vaguer à la surface et de se heurter à la clôture de la joue impénétrable et désirée. » Leur façon de faire l'amour — une expression que Proust n'emploie nulle part — ? Des mamours, comme avec Maman. Ou bien avec Reynaldo. En 1912, Proust écrit au musicien, son plus vieil amant : « Mais je n'aurais pas pu m'endormir sans vous avoir embrassé, sans vous avoir donné le baiser de Combray, j'embrasse votre petite main. »

Le profond d'Albertine, ce sont les autres (les femmes ?) qui y ont accès, lorsqu'elle se fait « casser le pot », par exemple. Comme le corps maternel, ce n'est pas le fils qui le pénètre. Le narrateur ne possède jamais Albertine, d'où la coloration si particulière de sa jalousie. Une jalousie que l'on n'a que pour les êtres que l'on n'a jamais possédés et qui prend des tournures délirantes, sadiques et homosexuelles, l'autre, le rival, étant, lui, supposé les avoir pénétrés au plus profond de l'être. « Hélas, on [n'] aime que ce en qui l'on poursuit quelque chose d'inaccessible, on n'aime que ce qu'on ne possède pas. »

La *Recherche* ? Un livre sur l'amour où jamais personne ne le fait. Tous les actes sexuels sont partiels et infantiles (les baisers d'Albertine, le sadomasochisme de Charlus ou Morel, les masturbations du narrateur). Rien qui mette moins en jeu les sexes et surtout celui de la femme. Bien plus, par le recours à des métaphores « naturelles » : pollen, miel, fleurs, pistils, abeilles, escargots, catleyas humés, orchidées faisant des avances au bourdon, Proust dénie la saleté des sexes — et celle de la merde, rarement absente dans les fantasmes et les pratiques homosexuels. Ce faisant, il atteint d'ailleurs une véritable pornographie de la niaiserie.

Il faudrait, comme dit le narrateur, « un chapitre à part » pour retracer les rapports entretenus par certains homosexuels avec la mère et la merde. Chez Charlus, qui parle quelque part de « la comtesse caca », cette vision d'une mère fécale n'est même pas atténuée par la décence. Il compare le fait de se rendre à l'invitation de Mme de Saint-Euverte à la nécessité d'aller au petit endroit pour « se soulager » d'un « besoin pressant dû à la colique ». Approcher cette marquise, c'est faire souffrir son appareil olfactif, car quand elle ouvre la bouche, c'est une fosse d'aisance crevée. Son salon est un « formidable tonneau de vidange ». Pas assez « sainte », trop « ouverte », la femme, par son sexe, évoque un cloaque nauséabond. Dégoûté d'en être sorti, je ne saurais sans horreur y revenir. Dans cet avilissement de Maman, on peut relever la place de Mme de Cambremer, dont le nom « bien étonnant, finit juste à temps, mais finit mal », selon Oriane de

Guermantes. Étrange idée, car ce nom finit au contraire dans la beauté et l'infini. Après tout, Proust avait écrit ailleurs « la mer a le charme des choses qui ne se taisent pas la nuit, qui sont pour notre vie inquiète une permission de dormir, une promesse que toute vie ne va pas s'anéantir, comme la veilleuse des petits enfants ». Pourquoi donc laisser entendre *cambremerde*, dans ce nom dont la première syllabe évoque le nom de Cambronne et la seconde le mot qu'on prête à ce dernier ? Dans *Jean Santeuil* se trouvait déjà la même association entre la mer et la merde dans le nom d'un personnage de femme, Mme de Closeterre. Dire « merde » à Maman, voilà ce qui ne se peut pas. Sauf dans certaines pratiques sexuelles. Car, qui peut penser que ce nom fini et bien fini, Cambremer, finit mal, sinon un homosexuel qui ne supporte pas que la mer — ou la mère — reste ouverte, infinie ? Qui, sinon un Marcel dont le prénom commence si bien : comme Maman. Et finit si mal : comme ce dont elle s'inquiétait de la fréquence et de la consistance chez son grand garçon. Son destin ne fut-il pas l'inversion d'un nom ? Permutez-en les voyelles, et Marcel devient la *mère sale* qui survit en lui.

Ailleurs, c'est sur la grand-mère qu'est reporté le fantasme de la mère souillée : « Elle avait crotté sa robe, presque perdu une bottine, son chapeau était tout de travers et elle avait une éclaboussure de boue jusque sur son voile. » C'est dans la partie la plus noire du roman, la plus profondément enfouie dans l'homosexualité et le mal, *Sodome et Gomorrhe*, que se trouve, sous le titre « Les Intermittences du cœur » et déplacée sur la grand-mère, la plus pure douleur du souvenir de la mère et de sa mort, mais aussi de sa saleté.

J'ai toujours cru que la mort était belle

On trouve chez Chateaubriand une phrase étrange : « Si j'avais pétri mon limon, peut-être me fussé-je créé femme, en passion d'elles. » On notera que cette phrase prend place dans un chapitre consacré à la mort de son père, sous le titre « M'eût-il apprécié ? » On écrit toujours pour sa mère. Pour, au sens de : *en cadeau fait à...* : Chateaubriand écrit : « Je voulais un grand bruit, afin qu'il montât jusqu'au séjour de ma mère et que les anges lui portassent ma sainte expiation ». Mais aussi au sens de : *à la place de...*

Au vrai, quoi qu'elles prétendent, les mères n'aiment pas que leur fils écrive. Julie de Chateaubriand, la sœur, énonce cette faute : « Si tu savais combien de pleurs tes erreurs ont fait répandre à notre respectable mère [...], peut-être cela contribuerait-il à te faire renoncer à écrire. » Chez Baudelaire, dans « Bénédiction », la mère elle-même prononce ce verdict. Est-ce un fantasme du fils ou un désir réel de la mère, car dans les deux cas cités, c'est le fils qui prête cet interdit à sa mère (ou à sa sœur, parlant au nom de la mère) ? Quoi qu'il en soit, on peut en trouver une explication, d'ailleurs esquissée par Chateaubriand lui-même : « Elle avait pris la littérature en haine, parce qu'elle la regardait comme une des tentations de sa vie. » Les mères n'aiment pas que leur fils écrive les livres que peut-être elles auraient aimé écrire.

Reste à l'écrivain qui a pris une place féminine et maternelle, en s'engendrant lui-même, à vivre son écriture sous le mode de la faute et de l'expiation. « La pensée m'arriva d'expier mon premier ouvrage par un [autre] ouvrage. » Le livre serait-il ce qui fait taire la mère et ce qui la fait écrire en moi, une sorte de pierre tombale scellée sur son silence, et cependant inscrite par sa main invisible ? Il ne faut pas qu'elle sache qu'en écrivant, je sais ce que je ne comprends pas. L'écriture proustienne est en fait un formidable champ de savoirs, sur la société, les œuvres, la langue, les liens. Sur le sexe et la mort. En matière sexuelle, savoir et non-savoir touchent le mal, mais Proust, par son fantasme constant de virginité séduite et de vice sacrificiel, semble vouloir rassurer sa mère quant à l'innocence sexuelle des enfants. Savoir s'oppose non à ignorance mais à innocence.

Le désaveu du savoir et l'interdit d'écrire concernent surtout la mort. Agostinelli se noie en mer après avoir fait trop de voltige aérienne au large d'Antibes, comme la prisonnière se tue, voltigeuse elle aussi, c'est-à-dire volage. Faire comme si les enfants n'avaient aucun savoir de la mort, tel est le rôle de la mère. La réplique de Molière, citée sous le « Fais comme si je ne le savais pas » de Mme Proust, vient en réponse à cette phrase de son maître de philosophie : « "*Sine doctrina, vita est quasi mortis imago*", vous entendez cela et vous savez le latin, sans doute. » Sans doctrine, la vie est une sorte d'image de la mort. Sans la doctrine (de Sainte-Beuve), sa réfutation et le prétexte qu'elle fournit à sa création immortelle, la vie de Proust eût sans doute pris un autre tour, à l'image d'une mort, justement. De même, la citation d'*Esther* a pour contexte un risque de mort pour l'imprudente qui enfreint le sommeil du prince. Seul son sceptre la relève de cette condamnation.

La mère, la mort, on ne peut jamais leur échapper, mais ce n'est que pour le tenter qu'on écrit. À deux reprises, dans le *Contre Sainte-Beuve*, puis dans la *Recherche*, Proust montre la même scène avec sa mère : ils parlent de départ, de voyage sans fin, de mort en fait.

> « Qu'est-ce que tu aurais fait si ta Maman avait été en voyage ?
> — Les jours m'auraient paru longs.
> — Mais si j'avais été partie pour des mois, pour des années, pour... »

La mère n'ose pas dire : *toujours*. Le fils répond :

> « Tu sais, tu peux te le rappeler, comme je suis malheureux les premiers temps où nous sommes séparés. Puis, tu sais comme ma vie s'organise autrement, et sans oublier les êtres que j'aime, je n'ai plus besoin d'eux, je me passe très bien d'eux. Je suis fou les huit premiers jours. Après cela, je resterais bien seul des mois, des années, toujours. »

Ce dernier mot, qui évoque la mort de la mère et qu'elle ne prononçait pas, le fils le dit. Ce mot qui ment lorsqu'on le promet à l'autre, l'aimé, et qui dit vrai quand il parle de l'autre, le mortel, Marcel le conjure. La *Recherche* s'est construite par ce pacte selon lequel la mère demande au fils de ne pas savoir qu'elle va mourir, de faire comme si elle ne mourrait pas. Mais le fils le respecte en le trahissant. Il sait que sur la mort de sa mère il écrira son roman, mais il le commence par : *longtemps*, en refusant le *toujours*. Il y a une chambre de papier où l'on ne dit jamais : *jamais*.

Toute œuvre est peut-être un déni de la séparation majeure, écrite sous ce pacte-là avec l'un ou l'autre des parents : je sais bien que tu es mort, mais je ferai comme si je ne le savais pas. Que l'on pense à *L'Interprétation des rêves* de Freud, dédiée à son père, ou à ce rêve qu'il rapporte et qu'il avait peut-être fait lui-même, dans lequel apparaît un père mort, « mais il ne le savait pas ». Dans le roman de Proust, nulle part il n'est dit que les parents sont morts, ce que pourtant la chronologie implique nécessairement, mais l'écrivain a laissé plusieurs rêves de ses parents morts. Ainsi, il note dans ses *Carnets* ces rêves : son père mort lui sourit et lui dit : « Tu vois que mort on est presque en vie. » Sa mère était en vie mais mourante, elle disait : « Je crois que je vais mourir, ce n'est pas la peine de me prolonger. » Proust n'obéit pas et prit trois mille pages de peine, trois mille pages d'un interminable baiser donné dans l'invisible. « La mort ne dure pas », disait-il.

Dans les jours qui suivirent la mort de Mme Proust, son fils fit des rêves répétés dans lesquels il la voyait vivre encore, mais si triste, si douloureuse, si muette qu'il en venait à souhaiter que vienne le réveil et avec lui la réalité de sa mort. Dans les morts, ou les séparations, ce n'est pas l'absence qui est insupportable, c'est la présence. Une présence comme celle des objets hallucinés, une présence dont on ne peut rien faire, dont on ne sait se défaire, parce qu'il n'y a plus de lien. Les livres, les romans surtout, nous les adressons à nos ombres chères, pour qu'elles se taisent, pour les tuer sans colère et sans haine, pour que, s'y lisant, ceux que nous aimons toujours meurent enfin, comme les vampires si on leur tend un miroir. « La loi cruelle de l'art est que les êtres meurent et que nous-mêmes mourions. »

Depuis la préface à *Tendres stocks* de Paul Morand (1920) jusqu'à ses dernières lignes, la mort de Bergotte, court dans le texte de Proust une fusion d'images entre la mère et la mort. « Une étrangère a élu domicile dans mon cerveau. Elle allait et venait ; bientôt, d'après tout le train qu'elle menait, je connus ses habitudes. D'ailleurs, comme une locataire trop prévenante, elle tint à engager des rapports avec moi. Je fus surpris de voir qu'elle n'était pas belle. J'ai toujours cru que la mort l'était. » Dans le roman, pendant qu'Albertine est prisonnière, le narrateur rêve d'une femme conduisant un fiacre et se querellant avec un agent de police. « Dans sa voix, je lisais les perfections de son visage et la jeunesse de son corps. » Puis, il découvre qu'en fait, elle est vieille, « grande et forte, avec des cheveux blancs s'échappant de sa casquette et une lèpre sur la figure ». Albertine morte, il la revoit vivante et cause avec elle tandis que « ma grand-mère allait et venait dans le fond de la chambre. Une partie de son menton était tombé en miettes, comme un marbre rongé ». Enfin, Bergotte à l'agonie voit apparaître comme une hallucination « une main munie d'un torchon mouillé, passé sur sa figure par une femme méchante ». Ici, la détresse d'être et de mourir prend la forme de la détresse respiratoire souvent approchée par Proust dans sa vie d'asthmatique.

Bien que ce type de représentations et de fantasmes soit assez répandu, peut-être la mère et la mort ne sont-elles à ce point confondues que chez l'homosexuel masculin. La femme-cocher s'inscrit aussi pour Proust dans la séquelle des chauffeurs, machinistes et conducteurs divers qui faisaient l'ordinaire de ses attirances sexuelles. Allant et venant, la mère, la mort, la grand-mère, la petite morte, on ne sait pas qui de ces deux dernières femmes avait le menton rongé, la phrase étant sur ce point ambiguë. Ces figures parcourent le texte écrit après la mort de Jeanne Proust. Marcel n'aimait pas la mort. Non pas comme la duchesse de Guermantes qui jugeait que mourir était « bien ennuyeux, puisqu'on ne sait pas ce que c'est ». Au contraire, lui n'aimait que ça, les choses dont on ne sait pas ce qu'elles sont. Il n'aimait pas la mort parce qu'elle repliait le temps sur lui-même, comme Maman lorsqu'elle l'embrassait. Mais elle s'était installée définitivement en lui, comme font les mamans, comme fait un amour, dira son narrateur, à la fin du *Temps retrouvé.*

Se faire sa langue

Il n'y a pas d'innocence. Écrire, c'est faire le mal, c'est être coupable. L'écriture est comme la parole d'Albertine : « Il y avait certaines contradictions, certaines retouches qui me semblaient aussi décisives qu'un flagrant délit. » Comparaison du sexe masculin à un crochet, goût des parenthèses non refermées, des membres de phrases coupés, raboutés : toute la « physique » de l'écriture de Proust est sexuelle. Mais sa destination ? Écrire, n'est-ce pas faire du mal à l'autre ? À qui le roman est-il destiné à faire plaisir ? à qui porte-t-il tort ? En juin 1905, Proust songe à placer en tête de l'édition de *Sésame et les lys*, qu'il a traduit de Ruskin en cédant aux instances de sa mère et avec sa collaboration, un médaillon en bronze de son père mort gravé par Marie Nordlinger. Il envisage ce frontispice : « À l'entrée de ce nouveau volume, la figure de mon Père dont les yeux fermés à jamais ne sont plus ouverts qu'au fond de la mémoire de ceux qui l'ont aimé. Mais entre ses yeux et la vie notre mémoire tend le voile inécartable du Temps. Ils ne voient rien de la vie qui passe, et leur regard d'autrefois ne s'adresse qu'aux choses d'autrefois que nous avons connues (dont beaucoup sont détruites sur la terre et n'existent plus, elles aussi, que dans l'asile des mémoires fidèles. » L'art serat-il une manière de transpercer le voile du temps, ou bien de voiler ce que le père ne doit pas voir ?

Faire œuvre, c'est s'imaginer qu'on est à l'origine de sa propre histoire, et surtout de sa propre langue. C'est, pour beaucoup d'écrivains, devenir « fils de ses œuvres », n'avoir plus de père. De même que le *Contre Sainte-Beuve* prend la forme d'une « conversation » avec la mère, et inclut donc l'origine du texte dans le texte lui-même, de même, la *Recherche* est une conversation avec soi-même, ou avec la mère morte en soi, et n'est, en tant que roman, que l'histoire de l'écriture de ce roman.

Que le fils devienne écrivain, la mère s'en offusque nécessairement, et pas seulement parce qu'il va dévoiler des secrets de famille. Parce qu'il touche à la langue maternelle, parce qu'il se fait une langue étrangère dans laquelle il s'exile. Au moment précis où il entame le *Contre Sainte-Beuve*, Proust écrit : « Les seules personnes qui défendent la langue française (comme l'armée pendant l'Affaire Dreyfus) ce sont celles qui "l'attaquent". Cette idée qu'il y a une langue française en dehors des écrivains et qu'on protège, est inouïe. Chaque écrivain est obligé de se faire sa langue, comme chaque violoniste est obligé de se faire son "son". »

Il faut donc séduire la mère, la circonvenir par l'écriture, par exemple en faisant d'elle l'interlocuteur du *Contre Sainte-Beuve*, puis, un personnage-clé de la *Recherche*. Proust, qui n'aime pas Sainte-Beuve, écrit une autre « Conversation avec Maman » et adresse à sa mère, qui n'aime pas Baudelaire, son « Sainte-Beuve et Baudelaire ». Tout au long de ce texte, il se sert de Baudelaire, comme une sorte de porte-parole pour dire à Maman ce qu'elle veut ne pas savoir : le lien entre la cruauté et l'écriture. Et ce que lui-même ne veut pas savoir : la cruauté envers sa mère. « La beauté descriptive et caractéristique du tableau ne le fait reculer devant aucun détail cruel », ainsi Proust loue-t-il Baudelaire, pour son regard sans colère et sans haine, mais non sans désir de détailler les chairs, de dénuder les vies, de déshabiller les âmes. Dans les abattoirs, quand un animal tué est dépouillé, on nomme cette opération le « déshabillage ». Proust aime ce déshabillage chez le poète, qui est, autant que Saint-Simon, son modèle pour la peinture des vices des personnages de la *Recherche*. Il met dans le dîner de têtes du *Temps retrouvé* la même acuité, la même inquiétude, la même jouïssance que Baudelaire peignant ses « Petites Vieilles » :

Mais moi, moi qui de loin tendrement vous surveille,
L'œil inquiet, fixé sur vos pas incertains.

À George de Lauris, Proust envoya un jour une curieuse lettre. « Au matin, désir fou de violer les petites villes endormies (lisez bien : villes et non des petites filles endormies), celles qui étaient à l'Occident, dans un reste mourant de clair de lune, celles qui étaient à l'Orient en plein soleil levant, mais je me suis retenu, je suis resté dans le train. » S'il relève bien le glissement de *villes* à *filles*, Proust n'aperçoit pas un autre lapsus possible : *vieilles* au lieu de *villes*.

Un inconscient peut en cacher un autre ! Les petites vieilles de Baudelaire et sa poésie « cruelle avec infiniment de sensibilité » désignent l'atroce désir de faire mal à la mère, de rompre avec sa toute-puissance.

La mère consent à l'amour homosexuel, elle est si désireuse de « faire plaisir », dit-il à propos de la scène du *Figaro*, mais elle refuse ce que cet amour porte en lui d'horreur et de cruauté. C'est ce que précisément Proust va lui mettre sous les yeux, à travers toute la *Recherche*, mais d'abord grâce à Baudelaire, un poète qu'elle n'aime qu'« à demi », dont elle n'aime pas cette moitié-là, qui appelle amour, oui, amour et non désir, « la certitude de faire le mal » avec l'autre et le goût de faire du mal à l'autre. Évidemment, ces plaisirs clandestins qu'il aime, comme Baudelaire, sont au fond ceux de l'écriture comme sadisme, l'écrivain visant à rendre au monde le mal que son spectacle lui fait. Comme masochisme aussi : blessé par l'image réelle, le regard se fait blessant en formant l'image poétique.

Abrité derrière la vision d'amour méchant du poète envers les femmes pauvres, vieilles, déchues, Proust dit sa méchanceté envers la pauvre femme, la vieille femme, la déchéance faite femme, qu'est malgré tout à ses yeux, entre toutes les femmes, sa mère si follement aimée. Il ne peut dire directement à sa mère le mal qu'elle lui fait, le mal qu'il lui veut, parce que cela n'a jamais pu se dire, et parce qu'elle est morte quand il écrit. Alors, il met en scène Baudelaire montrant dans « Bénédiction » une image de mère méchante et cruelle envers le fils en tant qu'écrivain :

Ah ! que n'ai-je mis bas tout un nœud de vipères,
Plutôt que de nourrir cette dérision !

Mais Proust efface au passage le fait que chez Baudelaire c'était la mère qui opposait cette véhémence à la dignité de l'art :

Lorsque, par un décret des puissances suprêmes,
Le Poète apparaît en ce monde ennuyé,
Sa mère épouvantée et pleine de blasphèmes
Crispe ses poings vers Dieu, qui la prend en pitié.

On comprend que Proust cite deux autres vers du même poème, mais en passant, juste pour donner à sa mère un exemple des « grands vers flamboyants comme des ostensoirs » de Baudelaire, cette sombre image d'une mère interdictrice de l'écriture, et qu'il faudra brûler en soi pour atteindre le roman :

Elle-même prépare au fond de la Géhenne
Les bûchers consacrés aux crimes maternels.

Quel mal la mère a-t-elle pu faire au fils ? Si paradoxal que cela puisse paraître, le mal de parler, de devoir sortir de la fusion pour s'entendre. En lui apprenant à parler, en lui enseignant la langue maternelle, Maman fit à Marcel ce qu'Albertine lui fera plus tard, « entrouvrir les lèvres où elle tente de glisser la langue ». Dans deux autres passages, le narrateur parle de façon encore plus claire, du mal délicieux que lui cause la langue d'Albertine : « Chaque soir, fort tard, avant de me quitter, elle glissait dans ma bouche sa langue, comme un pain quotidien, comme un aliment nourrissant et ayant le caractère presque sacré de toute chair à qui les souffrances que nous avons endurées à cause d'elle ont fini par conférer une sorte de douceur morale. » Dans *Albertine disparue* est repris ce thème de *La Prisonnière*. « Je revoyais Albertine s'asseyant à son pianola, rose sous ses cheveux noirs, je sentais mes lèvres qu'elle essayait d'écarter, sa langue maternelle, incomestible, nourricière et sainte, dont la flamme et la rosée secrète faisaient que, même quand Albertine la faisait simplement glisser à la surface de mon cou, de mon ventre, ces caresses superficielles mais en quelque sorte faites par l'intérieur de sa chair, extériorisée comme une étoffe qui montrerait sa doublure, prenaient, même par les attouchements les plus externes, comme la mystérieuse douceur d'une pénétration. »

Il y a la langue, morceau de chair, à la fois enclose à l'intérieur de la bouche, et qui peut, si on la tire, se voir à l'extérieur et pénétrer l'intérieur d'une autre bouche, et puis la langue parlée. En répétant une seconde fois le mot langue, en le précisant de l'adjectif maternel, Proust opère presque consciemment la confusion entre les deux sens de ce mot. Confondant Maman et Albertine, il esquisse le thème d'une pénétration par les mots. Albertine est double : pénétrante (la langue) et pénétrée (le derrière), active (avec Marcel) et passive (avec d'autres). La mère est double : n'osant pas pénétrer dans la chambre de son petit roi, mais le pénétrant de ses mots et de ses vers classiques. Le narrateur est double : sa bouche est forcée, et ses oreilles entendent ce qu'elles ne doivent pas (le pot cassé). Marcel est double : s'il ne pénètre pas Albertine (ni Maman), il élabore une langue autrement pénétrante par laquelle il aura raison de l'une et de l'autre.

La violence de ce rapport à Maman, par lequel elle force son petit à entrer dans le monde du désir et de la souffrance, s'est rejouée dans leur lien autour d'une autre langue, la langue française littéraire. Unis dans le même amour de la littérature, la mère et le fils s'aiment à n'en plus pouvoir, se haïssent mais ne le savent pas.

Les fils sans mère

Dans un passage où se trouve la plus longue phrase de la *Recherche* (1500 mots), Proust parle des homosexuels comme de « fils sans mère », à laquelle ils sont obligés de « mentir même à l'heure de lui fermer les yeux ». L'expression est étrange pour désigner ceux que vulgairement on aurait plutôt tendance à appeler des « garçons à sa Maman » et à décrire comme des fils sans père. Pourtant, toute l'élaboration de l'amour maternel à travers les figures féminines du roman témoigne de cette vérité souvent inaperçue : les homosexuels masculins sont certes de perpétuels fils, mais qui aimeraient bien ne pas avoir eu de mère. Trop attachés à elle, ils cherchent par la violence et l'humiliation à s'en détacher. Fils de leur mère, ils savent qu'ils le sont, mais ne veulent pas le savoir, souhaitant en quelque sorte que leur mère soit immaculée, qu'elle ne les ait pas conçus avec ce père un peu ou beaucoup désiré, ou bien qu'elles soient des prostituées avilies : le narrateur dit combien il regrettait que sa mère « ne se teignît pas les cheveux et ne se mît pas de rouge aux lèvres ». Cette polarité anime le portrait de l'amour que le narrateur porte à la duchesse de Guermantes : chaque personne (il s'agit d'Oriane) est « une ombre où nous pouvons tour à tour imaginer avec autant de vraisemblance que brillent la haine et l'amour ». Car, n'est-ce pas la mère qui a d'abord « fermé les yeux », et menti au fils en faisant comme si elle ne savait pas, comme s'il était effectivement attiré par les femmes ?

Proust comme son narrateur semble traversé par le fantasme de battre, d'avilir, voire de tuer la mère. Transporter un canapé de famille dans une maison de passe, puis transplanter cette scène dans un roman peut bien susciter chez le coupable le sentiment que : « J'aurais fait violer une morte que je n'aurais pas souffert d'avantage. » Mais, n'est-ce pas à cela que se résume la *Recherche*, le viol d'une morte pour la faire revivre ?

« On bat la mère. » Un tel fantasme traverse divers passages du roman. Assuérus était l'autre nom de Xerxès, ce roi perse qui ordonna de flageller la mer parce qu'elle avait emporté sa flotte défaite à

Salamine. À deux reprises, Proust le représente faisant « battre la mère ». « Qu'y a-t-il de plus poétique que Xerxès fils de Darius faisant battre de verges la mer qui avait englouti ses vaisseaux ? » Ailleurs, il parle d'une « suite de problèmes insolubles, une mer que nous essayons ridiculement, comme Xerxès, de battre pour la punir de ce qu'elle a englouti ». La mère aurait-elle englouti le sexe du père, comme elle a englouti la sexualité du fils ? C'est pourquoi le père (Xerxès-Assuérus-Adrien), et le fils doivent la punir, à coup de verges, comme Jupien fouette Charlus, comme Bloch frappe sa mère. Mais la deuxième fois qu'il évoque Xerxès, Proust range sous les problèmes insolubles la transformation d'Albertine en personnage de roman : « Elle était entrée pour moi dans cette période lamentable où un être, disséminé dans l'espace et dans le temps, n'est plus pour nous une femme, mais une suite d'événements. » Écrire, serait-ce aussi battre la mère, autant dire « une lutte inutile, épuisante, entourée de toutes parts par les limites de l'imagination et où la jalousie se débat si honteusement » ?

Pour dire sa cruauté envers la mère avilie, Proust fait de nouveau parler Baudelaire. « Oh ! ce frémissement d'un cœur à qui on fait mal. » Ainsi commente-t-il le vers d'« Harmonie du soir » : « Le violon frémit comme un cœur qu'on afflige ». « La Confession d'une jeune fille » trahit partout la présence du poète, dans les épigraphes, ou dans des phrases telles que : « Tout acte voluptueux est coupable », où s'entend en écho : « La volupté unique et suprême de l'amour gît dans la certitude de faire le mal. » À divers endroits de son roman, Proust reprend et creuse l'image baudelairienne de la volupté comme combat et mise à mort. Ainsi, dans la scène des deux blanchisseuses que le narrateur a emmenées dans une maison de passe où il écoute leurs ébats sans les voir. « Sous les caresses de l'une, l'autre commença tout d'un coup à faire entendre ce dont je ne pus distinguer d'abord ce que c'était, car on ne comprend jamais exactement la signification d'un bruit original, expressif d'une sensation que nous n'éprouvons pas. Si on l'entend d'une pièce voisine et sans rien voir, on peut prendre pour du fou rire ce que la souffrance arrache à un malade qu'on opère sans l'avoir endormi. » Rien, conclut Proust, n'est plus proche de ce bruit qui exprime ce que nous appelons souffrance que cet autre bruit qui exprime ce que nous appelons plaisir. La jouissance de la mère, son bruit « semblable à celui qui s'échappe d'une bête ou d'une harpe », son plaisir si proche d'un mal, « devait être bien fort pour bouleverser à ce point l'être qui le ressentait et tirer de lui ce langage inconnu qui semble désigner et commenter toutes les phases du drame délicieux que vivait la petite femme ». La sexualité est une profanation de l'autre. L'homosexualité y ajoute-t-elle une profanation de la mère ?

Dans *Sodome et Gomorrhe*, Proust dit que Charlus, très « lady-like », ressemblait physiquement à sa mère et avait « toutes les séductions d'une grande dame ». Puis il ajoute cette terrible phrase : « Les fils n'ayant pas toujours la ressemblance paternelle, même sans être invertis et en recherchant des femmes, ils consomment dans leur visage la profanation de leur mère. » Puis il renvoie à un chapitre à part, « les mères profanées », un développement sur la vengeance du fils et le vice comme moyen de souiller la mère en soi. Le chapitre « à part » ne fut pas écrit. Est-ce parce que toute la *Recherche* parle de cette profanation, non pas des mères, pluriel de dissimulation, mais de la seule et unique Maman ? Dans le roman, la mère si bonne et parfaite de *Jean Santeuil*, ou du *Contre Sainte-Beuve*, est clivée entre Maman et « ma grand-mère ». À cette dernière, les scènes les plus douloureuses, l'amour le plus pur. À la mère, à part la scène du baiser, un profil assez insignifiant, terre à terre, médiocre.

Peut-on aller jusqu'à parler d'un meurtre de la mère, dans le roman ou par le roman ? La *Recherche* laisse transparaître dans un bref passage une atroce haine de la mère, où le narrateur prête ces « mots affreux et presque fous » à Charlus : Bloch « pourrait même, pendant qu'il y est, frapper à coups redoublés sur sa charogne, ou, comme dirait ma vieille bonne, sur sa carogne de mère. Voilà qui serait fort bien fait et ne serait pas pour nous déplaire, hein ! petit ami, puisque nous aimons les spectacles exotiques et que frapper cette créature extra-européenne, ce serait donner une correction méritée à ce vieux chameau ». La mère adorée est aussi l'objet d'une sourde rancœur dont sa judéité n'est pas le moindre objet. Dans un rêve, le narrateur voit Charlus encore gifler sa « mère », Mme Verdurin, parce qu'elle avait acheté cinq milliards un bouquet de violettes, en fait, suite à une révélation de son homosexualité. Dans la scène où approchant ses lèvres du visage d'Albertine comparé à un vase (« le beau globe rose de ses joues »), le narrateur voit avec horreur ce visage se défaire sous son baiser. Lui vient alors une étrange image : « Une déviation de lignes infinitésimale, mais dans laquelle peut tenir toute la distance qu'il y a entre le geste de l'homme qui achève un blessé et d'un qui le secourt. » Ailleurs s'exprime le sadisme du narrateur envers la mère transposée sous les traits de la duchesse de Guermantes, et le martyre par lequel il craint de l'affliger. Enfin, encore plus clairement, le narrateur avoue : « Dans ces moments-là, rapprochant la mort de ma grand-mère de celle d'Albertine, il me semblait que ma vie était souillée d'un double assassinat. »

Comment peut-on tuer sa mère ? On a vu à quel point Proust fut fasciné par le crime commis le 24 janvier 1907 par Henri van Blarenberghe, fils d'amis de ses parents. Il fut bouleversé par cette image d'une mère ruisselante de sang descendant le grand escalier de sa demeure, répétant : « Henri, Henri, qu'as-tu fait ? Qu'as-tu fait de moi ? », tandis que le fils, qui s'était tiré une balle dans la bouche, un œil pendant hors de la face, regardait fixement l'inspecteur venu l'interroger, et qui, chose étrange, se nommait Proust. Sous le coup de ce récit, Marcel prend aussitôt la plume et dans la nuit, sous le titre : « Sentiments filiaux d'un parricide », donne au *Figaro* un article où il évoque les mânes d'Œdipe et d'Oreste. Non sans raison.

Mais comment faire pour tuer sa mère lorsqu'on n'est pas un assassin ? On la tue en soi. On devient très malade, d'un mal aux effets proches du sien, notamment l'aphasie ; on refuse les soins et les aliments, comme elle. Et on meurt, jeune, comme elle, dix-sept ans avant. « La maladie de Swann était celle qui avait emporté sa mère. » Comme l'homosexualité et la judéité, la mort serait-elle un mal que les mères transmettent à leur fils ? Proust dit un jour à son ami Maurice Duplay : « Quand j'ai perdu Maman, j'ai eu l'idée de disparaître. Non de me tuer, car je n'aurais pas voulu finir comme un héros de fait divers. Mais je me serais laissé mourir en me privant de nourriture et de sommeil. Alors, j'ai réfléchi, qu'avec moi, disparaîtrait le souvenir que je gardais d'elle, ce souvenir d'une ferveur unique, et que je l'entraînerais dans une seconde mort, celle-ci définitive, que je commettrais une sorte de parricide. »

Il y a des moments où la bienséance est une mômerie. Proust sait qu'à quelque monde qu'on appartienne, l'amour est une sale maladie et le désir une cicatrice vive. Quelle est la maladie qui trouve son épilogue au musée, lorsque Bergotte se trouve mal devant le « petit pan » ? De quoi meurt l'écrivain ? Toujours habile à masquer le tragique sous le trivial, comme lorsqu'il dit d'Odette que « le nom de Ver Meer lui était aussi familier que celui de son couturier », ou que Swann mourant comme fait un amour se met à sentir mauvais, Proust fait mourir Bergotte d'une indigestion de pommes de terres et déguise ainsi sous l'apparence d'une banale crise alimentaire la souffrance mortelle que causent certaines œuvres à celui qui les contemple. Non par la beauté qui en émane, car ce n'est pas la beauté du petit pan qui le terrasse, mais l'horreur qu'elle masque presque toujours. « Il mourut dans les circonstances suivantes. Une crise d'urémie assez légère était cause qu'on lui avait prescrit le repos. » Proust n'est pas mort d'urémie, comme Bergotte, mais il prête à l'écrivain la même maladie, la même mort que celles de Maman. De même qu'il a pu faire survivre Maman en lui, l'écrivain peut, son œuvre achevée, la faire mourir avec lui.

Les célibataires de l'écriture

Proust vécut mort ses quinze dernières années. Il les passa à s'éclairer à la lueur du papier noirci, à fuir le monde pour l'inventer, à ne voir personne, seulement des personnages. Quelle mort pourtant qu'une vie sans écrire !

Un effroi plane sur le narrateur tout au long de son roman : qu'aurait-il été s'il n'avait pas écrit ? De temps à autre revient dans la *Recherche* ce motif lancinant : « Si, au moins, j'avais pu commencer à écrire ! [mais] ce qui finissait toujours par sortir de mes efforts, c'était une page blanche, vierge de toute écriture, inéluctable comme cette carte forcée que dans certains jours on finit fatalement par tirer. »

Cet effroi, il l'a dispersé sur presque tous les hommes de son roman. *À la recherche du livre désiré* ? Un livre sur un livre qui ne s'écrit pas et sur les cent manières de ne pas écrire : converser, correspondre, caresser, regarder, étouffer, attendre, jouir, sortir, embrasser, dormir, voyager, lire, aimer. Écrire même, des pastiches, des mélanges, des articles. Ce n'est pas que tous ses personnages soient des ratés. Qui ne l'est pas ? Mais quitte à rater sa vie, autant en faire un livre. Et en cela, tous échouent. Swann a gâché sa vie non en aimant Odette, mais en délaissant pour elle les livres qu'il désirait écrire. Proust se moque des « célibataires de l'art » qui en ignorent la vérité et la violence pour n'en faire qu'un objet de troc mondain dans les salons. Dans la *Recherche*, les célibataires du livre, les faux écrivains ne manquent pas : Bloch, Verdurin, Charlus, Bergotte, Swann, et le narrateur lui-même, jusqu'à la révélation finale du temps retrouvé.

Bloch, raté des lettres, traite Musset de coco des plus malfaisants et de sinistre brute et voit dans Racine un malandrin. Il n'est lui-même qu'un pédant qui recommande au narrateur de lire Bergotte qu'il n'a pas le temps de lire en ce moment, et lui demande de s'appeler l'un l'autre « cher maître ». Vanité d'une certaine conception de l'écriture, que Proust devra ensuite dépasser et qu'il dénoncera ainsi : « En réalité nous prenions un certain plaisir à ce jeu, étant encore rapprochés de l'âge où on croit qu'on crée ce qu'on nomme. » Verdurin, auteur pourtant d'un livre sur Whistler, y laisse entendre « par moments comme l'épellement apeuré d'une confession sur le renoncement à écrire ».

Le narrateur regrette de voir Charlus borner ses dons artistiques à la peinture d'un éventail et au perfectionnement de son jeu pianistique. « Je regrette encore que M. de Charlus n'ait jamais rien écrit. » Le baron est dépeint comme un homme du monde qui aurait pu devenir un maître écrivain, s'il avait décidé d'écrire. Mais Proust sait trop qu'on ne décide pas de devenir écrivain, c'est-à-dire rien d'autre qu'un faiseur de phrases. De Bergotte enfin, personne ne dit : « C'est un grand écrivain, il a un grand talent. » Mais : « C'est un charmant esprit, si particulier, il a une façon à lui de dire les choses un peu cherchée, mais si agréable. » Et lui-même, en mourant, juge ses derniers livres bien secs.

Tous ces portraits sont des autoportraits. Proust critique ce qu'il aurait pu devenir, ce qu'il craint à chaque instant d'être : un dilettante, un charmeur de mots, un enfant dont les jeux de bouche feraient des paroles une suite de baisers continués. « Une parole d'elle était une faveur, et sa conversation vous couvrait de baisers », dit le narrateur à propos d'Albertine. Ailleurs, il écrit cruellement du baron : « C'était une intelligence qui n'était pas sortie de l'ordre de la conversation. » Marcel, tout au long de la *Recherche*, s'effraie de l'idée qu'il pourrait être quelqu'un qui ne serait jamais sorti de la conversation avec Maman. « Votre idéal de bonheur terrestre ? » lui avait-on demandé à l'âge de treize ans. Il avait répondu : « Vivre près de tous ceux que j'aime, avec les charmes de la nature, une quantité de livres et de partitions et, pas loin, un théâtre. » À ce programme d'un amateur cultivé, d'un célibataire délicat, quelque chose vint l'arracher : la mort de son père, puis de Maman, et cette étrange idée qu'en écrivant son deuil on retrouve le chant de vivre. Ses rares bonheurs, il ne les connut pas en écrivant — que serait le bonheur qui ne se mesurerait pas à l'incommensurable tristesse de ce qui est — mais son salut lui vint du livre qu'il mit quinze ans à achever. Comment ce changement se fit-il ?

Charles Swann est le plus talentueux des ratés de l'écriture. Il resta sa vie durant « le cadre vide d'un chef-d'œuvre absent ». Certes, il écrit. Il publie des articles élégants que la mère lit dans *Le Figaro*, sur Corot, par exemple, mais il n'achève pas son essai sur Vermeer. Maman appréciait l'esthète dans ce visiteur du soir, elle goûtait la culture et la conversation de cet « auteur inconscient de mes tristesses » dont la venue privait Marcel de baiser. Triste et sans œuvre, Swann est comme le cygne dont il porte le nom, qui paraît-il n'a pas de voix : bien peu auteur. En s'identifiant à sa sensibilité artistique, Marcel pourra répondre à ce qu'il pressentait d'un désir de sa mère, mais ensuite il le dépassera. Car, si Swann écrit, il n'est pas écrivain. Aucune petite phrase d'aucune sonate ou d'aucun septuor « n'aurait su faire de Swann l'écrivain qu'il n'était pas ». Pourquoi ? D'abord, parce que le snobisme lui fait préférer un autre usage des mots. « C'était une des formes de l'esprit dans la coterie où vivait Swann et où par réaction sur le lyrisme des générations antérieures on réhabilitait à l'excès les petits faits précis, réputés vulgaires autrefois, et on proscrivait les "phrases". » Tout en méprisant les mondanités et en se méprisant de les aimer malgré tout, Swann entretient avec les mots un rapport non éloigné de celui de Maman. Pour lui, les mots sont les mots des autres, des citations qui ornent la conversation, des clichés propres à un clan. Le narrateur se demande à son propos « pour quelle autre vie réservait-il de dire enfin sérieusement ce qu'il pensait des choses, de formuler des jugements qu'il pût ne pas mettre entre guillemets ». Comme lui, Marcel pense que « dans le monde, il n'y a que la conversation. Elle y est stupide, mais a le pouvoir de supprimer les femmes, qui ne sont plus que questions et réponses ». Mais Swann ne sut pas sacrifier le mondain à l'écrivain, tandis que Proust préféra l'autre moi, celui qui avait conçu son œuvre, à ce « moi qui allait jadis dans ces festins barbares qu'on appelle dîners en ville ». Charles Haas, qui inspira à Proust le personnage de Swann, est ainsi décrit par Élisabeth de Gramont : « Bichonné et précieux, il répétait devant une glace ses gestes et sa conversation du soir. » Entre la conversation et l'écriture, il faut choisir. « Je ne peux tirer de l'éloquence de sa conversation et même de sa correspondance la conclusion qu'il eût été un écrivain de talent », dit le narrateur à propos de Charlus. « Ces mérites ne sont pas sur le même plan. Nous avons vu d'ennuyeux diseurs de banalités écrire des chefs-d'œuvre, et des rois de la causerie être inférieurs au plus médiocre dès qu'ils s'essayaient à écrire. »

Un second trait distingue Swann et le narrateur. L'idée que leurs destins sont frappés par une sorte de chiasme : il faut échouer dans la vie, et notamment dans la vie amoureuse, pour réussir dans l'œuvre. « Je commençai à m'intéresser à son caractère à cause des ressemblances qu'en de tout autres parties [que ses rapports aux femmes] il offrait avec le mien. » Proust dit dans une lettre à propos de l'homosexualité que s'il voulait « formuler de telles choses, ce sera sous le pseudonyme de Swann ». Mais Charles est-il Proust ? Swann n'est-il pas plutôt un Marcel inversé ? Sa sexualité, ouvertement et exclusivement tournée vers les femmes, est l'inversion d'une inversion. Il semble pratiquer avec les femmes la même furie de partenaires que seuls certains homosexuels mettent dans le sexe conçu comme une drogue. Il procède par larges transgressions sociales, et prend les serveuses ou les putains, comme Marcel fréquente les grooms et les prostitués. Les deux personnages sont le négatif l'un de l'autre. Swann serait donc un Marcel qui a réussi à ne pas être homosexuel et à aimer les femmes, mais qui a échoué à devenir écrivain et à faire des livres.

Enfin, Marcel et Swann s'opposent par rapport à l'attente maternelle. Ce que retrouve le narrateur en Swann, c'est que « toujours la pensée de l'absente était indissolublement mêlée aux actes les plus simples » de sa vie. Lui aussi a, avec Odette, ses « rendez-vous du soir », et on le voit attendre son baiser, plaisir suprême qui le garantit des atteintes de la jalousie pendant le temps que son amour dure et l'y rend vulnérable. Ayant avec elle des rencontres à heures fixes, comme plus tard avec Maman celles du narrateur, né lorsque Swann rencontre la dame en rose (non sans incohérence, ailleurs, l'enfant rencontre Odette chez le grand-oncle alors qu'elle n'est pas encore la femme aimée de Swann), il aime

Odette comme une mère hors d'atteinte. Dès qu'il se mettait au lit et éteignait la lumière, « un frisson glacé refluait en lui et il se mettait à sangloter ». Paradoxalement, Swann, l'hétérosexuel, conserve à travers Odette le même espoir toujours déçu qu'un baiser viendra apaiser sa solitude et sa jalousie, tandis que Marcel, dépris d'Albertine, n'attendra que de son roman la revanche sur le délaissement.

Les trois plans se recoupent. Ainsi, lorsque Odette reproche à Swann de ne rien faire (« on ne peut jamais rien faire avec toi ! »), elle a raison : Swann semble ne pas se détacher du baiser de la dame en rose (« faire catleya »). Il ne peut pas faire l'amour à sa femme, non plus qu'achever un livre. Swann est un peu comme un Marcel qui aurait épousé Maman. Maman voulait bien que Proust écrive, non qu'il soit écrivain. Seulement qu'il soit un Swann, un joli cygne noir, l'ornement d'une soirée, le disert faiseur de mots, une plume brillante comme un sceptre d'or. Mais Proust eut la plume sale, ébréchée à force de revenir gratter les cicatrices de ses personnages, et la mania comme un scalpel, ignorant la peur de faire mal et le souci de faire beau.

« Il y a un roman au lieu d'un besoin », écrit Proust à propos des femmes qui ne sont pas « son genre », mais suggérant peut-être aussi la trajectoire de son désir d'écrire. La *Recherche* tient pour son auteur-narrateur la même place que l'« étude » — Proust n'emploie pas le mot *livre* — que Swann laisse traîner sur son bureau : un objet posé entre lui et Maman, comme l'essai sur Vermeer l'était entre Charles et Odette. « Ce peintre [ce roman] qui vous empêche de me voir (elle voulait parler de Ver Meer), je n'avais jamais entendu parler de lui ; vit-il encore ? » La conversation avec Maman vit-elle encore ? Odette voudrait bien « se représenter ce que vous aimez, deviner un peu ce qu'il y a sous ce grand front qui travaille tant, dans cette tête qu'on sent toujours en train de réfléchir, se dire : voilà, c'est à cela qu'il est en train de penser ». Plus tard, elle lui demande si Vermeer « avait souffert pour une femme, si c'était une femme qui l'avait inspiré, et Swann lui ayant avoué qu'on n'en savait rien, elle s'était désintéressée de ce peintre ». Voilà bien les mères, telles que certains fils les rêvent ou les craignent, se demandant sans cesse à quoi ils pensent, pourquoi leur intelligence fait pièce à la bêtise où elles aimeraient les voir demeurer, cherchant le secret de leur désir et redoutant d'y découvrir une rivale.

Swann d'ailleurs se sert de ce livre non écrit comme alibi pour fuir la dame en rose, ses thés, sa figure « touchante sous le bouquet de fleurs de pensées artificielles fixé devant son chapeau rond de paille blanche, à brides de velours noir ». Il allègue pour l'éviter son étude sur le peintre, en réalité abandonnée depuis des années. Par son amour qu'il ne peut ni accepter ni rejeter, Odette l'entrave : « Je suis toujours libre, je le serai toujours pour vous. À n'importe quelle heure du jour ou de la nuit où il pourrait vous être commode de me voir, faites-moi chercher, et je serai trop heureuse d'accourir. » Maman emprisonnante et enfin emprisonnée, elle offre au petit la revanche rêvée sur la scène où justement elle n'accourait pas à son appel. On comprend que Swann n'achève jamais l'étude. C'eût été perdre l'amour, posséder son objet, se déposséder de la dépossession qu'il inflige.

Incapable d'écrire un roman, Swann ne survivra dans les mémoires que « parce qu'un petit imbécile a fait de [lui] le héros d'un de ses romans ». Marcel, lui, refusa de n'être qu'un personnage dans une histoire qu'il n'aurait pas écrite. Ou plutôt, il sera cela, un personnage de son propre roman, mais aussi quelqu'un de tout autre : un auteur. Swann est un prête-nom de son impuissance à écrire. « Vous savez, écrit Proust à Vaudoyer, que Ver Meer est mon peintre préféré depuis l'âge de vingt ans, et, entre autres signes de cette prédilection [...] j'ai fait écrire par Swann une biographie de Ver Meer dans *Du côté de chez Swann* en 1912. » Mais en retour, Marcel est le porte-plume de Charles, et la *Recherche* tout entière, et non seulement son premier tome, fut écrite *Du côté de chez Swann*.

La seule fois où le narrateur emploie le vocatif, s'adressant à l'un de ses personnages directement, c'est pour lui dire : « Cher Charles Swann, que j'ai si peu connu quand j'étais encore si jeune et vous si près du tombeau. » Le nom que nous portons dans le monde est sonore et vide. Il se désagrège et fond quand pourrit notre corps. Le seul moyen de l'emplir d'un peu de durée, de lui redonner le charme prenant du nom d'enfant est d'en faire un nom d'auteur. La *Recherche*, un livre pour faire mourir Maman et faire vivre Swann ?

Avoir des crises et te plaire

Proust considérait la perversion comme une maladie. Il avait le corps vicieux mais dolent, ceci rachetant cela à ses yeux. Il pratiqua la maladie comme une perversion, un écran opposé au désir de l'autre, une barrière sur ce petit chemin saignant qui mène à lui. Les symptômes de la maladie de Proust ressemblèrent de plus en plus à ceux de sa mère au cours de sa dernière affection. Ce n'était plus l'air qui lui manquait, mais les mots ; non le respir, mais les paroles. Les paperolles sont les débris bégayants du mot parole, de petits mots de papier déroulant un long rôle, par lesquelles le livre, comme le temps devenu espace, s'étend en tout sens. La maladie finale, comme l'asthme dans l'enfance, était-elle redevenue un moyen de faire revenir Maman ? « J'aime mieux avoir des crises et te plaire, que te déplaire et n'en pas avoir », écrit Proust à sa mère.

Proust souffrait de l'asthme des foins, aussi nommé asthme des pollens. Le docteur Martin avait procédé à cent dix cautérisations nasales sur l'enfant et lui avait dit : « Maintenant allez à la campagne, vous ne pourrez plus avoir la fièvre des foins. » Lorsqu'il fut à la campagne avec ses parents, le premier lilas en fleur déclencha une atroce crise, et il crut mourir en voyant ses pieds et ses mains violets comme ceux des noyés. Dans « La Confession », au moment exact où la jeune fille achève son récit et va mourir, l'air vicié se charge d'une odeur entêtante de lilas. Chez Proust, le pollen est souvent associé à la conception de l'œuvre d'art. L'idée que la création n'est qu'ensemencement, fécondation, graines, germination, est exprimée à la fin du *Temps retrouvé*, mais elle apparaît déjà dans les esquisses du *Contre Sainte-Beuve.* Quarante ans plus tôt, Marcel écrivait à Léon Daudet que la nature, sa germination, ses pollens, était propice à sa maladie. Dans une nouvelle de jeunesse, « La Fin de la jalousie », l'asthme est une sorte de mort installée dans le personnage, au creux de son être, une façon de rendre l'âme, littéralement. Bien des années après, la scène de la séduction du bourdon et de la fleur, c'est-à-dire de Jupien par Charlus, trace une stricte équivalence entre la pollinisation des végétaux et la pollution homosexuelle.

En déguisant les garçons en fleurs, Proust les pare de tout ce qui lui fait du mal : la floraison, les semences dispersées au vent, le printemps. Là se trouve une autre raison au travestissement de l'homosexualité masculine en homosexualité féminine. On trouve peut-être une réponse dans ce que Proust confia à Gide un jour de mai 1921 : il a transposé ses jeunes garçons « à l'ombre des jeunes filles » pour y décrire ce que l'homosexualité a de gracieux, de tendre et de charmant, « de sorte qu'il ne reste plus pour Sodome que du grotesque et de l'abject ». Il y a donc une sorte de clivage non éloigné de celui que Freud décrit chez les hommes hétérosexuels entre « le courant tendre » et le « courant sensuel », que Proust dépeint avec une extrême lucidité devant un Gide ébahi et désirant que, comme dans son *Corydon* qu'il vient de lui faire lire, il représente « Éros sous des espèces jeunes et belles ». Proust répond que ce qui l'attire, ce n'est presque jamais la beauté et estime qu'elle a peu à voir avec le désir.

Tout un jeu de correspondances s'établit entre le désir et la maladie, l'air qu'on respire et les mots qu'on écrit. L'asthme est une maladie de la séparation. Le malade ne peut se séparer de l'air qu'il inspire. Il ne peut expirer, littéralement, et pourtant c'est cela qui le met en danger d'étouffer, et lui fait éprouver la sensation de mourir. Inspirer, c'est la première chose que fait le nouveau-né, se séparant ainsi de sa mère. Cela fait si mal que l'expiration n'est qu'un cri. Le roman est une séparation d'avec la maladie. Au risque de déplaire à Maman.

Un bégaiement d'aphasique

Il n'y a pas de maître du langage, pas plus que de maître de l'amour ou de maître du désir. Écrire, c'est vouloir oublier que quelqu'un manque, et connaître que toujours quelque chose manque, à l'intérieur des mots ou entre les mots. Le livre intérieur et antérieur ne se livre jamais tout entier. Toujours, du côté du lecteur comme de celui de l'écrivain, une part du secret littéraire comme du secret sexuel qu'ils partagent reste secrète, inaccessible, immense. Ainsi la vision des trois arbres d'Hudimesnil dans la *Recherche*. « Si je mettais mon article face à face de ce que j'aurais voulu faire, comme hélas cela m'arrivera plus tard, il est probable que je lui trouverais un bégaiement d'aphasique en face d'une phrase délicieuse et suivie, pouvant à peine faire comprendre à la personne douée de la meilleure volonté ce que je m'étais cru, avant de prendre la plume, capable de faire. Ce sentiment-là, je l'ai en écrivant, en me relisant. »

Voilà peut-être le partage des rôles. Au fils l'intelligence, à la mère le savoir. À elle, la lecture, le texte sans auteur, le ton oral, la phrase délicieuse et suivie, l'avant inaccessible du baiser. À lui, l'écriture, le bégaiement des paperolles sans cesse reprises, la robe toujours déchirée et recousue, le futur antérieur du désir. Reprenant le jeu d'antan avec les romans de George Sand, la mère à l'agonie joua aux devinettes, aux charades littéraires, partant de Corneille pour aboutir au néant. Sa mort ne fut qu'un centon de femme cultivée dont elle laissa à son fils le soin de le déchiffrer. « Fais comme si tu ne savais pas que je meurs. Que ma mort soit un bon mot, qu'elle appartienne non à la vie douloureuse, mais à la littérature consolante. » Entre ses citations, comme des parenthèses d'humour et de pudeur, Mme Proust lâche : « Que ce petit-là n'ait pas peur, sa Maman ne le quittera pas. »

Elle avait raison. La « Conversation avec Maman » fut écrite trois ou quatre ans après cette mort, et le récit de la naissance de cette première ébauche de la *Recherche* est une façon de faire revivre la mère entre les pages. Peu importe si la scène eut lieu ou pas, ainsi ou autrement, ce qui compte c'est la façon dont Proust se représente et commémore sa propre naissance en tant qu'écrivain. Non par un tombeau de Maman, comme on en faisait aux grands autrefois, quelque chose de plus modeste, une longue robe de mots, l'apprêt impie d'une toilette funéraire. En devenant écrivain, Proust fait comme s'il ne savait pas que Maman était morte.

Plus de sept ans après la mort de sa mère, Marcel écrit : « Rien ne peut dépasser en horreur les jours d'Évian, Maman frappée d'aphasie cherchant à me le dissimuler. » Maman mourut en jouant à la littérature avec son fils, en disant, malgré le silence qui la gagnait, quelques noms, le plus possible. Mourut en faisant des mots, citant Molière : « *Son départ ne pouvait plus à propos se faire* » (*Le Misanthrope*), regrettant sa parole enfuie, convoquant Labiche : « *Il ferait beau voir que je sois à Étampes et mon orthographe à Arpajon* » (*La Grammaire*). Mourut peu de temps avant que Marcel ne commençât le *Contre Sainte-Beuve*, où il écrit : « Et puis elle n'a plus pu parler. Une fois seulement elle vit que je me retenais pour ne pas pleurer, et elle fronça les sourcils et fit la moue en souriant et je distinguai dans sa parole déjà si embrouillée : *Si vous n'êtes Romain, soyez digne de l'être.* »

Dans le roman, la même mort empreinte de plaisanteries lettrées et de citations est déplacée de la mère vers la grand-mère qui, victime d'une attaque, se moque : « "Dieu ! qu'en termes galants ces choses-là étaient mises." Et elle ajouta encore, avec application, ceci, tiré de sa marquise à elle, Mme de Sévigné : "En les écoutant je pensais qu'ils me préparaient les délices d'un adieu ?" Voilà le propos qu'elle me tint et où elle avait mis toute sa finesse, son goût des citations, sa mémoire des classiques, un peu plus même qu'elle n'eût fait d'habitude et comme pour montrer qu'elle gardait bien tout cela en possession. Mais ces phrases, je les devinai plutôt que je ne les entendis, tant elle les prononça d'une voix ronchonnante et en serrant les dents plus que ne pouvait l'expliquer la peur de vomir. »

Mais l'aphasique sentant les mots se dérober devant les trois arbres d'Hudimesnil, c'est le fils, et non, comme dans la réalité, Jeanne-Clémence Proust ou la mère de celle-ci, Adèle Berncastel. Marcel est entré dans l'écriture par l'aphasie, une maladie à laquelle son père avait consacré une étude au début de sa carrière médicale, forme radicale de l'impuissance à parler, de la bêtise taiseuse. « Ce nom de Swann d'ailleurs que je connaissais depuis si longtemps était maintenant pour moi, ainsi qu'il arrive à certains aphasiques à l'égard des mots les plus usuels, un nom nouveau. » Dès le *Contre Sainte-Beuve*, il énonce cette « aphasie » d'écrire : « Je suis arrivé à un moment [où] les choses qu'on désirait le plus dire, qu'on n'a lues nulle part, qu'on peut penser qui ne seront pas dites si on ne les dit pas [...] on ne puisse plus tout d'un coup les dire. »

Le narrateur regarde les arbres s'éloigner et lui dire : « Ce que tu n'apprendras pas de nous aujourd'hui, tu ne le sauras jamais. » Il n'est pas d'œuvre d'art sans un rien de fétichisme et de perversion. Une beauté douloureuse jusqu'au désespoir, une beauté que l'on peut bien prendre sur ses genoux, dont on peut tenir la tête dans ses mains, une beauté qu'il faudrait mettre en mots pour que cesse enfin ce que Proust appelle « la division des corps », et qui est d'abord la différence des sexes, voilà ce que la perversion efface par la présence maîtrisée de l'autre. Le pervers détruit l'objet pour ne pas le perdre. Il en fait un fétiche qui ne manque pas ni ne meurt jamais : Maman.

Mais Proust a raté cet embaumement du désir. En sorte que, si le sujet du roman est « comment Marcel devient écrivain », on pourrait aussi bien dire : comment Proust, l'espace et le temps d'une œuvre, cesse d'être pervers. Les pervers savent. Les écrivains, non. Le roman ne se serait jamais construit sans la perversion, mais il est aussi l'échec de la perversion. Non seulement ce roman, la *Recherche*, où l'on voit l'impossibilité à contenir les êtres, à combler les trous du passé (jamais il ne retrouve ce que lui disent les trois arbres d'Hudimesnil), à ravauder les ratages du désir (jamais il ne verra la femme de chambre de Mme Putbus), mais tout roman. La *Recherche* n'est qu'une longue phrase interrompue, une immense anacoluthe, un vase lentement brisé. Une partie du désir qui l'anime — devenir écrivain pour raconter à Maman — reste suspendue sur le vide. L'autre partie de ce qu'il y aurait à dire jamais ne se peut dire. Jamais. Pas plus qu'on ne supprime la vérité en ne la disant point, on ne l'épuise en l'écrivant.

Proust n'aimait pas le téléphone. S'il le garda chez lui, après 1914 et la mort d'Agostinelli, il n'en usa plus et en confia le maniement à la seule Céleste qui lui rapportait les appels et retournait la réponse de Monsieur. Il ne l'aimait pas depuis cette scène que son œuvre raconte trois fois. L'histoire réelle eut lieu le 20 octobre 1896. Apprenant la mort de son propre père, Jeanne Weil appelle « son pauvre loup ». Aussitôt, Marcel écrit quelques pages pour *Jean Santeuil* transcrivant ce moment de douleur de Maman : « Dans ce petit morceau de voix brisée on sent toute sa vie pour lui donnée à ce moment comme à tous, la seule tendresse qui soit toute à lui. » Marcel adresse à sa mère ce fragment, sous le titre : « Le téléphone à Begmeil ». Mme Proust juge ces lignes « bien douces et bien tristes », et invite son petit à aimer malgré tout le téléphone : « Que de pardons tu lui dois pour tes blasphèmes passés. Que de remords d'avoir méprisé, éloigné un tel bienfaiteur ! Entendre la voix du pauvre loup — le pauvre loup entendre la mienne ! » La voix, oui. Mais les joues ? Ce sont les joues de Maman qu'il veut entendre, manger, lire. Pour ça, il ne lui reste que le livre.

On peut comparer ces pages écrites et les lettres envoyées par Proust depuis Fontainebleau et retraçant les « téléphonages ». « Une fois que j'étais allé à Fontainebleau où je lui ai téléphoné [...] dans le téléphone tout d'un coup m'est arrivée sa pauvre voix brisée, meurtrie à jamais, une autre que celle que j'avais toujours connue, pleine de fêlures et de brisures, et c'est en recueillant dans le récepteur les morceaux saignants et brisés que j'ai eu pour la première fois la sensation atroce de tout ce qui s'était à jamais brisé en elle. » Quatre fois en quelques lignes, le mot *brisé*. La mère, comme le vase, est brisée. Le mot n'est jamais qu'une brisure de la voix. Ce qu'on dit prend la place d'une blessure. Ce qu'on écrit assemble les morceaux. « Il faisait avec ses écorchures une tapisserie au point, d'un éclat et d'une nouveauté admirable », disait Léon Daudet de Marcel Proust.

De la première version de ce petit récit, il demande à sa mère d'être la gardienne : « Je te prie de [le] garder, et en sachant où tu le gardes, car il sera dans mon roman. » La mère est donc une sorte de vigile de l'écriture, comme les dames du téléphone des vestales du secret sexuel, des « Vierges Vigilantes », des « Toutes-Puissantes », des « Danaïdes de l'invisible ». Maman est non seulement destinataire et critique des premiers écrits, mais censeur. En retour, dans l'œuvre achevée, la mère sera censurée elle-même et n'apparaîtra, dans les moments décisifs, notamment sa mort, que sous les traits de la grand-mère qu'elle veille, tout comme, par son livre, Marcel veille sans fin Maman. Dans la *Recherche*, c'est donc la grand-mère qui a cette voix de séparation qui revient d'outre-mort au narrateur à Doncières. « Bien souvent, écoutant de la sorte, sans voir celle qui me parlait de si loin, il m'a semblé que cette voix clamait des profondeurs d'où l'on ne remonte pas, et j'ai connu l'anxiété qui allait m'étreindre un jour, quand une voix reviendrait ainsi (seule, en ne tenant plus à un corps que je ne devais plus jamais revoir) murmurer à mon oreille des paroles que j'aurais voulu embrasser au passage sur des lèvres à jamais en poussière. »

Pour Proust, comme pour chacun de nous à certains moments, le téléphone est un instrument de la mort. Ses servantes « surveillent jalousement les portes ». Par elles, « surgissent les absents ». Elles « se transmettent les urnes des sons ». Autant de rites funéraires assimilant l'absence de l'autre à sa mort ou à la nôtre. À Combray, lorsque le petit Marcel voulait parler à distance à Maman, il n'avait que le mot écrit. Il s'attire cette réponse : « Il n'y a pas de réponse. » Dans les deux sens, Françoise lui sert de téléphone. La peur d'être coupé en soi et séparé de l'autre sera toujours ce qui effraie le narrateur dans cet instrument : « Mes actions de grâce restèrent sans autre réponse que d'être coupées. » « Ne coupez pas », disait-on à l'époque, au temps où il y avait des « opératrices », des sortes de Parques tenant entre leurs mains les fils de la destinée. Bien qu'il ne soit jamais si vrai que lorsqu'il dit : « Ne quittez pas », le langage pourtant n'est que coupures, blessures, opérations, séparations. Le paradoxe n'est qu'apparent. Le langage *dans* la *Recherche* échoue à faire revenir Maman, mais le langage *de* la *Recherche* la gardera prisonnière à perpétuité, internée enfin dans ma chambre. Pour que quelque chose soit écrit, il faut que quelqu'un soit perdu. Pour raconter, il faut avoir cessé de vivre une scène devenue inaccessible, et dont le sens fut coupé. C'est bien ce qui se passe lorsque la scène de Montjouvain, à laquelle le narrateur assiste incognito, se clôt soudain. « "Je n'oserais pas cracher dessus ? Sur *ça* ?" dit l'amie avec une brutalité voulue. Je n'en entendis pas davantage, car Mlle Vinteuil, d'un air las, gauche, affairé, honnête et triste vint fermer les volets et la fenêtre. » Dans la rencontre amoureuse entre les deux blanchisseuses, le narrateur décrit l'énigme de la jouissance de la petite femme « que cachait à mes yeux le rideau baissé à tout jamais pour les autres qu'elle-même sur ce qui se passe dans le mystère intime de chaque créature ». Lors des rapports entre Charlus et Jupien enfin, on retrouve la même image : « La porte de la boutique se referma sur eux et je ne pus plus rien entendre. » Il n'y a rien à voir. Littéralement. Et peu à entendre. En faisant ce constat que désavouent la perversion et la curiosité infantile, l'enfant devient un auteur. « Coupez ! » semble se dire à lui-même le romancier.

On saisit mieux le pourquoi du refus ultérieur du téléphone. Proust ne l'aimait pas, parce qu'il est l'instrument de la souffrance, mais d'une souffrance instantanée, immobilisée dans le présent. Le téléphone ne permet ni de perdre du temps ni de le retrouver. Il est comme une mère, qui est là, ou non. Il parle au présent de l'indicatif. Il est antilittéraire, puisqu'il ne permet pas à l'absence de creuser l'espace du roman, de conjuguer les modes et les temps du verbe. Mais, obstacle à l'écriture, le téléphone en est aussi la plus cruelle métaphore. Il dissocie celui qui nous parle de celui que nous pourrions voir et toucher, donnant à ses mots une densité que la présence de l'autre en chair atténue et altère toujours un peu. Que reproche Proust aux demoiselles du téléphone dont « nous entendons chaque jour la voix sans connaître jamais le visage » ? De rendre par cette dissociation l'absent plus présent encore.

Représenté de la même façon par le téléphone et le roman « par qui les absents surgissent à notre côté, sans qu'il soit permis de les apercevoir », le souvenir lui-même est coupé. Il ne forme jamais un tout, et il n'est pas pris dans une continuité avec le présent. Il est cassé et hors d'atteinte. « Pendant longtemps, quand, réveillé la nuit, je me ressouvenais de Combray, je n'en revis jamais que cette sorte de pan lumineux, découpé au milieu d'indistinctes ténèbres, pareil à ceux que l'embrasement d'un feu de Bengale ou quelque projection électrique éclairent et sectionnent dans un édifice dont les autres parties restent plongées dans la nuit : à la base assez large, le petit salon, la salle à manger, l'amorce de l'allée obscure par où arriverait M. Swann, l'auteur inconscient de mes tristesses, le vestibule où je m'acheminais vers la première marche de l'escalier, si cruel à monter, qui constituait à lui seul le tronc fort étroit de cette pyramide irrégulière ; et, au faîte, ma chambre à coucher, avec le petit couloir à porte vitrée pour l'entrée de maman. » Le souvenir, lorsqu'il devient matière de roman est une découpe, une section, un pan. Quelque chose d'extrêmement visible, mais qui relègue l'invisible et l'oubli tout autour. D'un pan l'autre. Du vestibule de Combray à la *Vue de Delft* peinte par Vermeer. De Swann à Bergotte. De Marcel à Marcel. Symétrique dans la genèse du roman sinon dans sa construction, au pan découpé par l'escalier dans la maison du tout début répond le pan de mur placé dans *La Prisonnière*, mais écrit par Proust à ses derniers instants. « Il remarqua pour la première fois [...] la précieuse matière du tout petit pan de mur jaune. Ses étourdissements augmentaient ; il attachait son regard, comme un enfant à un papillon jaune qu'il veut saisir, au précieux petit pan de mur.[...] "C'est ainsi que j'aurais dû écrire, disait-il. Mes derniers livres sont trop secs, il aurait fallu passer plusieurs couches de couleur, rendre ma phrase en elle-même précieuse, comme ce petit pan de mur jaune". »

La mère, qui était tout dans la vie de Marcel, tout dans le premier roman inachevé, *Jean Santeuil*, la mère n'est devenue avec le temps qu'un personnage parmi d'autres, d'une précieuse matière, mais tout de même un simple pan. Un petit pan. « Je me retournais du côté du mur », dit le narrateur épuisé d'écrire, ou de vivre, c'est la même chose pour lui. Il regarde du côté de la beauté d'un petit pan de mur jaune, du côté de l'absence d'un grand pan de mère noire. « Ne coupez pas », c'est ce que pensent les enfants qui ont eu des mères pensant sans cesse : « Ne coupez pas. »

Il n'y a pas de réponse

On trouve parmi les écrivains de vrais fils sans mère. Rousseau, Constant et Nerval, par exemple, dont les mères moururent peu après les avoir mis au monde. Qu'ont-ils en commun ? L'incapacité de raconter des histoires, la nécessité sous toutes les formes de recomposer leur propre histoire, et une transparence de la langue proche du vertige. Proust n'est pas de cette famille. On pourrait ainsi opposer les écrivains sans mère et les écrivains de la mère : les premiers sont des hommes de l'aube, insomniaques du matin, déprimés à l'idée de devoir faire face au jour, les seconds des anges de la nuit, pour reprendre un mot de Proust, en proie au mal des soirs, qui attendent le baiser de Maman. Les uns s'acharnent à transformer Maman en prisonnière pour qu'elle ne les quitte pas, les autres demeurent à vie prisonniers de la mère qui les a quittés. Esther était la captive d'Assuérus, et lorsque Maman reprend son humble prière pour pénétrer dans la chambre de Marcel, elle se plaît à l'idée d'être par lui imaginairement enfermée. À son tour, Albertine recluse sera une Maman que l'on n'aime que lorsqu'elle disparaît.

S'il a eu trop de Maman pour désirer les femmes, Proust eut une mère suffisamment bonne pour qu'il ait des amies. Il a pu l'oublier dans un coin de la *Recherche*. Car il aimait les femmes. En tout cas, il cherchait en elles quelque chose de très doux : la conversation. Les femmes parlent de ce que les hommes le plus souvent taisent. Elles sont de tendres confidentes, de cruelles lampes pour éclairer les recoins des âmes, d'étranges livres pleins de savoirs et de senteurs. Rapportée par Paul Léautaud, qui la tient de Jean Cassou, qui l'entendit de Pierre Louÿs, l'anecdote n'est pas forcément vraie, mais elle est bien jolie. Proust, paraît-il, appelait souvent un taxi pour se faire conduire la nuit à la porte d'un bordel. Il n'entrait pas, mais demandait au chauffeur de faire sortir la « maîtresse », puis priait celle-ci d'amener deux ou trois filles qu'il faisait asseoir en rond dans le taxi. Il buvait un peu de lait et leur en offrait. Il passait ainsi quelques heures à parler avec elles de l'amour, de la mort ou de sujets du même genre. J'aime l'idée que les jeunes filles en fleurs, si elles n'étaient plus tout à fait des jeunes filles, n'étaient pas des garçons, qu'il accordait à ses enseignantes un savoir vrai sur les seules choses qui comptaient pour lui, et qu'elles ont pu l'aider à écrire certaines pages de la *Recherche*, lui évitant la méchanceté de Mme de Sévigné et la mièvrerie de George Sand. Les putains sont comme Maman : elles racontent des histoires qui sont plus vraies que la vie. Elles vous tiennent par la main pour vous faire gravir l'escalier de la nuit.

Placées en miroir aux toutes premières et aux toutes dernières pages de la *Recherche*, deux scènes d'escalier. L'enfant qui pleure sa mère, l'écrivain qui pleure son œuvre. Un soir qu'on ne saurait dater, un soir parmi les soirs, un soir fait de tous les soirs,

Marcel Proust commença à devenir écrivain. L'enfant assis dans l'escalier de la maison de Combray épie les bruits des parents. Le vice n'étant qu'une forme érotique de la tristesse, c'est aussi dans un escalier que plus tard le narrateur surprend les bruits de Charlus et Jupien accouplés, et il dit quelque part que ce que sa mère détestait le plus au monde, après « parler par la fenêtre », était qu'il attende et guette assis dans les escaliers. Seul, écœuré par l'odeur de vernis des marches où transi il attend, l'enfant comprend qu'a échoué la ruse du mot envoyé à Maman pour la supplier de venir l'embrasser. Alors s'ouvrent insensiblement l'espace et le temps du roman. La *Recherche* n'est qu'un escalier, un lieu de passage, de perte, pour les personnages croisés au milieu de leurs rêves et de leurs vices, un vide noir bordé d'une rampe de mots à l'odeur entêtante de mort et de mère.

Ce soir-là, « ma mère ne vint pas, et sans ménagements pour mon amour-propre [...] me fit dire par Françoise ces mots : "Il n'y a pas de réponse" que depuis j'ai si souvent entendu des concierges de "palaces" ou des valets de pied de tripots, rapporter à quelque pauvre fille qui s'étonne : "Comment, il n'a rien dit, mais c'est impossible ! Vous avez pourtant bien remis ma lettre. C'est bien, je vais attendre encore". » Voilà la seule réponse qui puisse faire de vous un romancier : il n'y a pas de réponse à attendre de Maman. Si j'attends qu'elle en donne une à cette angoisse que j'ai d'elle, angoisse qu'elle ne vienne pas, angoisse qu'elle vienne, je passerai toute ma vie devant la porte close. Dans cet épisode, deux traits présents un peu partout dans la *Recherche* : l'avilissement de la mère, comparée à un concierge ou à un valet de pied, personnages masculins, et la féminisation du narrateur, « pauvre fille » attendant un signe de celui qu'elle aime.

Cette autre fois, vers la fin, quand il n'avait plus que quelques mois à vivre, un jour — peut-être était-ce encore un soir — ses jambes avaient tellement tremblé en descendant les marches que l'auteur sentit que désormais ses forces n'étaient plus à la hauteur des exigences égoïstes de l'œuvre. Le 24 mai 1921 Proust avait eu un malaise en allant au musée du Jeu de Paume regarder la *Vue de Delft*, en route *vers mère*, comme toujours, et presque arrivé. Après ce jour de l'escalier, rien du monde, aucun bonheur, aucune amitié, aucun progrès dans le roman, aucune grâce d'écrire, aucun rêve de gloire ne maintinrent ouverts les grands yeux de Marcel Proust. Pourtant, il trouva la force de raconter sa chute en la prêtant à son narrateur : « Je manquai trois fois de tomber en descendant l'escalier. » Déjà, en 1907, deux ans après la mort de Maman, dans une lettre, Marcel raconte avoir vécu une atroce peur de tomber dans les escaliers à Glisolles dans le chalet d'amis : « M. de Clermont-Tonnerre a été si bon de me faire descendre comme à un enfant les marches ténébreuses, un peu tremblant et le pas mal assuré. » Toujours, le premier escalier revient, où l'enfant attend celle qui ne viendra plus.

Alors qu'il ne correspond déjà plus qu'avec nous qui le lisons, comme un jeu de mots du destin, une dernière lettre vient rappeler au jeune vieil écrivain la première, adressée à Maman qui raccompagnait Swann et restée sans effet. Une dame lui écrit : « J'ai été *très surprise* de ne pas recevoir de réponse à ma lettre. » Lui aussi avait été bien surpris lorsque Françoise lui avait dit : « Il n'y a pas de réponse. » Là est la forme particulière à Proust de la bêtise universelle du romancier : il a l'esprit de l'escalier. Dans un escalier, on n'est ni sur un plancher de certitude ni dans un abîme d'impensable. On gravit des marches, le plus souvent en tournant dès que leur nombre se fait grand. Repassant à la verticale du point où l'on était un moment plus tôt, on se dit : « Suis-je bête ! » On constate son absence de dispositions pour le roman, et c'est alors que s'ouvre la porte à laquelle on n'aurait jamais songé frapper. On trébuche sur quelque chose d'inégal, de dissemblable, et on pense. Ce n'est pas que la pensée s'envole mieux le soir, c'est qu'elle vient toujours trop tard. Elle n'est pas donnée au narrateur dans l'immédiat de la sensation ni dans le différé de l'imagination. Elle surgit de l'écart plus que de la répétition, et le second temps ne vient ni retrouver ni recouvrer le premier, mais le perdre à nouveau.

Les portes ne donnent sur rien

Les portes sont des marques de l'espace où se disent le désir et la souffrance. Le travail et la foi les ouvrent, les vices et la honte les ferment, la timidité et l'amour interdisent leur franchissement. Legrandin gardait de sa fréquentation des mauvais lieux et de sa peur qu'on le vît entrer ou sortir l'habitude de ne franchir une porte qu'en coup de vent, par une sorte de bond, d'effacement, de dérobade. Saint-Loup lui-même n'aime pas ces passages entre la société et la chair : il franchit *ex abrupto* le seuil des hôtels louches. Les portes délimitent un morceau d'espace relié à soi et scindé du reste du monde, elles séparent un intérieur et un extérieur. Mais ce ne sont pas des murs, des parois inarticulées. Les portes parlent. Elles disent ce qu'on sait déjà : qu'elles ne donnent sur rien, ne donnent rien.

La *Recherche* a été écrite à l'abri de cloisons de liège par quelqu'un qui avait le don de voir à travers les murs du temps, et de faire une porte de la plus scellée des séparations. À une correspondante, il rappelle en 1918 les circonstances dans lesquelles ils avaient été voisins de chambres à Versailles en 1906 : « Vous étiez dans une autre chambre, vous étiez souffrante, je sentais qu'un mur bien mince m'empêchait de vous voir et nous séparait seul. Hélas, c'était un mur réel et symbolique, et qui devait se prolonger sans fin dans le plan du Temps. »

Il ne suffit pas d'écrire, puis de remettre la lettre, ni même qu'elle soit lue, pour devenir écrivain, il faut avoir cessé d'attendre qu'elle vous fasse reconnaître et aimer. Le refus de Maman jette un doute sur le langage. Parler, écrire, ne peuvent pas tout. La seule chose qui puisse la faire revenir, la seule chose vraie, c'est le corps, mon petit corps agrippé à la rampe quand elle remontera, attendant comme un fou. Ici prend source la conviction de Proust que l'intelligence et la mémoire ne font rien revenir, ne redonnent pas la présence. Seule la sensation, la bêtise, la maladie assurent une prise sur soi et sur l'autre. Pourtant, sitôt après le refus de sa mère, l'angoisse cesse. L'enfant regarde la nuit par la fenêtre qu'il a ouverte et décrit un clair de lune baigné dans la beauté silencieuse d'une peinture. Quelque chose alors bouge en lui confusément : l'idée que par une lettre il ne fera jamais revenir Maman, mais qu'il pourra, par les lettres, posséder le monde. Son expérience de l'impuissance du langage à ramener l'amour comme sur un dormeur un drap qui a glissé et le laisse à nu sous le froid va se transformer en un immense travail de mots.

L'autre est parfois un escalier ou une porte ; le plus souvent il n'est qu'un mur. Parlant de la *Vue de Delft* de Vermeer, Proust y voit un pan de mur. En fait, c'est un toit qui est ainsi éclairé par un soleil rasant, comme était un toit le clocher de Martinville qui avait suscité la première page d'écriture. Pan, clocher ou toit, qu'importe. L'autre, *toi*, me restera à jamais muré. Séparé de soi par sa lumière même, recouvert d'un vernis aussi froid que celui qui laquait les joues d'Albertine ou glaçait la rampe de l'escalier de Combray. Mais devant ce pan, cette coupe que font la séparation et la mort dans nos mots et nos images, devant cette chambre fermée et pourtant éclairée du dedans par le désir et la honte, sachant que, derrière ses murs, l'autre demeure inaccessible à mes mots, je me détourne. Alors, j'ouvre la fenêtre où j'entrevois un autre usage du langage qui ne serait plus celui de la plainte et de la possession, mais celui de la beauté et du temps.

Écrire n'est pas aimer. Aimer, c'est vouloir que l'autre ne soit plus autre. « Et je comprenais l'impossibilité où se heurte l'amour. Nous nous imaginons qu'il a pour objet un être qui peut être couché devant nous, enfermé dans un corps. Hélas ! Il est l'extension de cet être à tous les points de l'espace et du temps que cet être a occupés et occupera. Si nous ne possédons pas son contact avec tel lieu, avec telle heure, nous ne le possédons pas. » La possession veut réduire l'infinie diversité de l'autre et la ramener en ce point de l'espace et du temps où il serait à nous. L'écriture fait l'inverse : elle disperse l'autre partout. En découvrant qu'on peut parler au lieu de souffrir, écrire un mot plutôt qu'appeler, puis faire un roman à la place d'un baiser, Marcel entre dans le temps qui n'est qu'une privation incessante.

Faut-il que j'éteinde

Quand vient le soir, que les lumières s'effacent, grandit l'ombre où l'absence de Maman me laisse. C'est l'heure des lampes, le temps de l'abandon, de la haine de soi et de l'autre. Je me hais de t'aimer tant. « En ce moment, tenant au-dessus d'Albertine et de moi la lampe allumée qui ne laissait dans l'ombre aucune des dépressions encore visibles que le corps de la jeune fille avait creusées dans le couvre-pieds, Françoise avait l'air de *La Justice éclai-*

rant le crime. La figure d'Albertine ne perdait pas à cet éclairage. [...] Ce visage d'Albertine, dont l'ensemble avait quelquefois, dehors, une espèce de pâleur blême, montrait au contraire, au fur et à mesure que la lampe les éclairait, des surfaces si brillamment, si uniformément colorées, si résistantes et si lisses qu'on aurait pu les comparer aux carnations soutenues de certaines fleurs. » Le visage de l'être aimé est la lumière qui me dit que je ne vais pas mourir. Cette lueur d'immortalité, c'est la même que Bergotte mourant regrettera de n'avoir pu transposer dans ses livres, la même qu'il voit dans la couleur du petit pan peint par Vermeer, une couleur dont le glacé ne tue pas la vie, puisqu'elle provient de la vie elle-même, de sa matière. La lumière d'un temps qui ne passe pas.

Les lampes sont méchantes comme la vérité. Elles soulignent le mal que Maman cause quand elle demeure hors de mon regard, le crime qu'est son absence. Dans la scène où Françoise éclaire durement le visage d'Albertine, le narrateur divise en quelque sorte Maman entre la bonne, cette femme mauvaise qui révèle la solitude où je suis, où je meurs, et la mauvaise femme, la bonne Albertine, dont la chair retrouvée me plonge dans le ravissement. Devant l'intrusion de cette lampe crue, il s'écrie : « Comment, déjà la lampe ? Mon Dieu, que cette lumière est vive ! » Françoise répond : « Faut-il que j'éteinde ? — Teigne ? glissa à mon oreille Albertine » en « une affirmation psychologique dans le ton interrogatif d'une question grammaticale ». Maman est une teigne, quand elle laisse éteint son visage, et une teigne encore, quand elle allume la lampe et à sa place la dépose dans ma chambre.

C'est à elle que s'adresse Marcel quand il lance à Albertine : « Savez-vous ce dont j'ai peur, lui dis-je, c'est que si nous continuons comme cela, je ne puisse pas m'empêcher de vous embrasser. — Ce serait un beau malheur. » Écrire, n'est-ce pas cela, finalement, un beau malheur ? Changer le malheur d'être seul sans Maman, d'être seul avec Albertine — l'amour c'est quand l'autre vous manque, même quand il est là — en malheur d'être seul avec son livre, seul avec la beauté qu'on cherche et qui se dérobe ? Proust devient écrivain quand il découvre que sa mère ne lui donnera jamais de quoi éteindre son désir, quand il conçoit que son attente à elle est tout aussi incomblable. Il lui demande son amour, son baiser, mais il sait que l'en recouvrirait-elle à l'étouffer, il serait toujours en mal d'amour, comme elle. Les mères, on ne peut que les décevoir. On n'est jamais à la hauteur de leurs rêves. Prince, on ne sera jamais assez charmant. Bête, elles vous habilleront en belle. Alors, quitte à n'être pas l'enfant merveilleux des contes qui les ont bercées, et puisqu'on leur manquera toujours, autant les manquer en grand. Combien de réussites d'hommes, simplement pour tromper l'intenable attente des mères ?

Tout vient à point à qui sait ne plus attendre. Telle est la leçon paradoxale de l'amour et de la création. Telle est « cette dérision du destin qui ne réalise notre bonheur que sous la forme qui nous plaît le moins ». Le quiproquo et le contretemps font qu'on ne possède l'autre qu'au moment où l'on cesse de l'aimer, et que le livre commence quand on le croyait à jamais impossible. Ces deux constats forment la substance du *Temps retrouvé*, comme de toute la *Recherche*. « Nous ne nous méfions pas des femmes qui ne sont pas "notre genre", nous les laissons nous aimer, et si nous les aimons ensuite, nous les aimons cent fois plus que les autres, sans avoir même près d'elles la satisfaction du désir assouvi. » Voilà pour le malentendu amoureux. Et voici pour la désillusion de l'œuvre : « C'est quelquefois au moment où tout nous semble perdu que l'avertissement arrive qui peut nous sauver, on a frappé à toutes les portes qui ne donnent sur rien, et la seule par où on peut entrer et qu'on aurait cherchée en vain pendant cent ans, on y heurte sans le savoir, et elle s'ouvre. » Le roman ne commence que lorsque la porte de Maman s'est refermée.

Alors, toutes lampes éteintes, au plus noir de l'abandon, vient une autre lumière, celle qui monte du livre que l'on sent en soi. Lorsqu'il commence ce projet de livre *Contre Sainte-Beuve*, pour ne plus l'arrêter jusqu'à ce qu'il ait fini de transfuser en lui toute la vie, tous les désirs qui lui restent, Proust écrit à Georges de Lauris : « Vous, vous avez la lumière, vous l'aurez de longues années, travaillez. Alors si la vie apporte des déboires on s'en console car la vraie vie est ailleurs, non pas dans la vie même, ni après, mais en dehors, si un terme qui a son origine de l'espace a un sens en un monde qui en est affranchi. » Entre les mots, Proust, quoique fort peu chrétien, cite Jean (XII, 35), qu'il reprend dans une autre lettre peu après : « Vous ai-je parlé d'une pensée de saint Jean : Travaillez pendant que vous avez encore la lumière. Comme je ne l'ai plus, je me mets au travail. » Ce n'est pas la lumière qui permet de travailler, c'est le travail d'écrire qui est désormais la seule lumière.

Contre Maman

Proust avait le goût des titres impossibles : « Les Intermittences du cœur » évoquent un syndrome de cardiologie, « Les Églises assassinées » un pamphlet contre le petit père Combes, *À l'ombre des jeunes filles en fleurs* fit ricaner les contempteurs d'invertis. Qu'aurait-ce été avec « Les Colombes poignardées », qu'il envisagea un temps de donner pour titre à son roman ? Mais il aurait pu aussi choisir : « En finir avec Maman ». Tout le monde aurait compris que le livre fût demeuré inachevé. On n'en a jamais fini avec elle. Elle a toujours l'angoisse que l'enfant sorte d'elle non fini. Ensuite, elle aimerait avant de mourir nous avoir fini. Ce que la mère supporte mal dans son fils écrivain, c'est la trace du manque dont le livre témoigne.

Sa mère réelle, Proust la relégua peu à peu dans l'ombre lorsqu'il devint le narrateur. Après le *Contre Sainte-Beuve*, qui en fut si l'on ose dire la matrice, la *Recherche* pourrait s'intituler : « Contre Maman ». Non que la mère y soit une colombe poignardée, ou apparaisse en tant que personnage sous des traits ridicules, meurtris, mais parce que tout le roman montre à Maman que son petit est un grand, son loup un maître, son malade une force de la nature — ou plutôt de la culture —, son oisif un travailleur de fond, et enfin son crétinos un génie.

Pourtant, si l'on y regarde de plus près, la mère ne fut pas entièrement effacée et Jeanne Proust se trouve bien dans un coin de la *Recherche*, qui aurait pu encore s'appeler « La Guérison d'un possédé », comme le tableau de Carpaccio représentant, entre autres, vus de dos, deux personnages qui sont probablement l'un une femme déguisée en homme et l'autre un homme travesti en femme. Regardant cette peinture, qui porte en général le titre : *Le Patriarche di Grado*, le narrateur découvre avec désir et nostalgie le vêtement original dont Fortuny s'était inspiré pour dessiner celui d'Albertine disparaissant. La dernière fois qu'il l'avait vue vivante, elle « avait jeté sur ses épaules un manteau de Fortuny qu'elle avait emporté avec elle le lendemain et que je n'avais jamais revu depuis dans mes souvenirs ». Or, ce manteau, « c'est des épaules de ce compagnon de la Calza qu'il l'avait détaché pour le jeter sur le dos de tant de parisiennes ». Porté d'abord par un garçon puis par une fille, il est donc à la fois le manteau de la confusion des sexes et celui de l'oubli, de l'abandon (Albertine le portait lorsqu'elle évoquait dans sa dernière lettre « ce triste jour *deux fois crépusculaire puisque la nuit tombait et que nous allions nous quitter* »). Il est enfin le manteau de la mort.

Dans un autre tableau du même Carpaccio, évoqué dans le roman, la figure de la mère disparue est plus nette encore. Tandis que sainte Ursule repose, telle la dame en rose, pur fruit de désir, au premier plan à droite, une femme en noir agenouillée au pied des marches — en fait, sans doute la femme du peintre — est ainsi évoquée par l'écrivain : « Il ne m'est pas indifférent que dans cette fraîche pénombre, à côté de moi il y eût une femme drapée dans son deuil avec la ferveur respectueuse et enthousiaste de la femme âgée qu'on voit à Venise dans la sainte Ursule de Carpaccio, et que cette femme aux joues rouges, aux yeux tristes, dans ses voiles noirs, et que rien ne pourra plus jamais faire sortir pour moi de ce sanctuaire doucement éclairé de Saint-Marc où je suis sûr de la retrouver parce qu'elle y a sa place réservée et immuable comme une mosaïque, ce soit ma mère. »

Les « compagnons de la Calza » sont-ils des jeunes filles en fleurs entourant une vieille mère en pleurs ? Appartiennent-ils à la fois à la confrérie homosexuelle (ce que précisent certains historiens de Venise) et à celle des « juifs » (comme l'indiquerait la présence du mot *mosaïque* et le fait que cette confrérie regroupait des marchands juifs) ? Proust emploie dans les deux cas le mot *confrérie*, avec ce qu'il implique de société secrète, de langage codé, de signes de reconnaissance (celui des amis de la Calza à Venise était de porter des chaussures de couleurs différentes). Voilà peut-être une sorte d'aveu involontaire de la religion de Jeanne Weil, comme du vrai genre sexuel d'Albertine. Voilà surtout une des rares apparitions de la mère sous son nom de mère, à la fin d'un paragraphe, rejetée par une clausule et d'inhabituelles virgules, comme si ce nom était si difficile à avouer, cette dédicataire si douloureuse à peindre, qu'il faille dans le roman aussi, la reléguer dans un coin du tableau, juste à l'endroit où est évoqué — signature du narrateur par Proust — le livre sur Ruskin, esquissé là, à Venise, avec Maman, à deux mains.

Lorsque mourut la mère de Georges de Lauris, Proust publia dans *Le Figaro* le jour même de l'enterrement un article intitulé *Une grand-mère*, qu'il présente ainsi à son ami en deuil : « J'ai remplacé les adieux que j'aurais voulu dire à ta grand' mère [sic] par ces adieux écrits. » Les adieux écrits sont aussi inutiles que les billets disant : « Reviens. » Mais alors que les seconds balbutient la mort, les premiers donnent aux cœurs l'illusion de la survie et la douleur de la beauté. Peu de choses parviennent à faire pleurer les artistes. Seule la beauté, parfois. Parce que, contrairement à la mère et à l'amour qui sont des pléonasmes — l'amour aime, Maman se prononce *manman* —, le beau est une ontologie et une tautologie négatives : l'œuvre n'est que si elle n'est pas, si elle est autre qu'elle-même. C'est pourquoi il faut la redire comme un bègue, un bête. *À rose is not a rose is not a rose...* À quoi reconnaît-on un grand artiste ? À ce que, toujours autrement, il dit toujours la même chose. Monotonie de Vinteuil, redites de Vermeer, ressassées héroïnes maudites de Dostoïevski, retours de Maman entre toutes les femmes, sous tous les amours. « Ce sont les fragments d'un même monde, c'est toujours, quelque génie avec lequel elle soit recréée, la même table, le même tapis, la même femme, la même nouvelle et unique beauté », écrit le narrateur des intérieurs du peintre hollandais. La même femme, l'expression revient à propos des peintures d'Elstir, qui peint aussi « des héros doux comme des jeunes filles », et ne chercha toute sa vie que « le même visage de femme grave, d'une pureté de traits antiques et d'une expression presque enfantine ». La même femme. La femme même, qu'il faut figurer et défigurer, répéter et répéter. Enfantine et antique, Maman. Le narrateur tourne sans cesse autour de son visage, mais jamais ne la dépeint. Du visage de la mère, Proust ne dit qu'une chose, qui ne se retrouve pas dans son roman : Maman a *un visage qui sait*. Rien n'est plus doux que de regarder une mère regardant sa fille : « Les yeux pleins de passé de l'une qui sait, qui calcule et qui prévoit, les yeux ignorant de l'autre. » Les artistes gardent tous quelque chose du fétichisme, des retrouvailles par-delà le manque et la mort. *Ma mère*, c'est le nom que prend Maman lorsqu'elle est vraiment morte. Que faisait Proust dans les années où il survécut à Maman, à l'heure exacte où jadis lui manquait si fort son baiser ? Le soir, moment craint et détesté par tous les enfants de quelque âge qu'ils soient, qui confondent le départ de l'autre et leur propre mort, le sommeil et la fin de l'amour, le soir « deux fois crépusculaire », Marcel Proust s'éveillait, se redressait dans son lit de mourant à vie. Et savez-vous quoi ? Il écrivait, toute la nuit, écrivait pour passer le temps et pour que le temps ne passe pas.

Dans la vie, Marcel ne détestait pas faire des inversions dans les noms de ses amis. Ainsi, Bertrand de Fénelon devint Nonelef, Bibesco Ocsebib, et lui-même Lecram Stroup. Ceci relève d'une passion assez générale pour tous les procédés d'inversion. Il y a en premier lieu dans l'univers romanesque de la *Recherche*, une significative *inversion* des figures et des valeurs, témoignage des représentations de ce qu'on appelait alors un « inverti ». Au lieu de peindre les hommes comme des figures de dureté, d'autorité et de froideur, ce sont les femmes qui, à l'exception d'Albertine, bonne comme du lait quand on aime le lait, sont toutes cassantes, retorses, méchantes. Odette humiliant Swann, la duchesse de Guermantes regardant de son monocle la mort du cygne (ainsi se dit Swann chez les anglomanes du faubourg Saint-Germain), Gilberte, menteuse et oublieuse, Mme Verdurin, tuante avec Charlus, Andrée, perverse double, la fille de Vinteuil et son amie, acharnées à souiller l'image du père. En revanche, les personnages masculins, si aucun (à part Swann) n'est une belle et bonne personne, sont plutôt caractérisés par ces vertus qu'on dit féminines : la sensibilité, la fragilité, l'émotivité artistique, la capacité à souffrir par l'autre, comme Saint-Loup avec Rachel, le narrateur lui-même avec Albertine, comme Bergotte, et Vinteuil et même Charlus. Il y a dans ce partage des figures à contre-emploi des représentations de leur sexe des raisons qui tiennent à Maman, une femme plutôt dure, qui maniait bien la moquerie et l'humiliation, et à Marcel, qui, couché avec trois pelisses sous son édredon parmi cinq calorifères ronflants, eut toujours un peu froid au cœur. C'est Saint-Loup et non Albertine ou Maman qui vient poser sur les épaules gelées du narrateur un somptueux manteau de vigogne subtilisé en plein restaurant à un prince de ses amis.

Ensuite, mieux repérée, l'inversion des genres. Comme Fortuny prenant dans le tableau de Carpaccio un vêtement d'homme pour vêtir les femmes, les « compagnons » invertis du narrateur sont vêtus en filles (non sans quelques inversions de l'inversion : Albertine, la première fois qu'il la voit, porte un polo noir, peu habituel alors pour une jeune fille). Non sans perversité, Proust écrit à la toute fin de son roman : « L'écrivain ne doit pas s'offenser que l'inverti donne à ses héroïnes un visage masculin. »

Mais la vraie inversion chez lui n'est pas celle entre garçons et filles, ni entre le jour et la nuit. Elle est entre celui qui écoutait et celui qui écrira, prenant la place de celle qui autrefois racontait. Entre celle qui lui lisait des livres pour qu'il s'endorme et celui qui écrira un livre pour que sa mère ne meure pas tout à fait. « Si je travaillais, ce ne serait que la nuit. Mais il me faudrait beaucoup de nuits, peut-être cent, peut-être mille. Et je vivrais dans l'anxiété de ne pas savoir si le Maître de ma destinée, moins indulgent que le sultan Shériar, le matin, quand j'interromprais mon récit, voudrait bien surseoir à l'arrêt de mort et me permettrait de reprendre la suite le prochain soir. » Écrire, ce n'est pas converser, c'est inverser.

L'œuvre « était pour moi comme un fils dont la mère mourante doit encore s'imposer la fatigue de s'occuper sans cesse ». Toutes les inversions se recoupent en ce point. De la mère morte au fils mourant ; de l'enfant à qui elle lisait des livres au livre écrit pour lui faire un enfant ; de l'importun petit garçon qui quémandait le baiser à l'œuvre importune, en souffrance elle aussi ; des lettres reçues ou à écrire, également délaissées, à l'idée de l'œuvre « dans ma tête, toujours la même, en perpétuel devenir ». Le roman est ce qui rapproche mais aussi sépare de la mère. Si les livres sont « les enfants de la solitude et du silence », ce sont, comme François le Champi, des enfants trouvés, des enfants qui ont perdu leur mère. De la *Recherche*, comme du baiser, Proust peut dire : « Il me semblait que si je venais de remporter une victoire, c'était contre elle. » L'un de ses derniers bonheurs était de lire des fragments de son livre à haute voix à des amis. Comme lui des lectures de Maman, Cocteau se souvenait plus de la voix de Marcel que de ce qu'elle racontait. « Que Swann parle, ou Bloch, ou Albertine, ou Charlus, ou les Verdurin, j'écoute cette voix profondément rieuse, chancelante, étalée, de Proust lorsqu'il racontait, gémissait de raconter, organisait le long de son récit un système d'écluses, de vestibules, de fatigues, de haltes, de politesses, de fous rires, de gants blancs écrasant la moustache en éventail sur la figure. Cette voix n'arrivait pas de la gorge, mais *des centres.* Elle avait un lointain inouï. Comme la voix des ventriloques sort du torse, on la sentait venir de l'âme. » Lors de son agonie, Proust avait mis Céleste à la place exacte de Maman, dormant non loin, veillant, soignant. Sauf que, par une dernière inversion, Céleste ne lui lisait pas de romans, mais transcrivait celui qu'il écrivait en le lui dictant.

Déjà pour Jean Santeuil la séparation était une mort. « Il se voyait dedans ne pouvant dormir, pensant à sa mère, gardé loin d'elle par les couvertures muettes et trop bordées, sentant la palpitation infinie de son cœur grandir dans le silence de la nuit, l'irrévocable de l'absence, l'immobilité du repos, l'angoisse de la solitude et de l'insomnie. La chambre, c'était la prison, mais le lit, c'était la tombe. » Mais Jean connut, comme Proust probablement, une sorte de revanche sur Maman, par une inversion des identités, cette fois. « Peu à peu, ce fils dont elle avait voulu former l'intelligence, les mœurs, la vie, avait insinué en elle son intelligence, ses mœurs, sa vie même et avait altéré celle de sa mère. »

Le roman ne serait-il qu'une lente transformation du besoin en haine, la vengeance d'un petit qui après avoir en vain voulu sa mère pour ne pas mourir, lui en veut à mort ?

Le travail nous rend un peu mères

D'où viennent les livres ? Pour la *Recherche*, la réponse se trouve dans *Le Temps retrouvé,* où Proust dit aussi d'où ils ne viennent pas. Il faut choisir entre regarder le visage de Maman jusqu'à s'y fondre, et écrire un livre dans lequel il disparaîtra. « Il était bien certain en effet que ces pages que j'écrirais, Albertine, surtout l'Albertine d'alors, ne les eût pas comprises. Mais c'est justement [...] parce qu'elle était si différente de moi, qu'elle m'avait fécondé par le chagrin, et même d'abord par le simple effort pour imaginer ce qui diffère de soi. Ces pages, si elle avait été capable de les comprendre, par cela même elle ne les eût pas inspirées. » En substituant Maman à Albertine, on découvre cette idée : la mère a inspiré le livre, mais le livre ne lui dit rien, parce qu'il parle une langue étrangère. Une page plus haut, Proust trace la vraie origine du livre : « En somme, si je réfléchissais, la matière de mon expérience, laquelle serait la matière de mon livre, me venait de Swann. » Double du père, intercesseur sans le savoir, Swann lui a dit une petite phrase insignifiante : allez à Balbec. Allez vers le désir, la souffrance de n'être pas aimé, et celle, peut-être plus grande, de ne plus aimer.

D'où viennent les écrivains ? Comme un enfant, c'est avec un père et une mère qu'on fait un auteur. Jusqu'à nouvel ordre anatomique pour le second et symbolique pour l'un et l'autre. Ainsi, Jean-Jacques Rousseau, dont la mère mourut lors de sa naissance. On pourrait croire que cette mère, qui lui laissa toute une bibliothèque de romans est la source lointaine, inconsciente et unique de son destin d'écrivain. Ce serait oublier que son père lui lisait les histoires qui l'avaient tant émue, ainsi unis dans un même courant de mots choisis par elle, mais dits par lui. Et Benjamin Constant, qui perdit peu après les couches une mère creusant en lui un vide dans lequel sa vie d'homme et d'écrivain s'inscrivit, ne serait sans doute pas devenu l'auteur d'*Adolphe* sans l'influence de son oncle Constant d'Hermenches.

La légende veut que Proust, dévoré vivant et mort par les femmes, depuis sa grand-mère jusqu'à sa nièce, Suzy Mante-Proust, gardienne du temple au nom de circonstance, ait été indifférent à l'endroit de son père, et que, tout sensibilité, amour et féminité, il n'eût rien eu de commun avec cet homme roide qui aimait la science, le pouvoir et les honneurs. Bien sûr, comme Jean Santeuil, il voyait sa mère « beaucoup plus intelligente que son mari, douée d'un sens esthétique, d'une intelligence générale, d'un tact et d'une sensibilité qui faisaient à peu près défaut à son mari ». Certainement, ses rapports avec Maman furent pour beaucoup dans le désir de littérature de Marcel, depuis la lecture des romans de George Sand jusqu'aux exposés sur la méthode de Sainte-Beuve, chacun aimant être captivé par les récits de l'autre, jouant à tour de rôle la princesse Schéhérazade et le sultan Shériar, et faisant durer les récits jusqu'à ce que mort ne s'ensuive pas.

La *Recherche* serait-elle un enfant que Marcel aurait fait à Maman ? La comparaison fréquente de son roman avec un enfant, et même un enfant suralimenté, est fréquente dans la période des esquisses du *Contre Sainte-Beuve.* Mais on pourrait plutôt dire que le roman est le moyen de faire de sa mère son enfant. Ainsi, cette ébauche du *Carnet I* de

1908 : « Le travail nous rend un peu mères. Parfois me sentant près de ma fin, je me disais, sentant l'enfant dans mes flancs, et ne sachant pas si je réunirais les forces qu'il faut pour enfanter, je lui disais avec un triste et doux sourire : "Te verrai-je jamais ?" » Près de sa fin ? Celle de son roman ou celle de sa vie ? L'une et l'autre coïncident-elles ? Apparemment, puisque Proust jeta le mot « fin » au bas de son manuscrit quelques mois avant de mourir. Mais cette matinée Guermantes par laquelle il clôt son œuvre est censée se dérouler dix ans après le début de la Grande Guerre, soit approximativement en 1925, trois ans après la mort de Proust. Il l'avait commencée trois ans après celle de Maman. « Je me disais » ou « Je lui disais » ? Et qui est désigné par ce « lui » ? Maman, ou le roman lui-même ? Ce triste et doux sourire qui était le sien, ne le voit-il pas, au-delà du livre, posé sur elle ? N'est-il pas alors bouleversé par son enfant-Maman aux traits si doux et si tristes ? Ce livre, qu'il ne fallait pas qu'elle voie, l'enfant devenu mère le regarde dans le futur incertain : « Te verrai-je jamais ? », mais aussi dans le passé antérieur : « L'eut-elle vu un jour ? »

Lettre pour dire à Maman ce qu'elle avait fait comme si elle ne le savait pas, le long roman de Proust, d'avoir été écrit par le fils adoré d'une mère adorée, serait-il pour autant une œuvre à deux, comme on dit une chambre, un lit, une folie à deux ? Non. Certes, les traductions de Ruskin qui ouvrirent la voie, Proust les fit avec sa mère, qui savait mieux que lui l'anglais, réécrivant d'après ses brouillons. Mais, justement, la *Recherche* n'est pas une traduction. Et Maman en sera peu à peu exclue. « J'ai clos à jamais l'ère des traductions, que Maman favorisait. Et quant aux traductions de moi-même, je n'en ai plus le courage », confie-t-il. Lorsque mourut sa mère, Proust n'avait écrit que d'aimables récits, *Les Plaisirs et les Jours* et *Jean Santeuil*, qu'un Robert de Montesquiou aurait pu signer. Rien qui fasse de lui un écrivain immense. Conscient de cette fragilité, il refuse de traduire encore, de Ruskin, *Le Repos de Saint-Marc*. Sans cela, écrit-il, « je mourrai sans avoir jamais écrit *de moi* ». Voilà son drame : il a écrit *de Maman*, mais il lui reste à écrire *de soi*, à traduire *de soi*. Il ne pourra le faire que plusieurs années après la mort de Maman, et en écrivant sur elle, mais non plus d'elle. Car, s'il pense qu'il « serait doux, avant de mourir, de faire quelque chose qui aurait plu à Maman », il n'ignore pas que ce livre qu'il a alors en tête n'aurait sûrement pas plu à Maman, et qu'il n'aurait jamais pu le lui faire lire de son vivant.

Comme un père pour son enfant

Quelle est, à côté de celle de Maman, la place du père dans la sexualité comme dans le devenir auteur de Marcel Proust ? Adrien n'était sûrement pas ce que l'on a coutume de se représenter comme un père d'homosexuel : un père qui consent au consentement maternel. Sans doute observe-t-on une sorte de division des rôles et des affects entre les parents du petit Marcel. Deux « côtés », déjà, si l'on veut. La mère cultive en lui son propre tempérament artiste et l'initie aux choses sensibles, à la beauté. Le père semble plutôt avoir transmis le goût des idées et de l'action, et davantage au fils cadet, qu'à Marcel, l'aîné. Adrien et Robert dialoguent dans la médecine. Jeanne et Marcel fusionnent dans les lettres. Mais ce n'est là que l'apparence. Marcel Proust, comme son père, n'a-t-il pas été un fin clinicien ? Que fit-il durant quinze ans de jours et surtout de nuits, sinon interroger éperdument les signes, comme fait un médecin ? Signes de l'amour, signes de la beauté, signes de la hiérarchie des noms. Mais aussi, signes des corps endormis, des voix brisées au téléphone, des visages rongés de vieillesse, qui ne sont plus que des têtes. N'y a-t-il pas dans la *Recherche* autant de logique et de science que d'amour et de passion ?

On ne peut cependant pas dire que Proust aurait entretenu avec son père une relation aussi unie et passionnée qu'avec Maman. Il existe quelques photographies de Marcel et Maman, une cinquantaine de Marcel seul, d'autres de son père sans ou avec Maman, mais aucune de Marcel et son père. La plus éloignée de ses relations reçut des dizaines de missives et son agent de change des centaines, et l'on connaît de lui cinq mille lettres, dont cent quarante-neuf échangées avec sa mère. Mais Proust n'en adressa, semble-t-il, que trois à Adrien. Une telle discrétion accuse ou bien une froideur propre à cette époque, ou une tendresse indicible. On peut pencher pour la seconde hypothèse, et noter que c'est dans une lettre à son père qu'il dit : « Toute autre chose que les lettres [...] est pour moi du temps perdu. » Un jour, Céleste Albaret, à qui il rapportait ce dialogue avec son père autour du choix d'une profession, rapprocha les derniers mots de cette lettre du titre de son roman. Proust resta silencieux, un sourire aux lèvres.

Cependant, dans les lettres à son fils, souvent Jeanne dévalue discrètement celui qui l'a conçu en elle. Il y a là de la condescendance, et le clair aveu d'une connivence et même d'une conspiration dont on retrouve les traces dans les dialogues du *Contre Sainte-Beuve*. Ainsi, ce mot : « Ton père sera chez lui dimanche matin puis lundi. Consultations. Tout cela est plus sûr que l'Académie. » Au lieu de briguer la reconnaissance, il ferait mieux de soigner. Les épouses fidèles n'épousent pas toujours la cause à laquelle leurs maris se dédient. Dévaloriser le père aux yeux du fils, c'était peut-être, comme de beaucoup de mères, le fantasme de Maman. Mais elle n'a pas réussi, sans quoi nous ne connaîtrions même pas ce fils, cette mère, ce père, parce que le fils serait resté sans œuvre.

Il est vrai que le père du narrateur ne semble pas remplir le rôle du père. Il ne dit pas : non. Ou pas longtemps. Ou hors de propos. Il a tendance à fermer les yeux sur le commerce trouble d'Esther et de son petit sceptre d'or. Le docteur Adrien Proust, une fois qu'il connut de la bouche de son fils ses pratiques homosexuelles, parut s'en accommoder aussi facilement que le père du narrateur du commerce de baisers du soir entre l'enfant et sa mère. À la grande surprise du fils, dans les deux cas, le père, loin d'être interdicteur, ferme les yeux. Les exigences des pères sont indéchiffrables. Il y a ce qu'ils édictent et ce qui se lit au fond de leurs yeux vaincus. Proust tout jeune a évoqué la difficulté de savoir ce que sait un père, et l'impossibilité de vouloir ce qu'il veut, car il ne sait ni ce qu'il sait ni ce qu'il désire, et se perd dans la « contradiction de ce resplendissement obscur ».

Mais il est un autre domaine dans lequel le père, en fermant les yeux, permit au fils de garder les siens grand ouverts, pleins de mots et de saveurs, de clochers et de noms, d'idées et de chagrins : la vocation d'écrivain de Marcel. S'il n'opposait pas de non à sa femme, il ne renonça pas, par un autre non, à enseigner à son fils que quelque chose manque, toujours. Ce manque, il le représente lui-même, et il en cherche les figures dans le monde réel et social. À côté de la mère, la part du père dans le devenir Proust de Marcel pourrait se lire dans l'œuvre du fils, dans l'« enfant » que conçut leur enfant, où se trouve racontée une sorte de « scène primitive » littéraire. En fait, le devenir écrivain du « petit Marcel » doit être retracé en laissant de côté les clichés sur les mères abusives et les fils haïssant un père plus falot que phallique, et en cherchant l'envers des images pieuses qui montrent presque toujours une mère lettrée, marquise de Sévigné qui s'ignore, méconnue par un mari benêt ne comprenant rien au génie de son fils. On oublie que Jeanne Proust, déguisée, transposée, célébrée dans toute l'œuvre dont elle est à la fois la cause et la destinataire, s'y trouve aussi avilie, et que ce n'est pas la photo du père que Proust dans la réalité mêlait à ses jeux homosexuels, comme le fait à Montjouvain la fille Vinteuil du roman, mais celle de la mère qu'il aimait profaner au bordel de Le Cuziat.

Contrairement à la mère qui, sous des dehors favorables, était perçue comme interdictrice de l'écriture, le père, apparemment hostile à cette activité peu sérieuse, souhaitait secrètement que son fils s'y dédie. Dans la vie réelle, lorsque Robert de Montesquiou lui demande des nouvelles de son fils, on voit Adrien répondre avec fierté : « Marcel travaille à ses cathédrales », comme si le Moyen Âge, en dentelant et en faisant plier la pierre, n'avait œuvré que pour qu'il écrive. D'abord sur les cathédrales, dans l'ombre de Ruskin, puis une cathédrale, à laquelle le roman lui-même se compare. Dans la *Recherche*, représenté au début comme faisant « une constante opposition à ce que je me destinasse à la carrière des lettres qu'il estimait fort inférieure à la diplomatie », le père du narrateur recommande ensuite à son fils de se confier à M. de Norpois : « Il pourrait être pour toi d'un bon conseil même si tu dois écrire. Car je vois que tu ne feras pas autre chose. On peut trouver cela une belle carrière, moi ce n'est pas ce que j'aurais préféré pour toi, mais tu seras bientôt un homme, nous serons toujours auprès de toi, et il ne faut pas que nous t'empêchions de suivre ta vocation. » Admirons cette concession, cet amour, cette pudeur : « même si tu dois écrire. » Adrien Proust savait qu'on ne choisit pas de devenir écrivain, qu'on ne peut faire autrement. Que ce n'est pas une carrière, mais une maladie. Une de celles qu'il ne savait pas soigner, et dont il était sans doute lui-même secrètement atteint. Il publia plusieurs traités d'hygiène et un ouvrage sur les maladies nerveuses, mais rêvait d'écrire des contes orientaux. Vers la fin de sa vie, Adrien Proust restait reclus, à écrire, comme plus tard Marcel. « Mon père, depuis plusieurs années et de plus en plus chaque année, se livre à peu près exclusivement à des travaux scientifiques. Les quelques clients qu'il continue à recevoir sont si peu nombreux qu'il reçoit peut-être moins de visites qu'une personne quelconque. » Dans le roman, c'est le fils qui s'offre à favoriser la candidature de son père à l'Académie des sciences, mais dans la vie, ce fut Adrien qui allait répétant : « Marcel sera de l'Académie française. » Si la vie et le roman n'étaient pas séparés, ils auraient été voisins sous l'illustre Coupole qui abrite les deux Académies. En fait, le premier eut seulement le Goncourt, et le second l'Académie de médecine.

Quand le narrateur sut que pour lui, vivre n'était rien d'autre qu'écrire ce qu'il ne vivait pas, « Maman et mon père », comme il le dit souvent, en cette circonstance comme lors de la scène du baiser, jouèrent à contre-emploi. La mère, qui en principe ne refusait rien à son fils, « ne parut pas très satisfaite que mon père pour moi ne songeât plus à la "carrière". Je crois que soucieuse avant tout qu'une règle d'existence disciplinât les caprices de mes nerfs, ce qu'elle regrettait, c'était moins de me voir renoncer à la diplomatie que m'adonner à la littérature ». Le père, en revanche, dont le rôle est, dit-on, d'interdire et de canaliser le plaisir vers le principe de réalité, s'écria : « Mais laisse donc, il faut avant tout prendre du plaisir à ce qu'on fait. Or, il n'est plus un enfant. Il sait bien maintenant ce qu'il aime, il est peu probable qu'il change, et il est capable de se rendre compte de ce qui le rendra heureux dans l'existence. »

Évidemment, pour le pas encore narrateur, cette liberté de devenir écrivain se transforme aussitôt en angoisse d'écrire. « Comme un auteur s'effraie de voir ses propres rêveries qui lui paraissaient sans grande valeur parce qu'il ne les sépare pas de lui-même, obliger un éditeur à choisir un papier, à employer des caractères peut-être trop beaux pour elles, je me demandais si mon désir d'écrire était quelque chose d'assez important pour que mon père dispensât à cause de cela tant de bonté. » Pourtant, l'intervention du père fut libératrice. Elle signifiait à la mère qu'en devenant écrivain, leur fils ne serait plus son enfant, et que Marcel Proust lui ferait perdre son petit loup. Elle permettait au fils de ne plus être un enfant, de passer de la rêverie à l'acte, lui faisant franchir la frontière entre dilettantisme et travail, entre ouvrage et œuvre, entre narcissisme et ouverture aux autres. Quelque chose qu'il ne séparait pas de lui-même et de sa mère va désormais sortir de la vie de Marcel pour parler de lui à n'importe qui.

Ainsi, on observe une grande symétrie entre deux plans, deux scènes. La genèse de Marcel homosexuel comme celle de Proust écrivain opposent dans un premier temps une mère qui dit non à un père qui consent. Puis, dans un second temps, l'accord des parents plonge le fils dans l'angoisse qui naît non d'un désir ni d'un interdit, mais d'un désir mal interdit. Mais en lui, le destin de l'homosexuel et celui de l'écrivain furent au contraire dissymétriques. Proust ne sera jamais un vrai homosexuel masculin, mais pratiquera une sorte de lesbianisme passif, de saphisme entre garçons, l'activité de son propre sexe et de celui de ses partenaires demeurant comme frappée non d'un interdit mais d'un impossible. « Que ne puis-je changer de sexe, de visage et d'âge, prendre l'aspect d'une jeune et jolie femme pour vous embrasser de tout mon cœur », écrit-il à Albert Nahmias, un serveur du Ritz devenu son ami. Si l'on prend comme autobiographique le passage de « Combray » où le narrateur retrouve le souvenir d'épouvante d'avoir été tiré par les cheveux par son grand-oncle, scène qui, après qu'on lui eut coupé ses boucles, sépara « un âge à jamais révolu de sa vie primitive et une ère nouvelle », on peut trouver dans le roman un indice d'un tel désir — et d'une telle peur — d'être une fille. Les variantes de ce récit sont encore plus violentes : « Notre curé arrivait à pas de loup derrière moi pour me tirer mes boucles, ce qui avait été la terreur et le supplice de mon enfance. » Marcel se sentit délivré lorsque sa nuque fut « affranchie de ces terreurs par la suppression de l'organe qui en était le siège ». Le mot *organe* serait évidemment plus propre à désigner un sexe de garçon qu'une chevelure bouclée. Bien plus tard, on verra Maman sommer son fils de couper ses trop longs cheveux de « roi franc ». Proust affirme que du jour où furent coupées ses boucles, « l'axe du monde avait été déplacé ». Ce jour-là, peut-être n'est-ce pas seulement à l'enfance qu'il tourna le dos pour entrer dans l'adolescence, mais à la masculinité pour se replier sur la féminité. Marcel aurait-il alors renoncé à posséder l'organe servant à posséder les femmes, ne réservant à son sexe que le plaisir sans sexe, la jouissance sans autre de se caresser en regardant par la fenêtre du cabinet aux iris le paysage entourant la maison d'Illiers ?

En revanche, il sera un vrai écrivain, actif et pénétrant. « À jamais coupées », dit Proust de ses boucles. À jamais coupé de son enfance, telle est la condition pour être romancier, c'est-à-dire rechercher l'enfant de l'autre côté. L'écriture commence au-delà. Elle franchit un pan coupé. « J'avais tout de même soin de me cimenter avec l'oreiller, la couverture, mon mouchoir et le mur un nid protecteur, avant de rentrer dans ce monde bizarre où tout de même le curé vivait et j'avais des boucles. » Comme un souvenir-écran, où la coupure est dans la scène mais aussi entre elle et ce qu'elle masque, se produisit sans doute alors le premier basculement dans l'homosexualité, car c'est parmi ces réévocations du cauchemar des boucles qu'apparaissent les rêveries érotiques d'une femme sortie de soi : « Mon corps qui sentait dans le sien la chaleur dont il l'avait animé voulait se rejoindre à lui. »

Mais ce pan de souvenir entrevu en rêve s'accompagne aussi d'une chute dans la bêtise d'écrire.

Comme si, dans ce domaine-là, Proust avait pu ne pas renoncer à l'organe qui signifie le manque en soi et dans l'autre. Pourquoi cette divergence ? Parce que Marcel ne put sur le plan sexuel que s'identifier à Maman, mais parvint sur le plan de la création à s'identifier à son père. Un écrivain, un enfant, ce n'est pas une mère plus un père, mais, si l'on peut dire, une mère marquée de ce moins que le père représente, si elle a pour lui du désir et de l'amour. Le narrateur paraît écartelé entre ces deux figures, ces deux amours. Pour être silencieux et secret, l'amour des fils et des pères n'en est pas moins violent et doux : Odette dépeint le père du narrateur comme « d'un accueil exquis, tellement bon », quand le fils déplore au contraire sa réserve et sa froideur. Mais on aurait tort de confondre, au motif qu'ils portent le même prénom, Proust et la voix souffreteuse et velléitaire qui parcourt son roman en geignant son mal d'écrire. Alors que la dame en rose lui dit qu'il ressemble physiquement à Maman, le narrateur fait dire à l'oncle : « Il ressemble surtout à son père, c'est tout à fait son père. »

On trouve, dans une lettre, il est vrai, et non dans un fragment du roman, la comparaison déjà rencontrée du livre avec un enfant, mais cette fois, un enfant que l'auteur n'aurait pas conçu comme une mère, un enfant qui n'est que le miroir de sa mère, la chose jamais vraiment séparée de ses flancs, mais comme un père. « J'ai tellement l'impression qu'une œuvre est quelque chose qui, sortie de nous-même, vaut cependant mieux que nous-même, que je trouve tout naturel de me démener pour elle, comme un père pour son enfant. » Là est sans doute la principale différence entre la place de la mère et le rôle du père dans la fabrication de l'écrivain. Écrire, ce n'est pas faire comme on est, se montrer authentique, rester soi-même dans son livre comme Maman entendait demeurer elle-même dans les sonates de Beethoven ou la cuisson du bifteck. C'est faire en sorte que ce qui sort de nous vaille mieux et soit autre que nous. Dans l'œuvre, je suis autre que moi-même. Celui qui fait de sa vie ou de sa personne une œuvre, c'est Charlus, non Marcel. La *Recherche* ? Ni des souvenirs, ni la vie elle-même. Même pas la vie rêvée. Rien qu'un mensonge, une fiction.

Demandant un crayon et du papier

Dans une autre scène de la *Recherche* se rejoignent le baiser refusé et l'écriture retrouvée. Le narrateur va rêver du côté de Guermantes. Ses parents sont à portée de voix. Il ne songe que vastes sujets philosophiques propices à créer la grande œuvre littéraire dont il n'imagine pas qu'elle puisse simplement surgir de la ligne d'un toit, de l'odeur d'un bois ou de la nuance d'une pierre. Chaque fois, les pans d'un récit s'esquissent, mais disparaissent sitôt rentré à la maison. On n'écrit pas à la maison, chez ses parents, ou chez soi, mais à l'écart, en chemin, selon routes et déroutes, même si c'est dans une chambre couverte de ces panneaux de liège que Marcel Proust fit poser peu après la mort de

Maman. Un jour pourtant, par un après-midi finissant, la famille rentre dans la voiture du docteur Percepied, qui passe à bride abattue. Au détour d'un chemin, les deux clochers de Martinville-le-Sec et celui de Vieuxvicq apparaissent. Alors, le pan de vision, l'image cent fois regardée mais encore insaisie se déchire, et ce que les clochers semblaient à la fois contenir et dérober se répand en mots que le narrateur jette aussitôt par écrit. Le morceau de prose qui en résulte est le premier cas de citation de Proust par Proust, qui recopie à cet endroit de son roman son article paru en 1907 dans *Le Figaro*. Pourtant, de retour chez ses parents, il replonge dans un accès de tristesse, car il sait que les jours Guermantes sont des jours sans baiser. Deux espaces se distinguent alors, celui de Maman, de son besoin, de ses baisers et celui des clochers, de l'écriture et du désir. « La zone de tristesse où je venais d'entrer était aussi distincte de la zone où je m'élançais avec joie il y avait un moment encore, que dans certains ciels une bande rose est séparée comme par une ligne d'une bande verte ou d'une bande noire. »

On ne saurait mieux dire à quel point il fallait choisir entre Maman et le livre, et combien demeurer en suspens sur la ligne d'ombre était douloureux encore. « Comme j'aurais donné tout cela pour pouvoir pleurer toute la nuit dans les bras de maman ! Je frissonnais, je ne détachais pas mes yeux angoissés du visage de ma mère. » Partagé entre le désir de revoir le côté de Guermantes devenu invisible, c'est-à-dire écrit, et « cette angoisse qui plus tard émigre dans l'amour » de demander encore que vînt lui dire bonsoir la plus belle et la plus intelligente des mères, le narrateur sait que désormais, il ne s'agit pas de tout donner pour qu'elle revienne, mais de tout perdre pour revoir le rien des mots.

En fait, la séparation en zones et en figures parentales est un peu plus complexe. Se distinguent alors deux figures de la mère. La duchesse de Guermantes, par la magie de son nom, est une sorte de fée initiatrice, de bonne mère comme dit la psychanalyse des contes. En allant près de son château, l'enfant perdu dans une bande rose et séparée découvre la puissance presque fantastique des mots écrits. La mère réelle est représentée comme mauvaise, si « bonne » soit-elle. Un peu sorcière, elle est incluse dans la bande noire de la mort et du baiser infécond. De même, le père est certes le père réel, qui consent que son fils devienne écrivain, mais ne lui en révèle pas les moyens : la perte du visage maternel, l'entrée dans l'invisible, la dimension du temps. Pour cela, est nécessaire l'arrivée furibonde d'un autre père, du *docteur*, le bien nommé Percepied, véritable *diabolus ex machina*, qui, en lui donnant un crayon et du papier, ouvre au futur écrivain les pages où, malgré les cahots de la voiture, il compose son « petit morceau ».

L'écriture de la *Recherche* n'a été possible qu'en parcourant une sorte de chiasme. Commencée en excluant le père de douces conversations d'amants littéraires, elle s'achèvera grâce au père et contre les réticences de Maman. Illustration de ce renversement autour de l'écriture, Marcel tient la plume de son père lorsque celui-ci se charge de prononcer, quelques mois avant sa mort, le discours de distribution des prix de l'école primaïre supérieure d'Illiers, en juillet 1903. Il y est question de « l'élan d'un clocher transfiguré chaque soir au couchant, spiritualisé, qui se fond dans ses nuées roses, avec tant d'amour ». Mais c'est Maman qui avait tenu la plume de son petit lorsqu'elle faisait le mot à mot des traductions de Ruskin dans de petits cahiers d'écoliers rouges, verts et bleus.

L'écriture est une perte infligée à la parole. À travers la parole, le corps cherche un autre corps. L'écriture fut pour Proust le moyen le plus radical de ne plus avoir de corps. Dans son style comme dans ses amours, il préférait les conjonctions de subordination aux conjonctions de coordination. Ne peut-on voir dans le remplacement lent d'une grammaire de la coordination par une syntaxe de la subordination le passage d'une parole adressée à Maman, utilisant des liaisons (mais, donc, ensuite...), à une langue écrite différenciant et hiérarchisant selon la logique et le temps (quoique, afin de, de telle sorte que...), langue discontinue, langue du père ?

Proust, en devenant écrivain, esquiva la question de son identité sexuelle. Il ne choisit pas entre les hommes, qu'il désirait, et les femmes, qu'il aimait. Un romancier n'est plus ni homme ni femme, il prête sa voix aux deux sexes. Il n'eut pas non plus à choisir de quoi son livre parlerait. Il le sut dès le début : un homme qui dit « je », qui rêve d'écrire et qui ne peut s'endormir, attendant que sa mère l'embrasse. Mais longtemps il ne sut pas comment le dire. En décembre 1908, Proust écrit à Mme de Noailles : « Je voudrais, quoique bien malade, écrire sur Sainte-Beuve. La chose s'est bâtie dans mon esprit de deux façons différentes entre lesquelles je dois choisir. » Avec Georges de Lauris, il est plus précis : « [Un article] de forme classique », et un autre qui « débuterait par le récit d'une matinée, Maman viendrait près de mon lit et je lui raconterais un article que je veux faire sur Sainte-Beuve. Et je le lui développerais. Qu'est-ce que vous trouvez le mieux ? » Choisir entre quoi et quoi ? Le roman et l'essai, deux genres. Et comment savoir si l'un ou l'autre ne sera pas, en fin de compte, comme Odette pour Swann, que peine d'amour perdue ? Choisir entre Maman (le roman, le récit, la métonymie) et mon père (l'essai théorique, le compte rendu clinique, la métaphore). Proust a trente-huit ans lorsque, après une longue hésitation, il comprend soudain qu'il n'y a pas à choisir et commence un roman-essai, écrit à Maman, avec son père.

Le sous-directeur des Lettres

Séparer et se séparer, telle est la fonction du langage. Le langage est toujours du côté du père, des autres ; la parole, du côté de la mère, de soi. De la langue maternelle secrète, il faudra bien se défaire pour écrire et s'inventer une sorte de langue étrangère qu'on donnera à lire au premier venu. La mère, il est vrai, apprend à parler à l'enfant, mais elle le fait dans une langue souvent secrète, toujours intime, « privée », le préservant du réel. Seule la langue du père ouvre au monde et ouvre le monde. L'écriture est-elle toujours une « Lettre au père », comme la vraie lettre de Kafka, jamais envoyée, mais reprise dans presque toutes les pages qu'il écrivit ? Une lettre écrite dans la langue de la mère ? N'est-ce pas l'inverse : une lettre à la mère, dans la langue du père ? Parce que la langue ne relie pas, comme elle, mais éloigne, comme lui, on écrit pour se séparer du corps de la mère et du savoir de la mère sur le corps. Lorsque Albertine est là, trop présente et qu'il se repaît de son visage, incapable de la perdre de vue, Marcel n'écrit pas une ligne. Quand Swann découvre qu'Odette n'était pas son genre, et qu'il avait pris bien de la peine et gâché tant d'années de sa vie pour une femme qui ne lui plaisait pas, il est trop tard pour qu'enfin il écrive vraiment et fasse un livre de son plus grand amour. Il meurt sans œuvre. Trop de catleyas et d'attente devant une porte close où filtre le rai de lumière de la dépossession.

Pour le narrateur, il en ira différemment. Kafka avait songé donner à toute son œuvre un grand titre général : « Tentative d'évasion hors de la sphère paternelle ». C'était ne pas apercevoir que, si ses nouvelles et ses romans sont bien cela, en partie, ils sont aussi une tentative de séparation par rapport à la mère, à travers une langue, l'allemand, qui dans son cas n'était justement pas sa langue maternelle. On trouve dans la *Recherche* une phrase disant assez clairement cette tentative d'évasion hors de la chambre maternelle, pourvu qu'on remplace les personnes nommément désignées (Gilberte et M. de Norpois) par les figures de Maman et de mon père : « Le bonheur que j'aurais à ne pas être séparé de Gilberte me rendait désireux mais non capable d'écrire une belle chose qui pût être montrée à M. de Norpois. » (Norpois, que le narrateur nomme parfois le père Norpois, est sans doute une figure idéalisée d'Adrien Proust, comme Cottard est sa dérisoire caricature.)

Le destin de Proust fut un malheur heureux. Écrire pour n'être plus séparé de Maman ; mais, s'engager dans un chemin qui sépare d'elle, au bout duquel attend un père qui ne vous lira pas, parce que ce père-là est mort. Proust célèbre les maîtres du Moyen Âge qui plaçaient dans les cathédrales des détails que personne ne pourrait jamais voir. Sauf Dieu. Il écrit ainsi, pour un lecteur qui n'est personne. On écrit pour être lu, non pour être aimé. Ou alors, on n'est pas un écrivain, mais un écrivant, pour reprendre une distinction de Roland Barthes, qui connut cette souffrance et cet échec. Pour écrire, il faut avoir connu l'amour d'une mère, mais aussi avoir subi la loi du désir, la loi du père. Bergotte « savait ne pouvoir jamais si bien produire que dans l'atmosphère de se sentir amoureux ». Mais « le désir n'est pas inutile à l'écrivain pour l'éloigner des autres hommes d'abord et de se conformer à eux, pour rendre ensuite quelque mouvement à une machine spirituelle qui, passé un certain âge, a tendance à s'immobiliser ».

« On ne peut refaire ce qu'on aime qu'en le renonçant », lâche le narrateur tout à la fin du roman. Proust a refait sa mère en la renonçant. Il n'a pu écrire le mot fin à la dernière page de son roman que parce qu'il avait renoncé à dire le fin mot de son histoire. Quand est-il devenu écrivain ? « Tout s'était décidé au moment où, ne pouvant plus supporter d'attendre au lendemain pour poser mes lèvres sur le visage de ma mère, j'avais pris ma résolution, j'avais sauté du lit et étais allé, en chemise de nuit, m'installer à la fenêtre. » Avec ce premier temps, fait de chagrin muet, de froid et de jouissance, la fenêtre de l'écriture se découpe dans le soir. Mais Proust serait resté dans l'attente transie de lui-même et de son livre, s'il n'avait reconnu, en un second temps qu'on ne saurait dater, venant de son père, l'appel de ce qu'il y a au-delà de la fenêtre : tout l'invisible, l'inconnu ouvert et qui ne se refermera jamais. Faute de quoi, il serait resté à se regarder dans Maman. La nuit surtout, rien ne ressemble plus à un miroir qu'une fenêtre.

Dans le passage déjà cité de la *Recherche* où l'on peut lire en clair à quel point le fils attendait du père un point d'appui dans son désir de devenir écrivain, le narrateur, se promenant du côté de Guermantes, rêve de fleurs précieuses, de régions fluviatiles, d'eaux vives dans le parc du château, de Mme de Guermantes, qu'il ne connaît pas et n'est pour lui qu'un nom. Il la rêve soudain éprise de lui, l'invitant à pêcher la truite tout le jour et le soir à réciter des poèmes la main dans la main en regardant dans le noir les quenouilles rouges et violettes des fleurs dont elle lui apprendrait les noms. Bref, une répétition des conversations du petit au sceptre d'or et de sa Maman, une de ces pêches aux sources de la littérature et de la sexualité qui les réunissaient autrefois. « Ces rêves m'avertissaient que puisque je voulais un jour devenir écrivain, il était temps de savoir ce que je comptais écrire. Mais dès que je me le demandais [...] mon esprit s'arrêtait de fonctionner, je ne voyais plus que le vide en face de mon intention. » Alors, vers qui se tourne Marcel en mal de devenir auteur ? Vers son père « si puissant, si en faveur auprès des gens en place qu'il arrivait à nous faire transgresser les lois », et qui « avait trop d'intelligences avec les puissances suprêmes, de trop irrésistibles lettres de recommandation auprès du Bon Dieu » pour ne pas pouvoir l'aider. Sans doute, ce passage recèle-t-il de l'ironie envers le père et de la dérision pour lui-même, écrivain sans sujet et sans livre. Déjà, avec la même cruauté pour le père, se trouvait dans *Jean Santeuil* un épisode où le père apparaissait ainsi : « Laissant retomber les bras sur son gilet blanc, il se remit à regarder l'appui de la fenêtre avec une majesté qu'il avait contractée au cours de sa vie publique et principalement à la sous-direction des Lettres dans l'accomplissement de tant de fonctions honorifiques. » Le père a bien à voir avec les lettres, mais en ce domaine, il n'est qu'un fantoche, un impuissant, un sous-directeur.

Ces deux fragments indiquent tout de même une

profonde vérité psychologique. Le narrateur, même s'il ignore quelles formes pourrait prendre ce secours, sait que sans le père il n'écrira jamais. Comme son père est médecin, il attend de lui une guérison de cette absence de génie, de ce trou noir dans son esprit auxquels il compare son inhibition à écrire. Ainsi, il considère comme une question concernant le système nerveux aussi bien le désir pour les garçons que l'envie d'écrire, et demande que son père, qui le considère comme un nerveux et a publié en 1897 *L'Hygiène du neurasthénique*, le secoure, sinon dans l'une du moins dans l'autre. Ainsi, « par l'intervention de mon père qui avait dû convenir avec le Gouvernement et avec la providence [...] je serais le premier écrivain de l'époque ».

On ne devient sans doute pas écrivain sans s'identifier à sa mère. Proust est sa mère, sa mère sublime qui savait les cœurs, la source des romans, mais ne savait pas les écrire, ce que le fils fera à sa place. En revanche, le docteur Proust, s'il déplora dans son fils un défi aux lois d'hygiène qu'il avait codifiées, eut aussi l'intelligence de renoncer à le guérir d'un mal dont il savait bien que l'appeler asthme était une fiction, et qu'on aurait aussi bien pu le nommer : Maman. Renonçant à soigner l'enfant, il sauva l'écrivain. Mais il sut en outre être pour son fils, par son énergie, son travail, son endurance d'homme de l'art, le modèle viril de la volonté et du courage nécessaires à toute mise en œuvre. Écrire, comme soigner, est un travail manuel, qui nécessite la connaissance intime du matériau et l'habileté acquise du geste. Cet aspect matériel de l'écriture demande d'ailleurs d'emprunter aussi à la mère une part de son être et de son faire. Écrire est dans la *Recherche* quelque chose qu'il répugne vaguement à la mère de voir entreprendre par son fils, comme s'il lui faisait concurrence dans les tâches un peu sales qui sont le lot de Maman : faire et élever des enfants, préparer la cuisine. « Comme cela doit être amusant de bouquiner, de fourrer son nez dans de vieux papiers ! » dit Odette à Swann, « avec l'air de contentement de soi-même que prend une femme élégante pour affirmer que sa joie est de se livrer sans crainte de se salir à une besogne malpropre, comme de faire la cuisine en "mettant elle-même la main à la pâte". » Le mot « matière » est employé par Proust en trois circonstances cruciales : pour peindre les soirées de Rivebelle en superposant plusieurs couches de couleurs, pour décrire le secret que Bergotte se reproche de n'avoir pas découvert : « la précieuse matière du tout petit pan de mur jaune », et pour rechercher cette « matière de mon expérience, laquelle serait la matière de mon livre [qui] me venait de Swann ». Couches de temps que l'inconscient pose les unes sur les autres, matière maternelle mise en forme par un désir venu du père, lente cuisson du temps qui ne passe pas au feu du temps qui reste, telle est la cuisine du livre. « Le supporter comme une offensive, l'accepter comme une règle, le construire comme une église, le suivre comme un régime, le vaincre comme un obstacle, le conquérir comme une amitié, le suralimenter comme un enfant, le créer comme un monde », voilà les huit commandements pour faire un livre.

Ils mêlent des comparaisons avec des tâches maternelles et paternelles, le penser et le faire, le tendre et le cruel, l'abject et le sublime.

Le baiser du père

Avant la mort de son père, Proust avait tracé des figures de père qui en étaient des sortes de décalques maladroits, ne changeant que son nom (pour le nommer Francœil ou Santeuil) et sa profession (fonctionnaire au ministère des Affaires étrangères, directeur au ministère de l'Intérieur, sous-directeur des Lettres). Mais on ne trouve dans la *Recherche*, entreprise après sa mort et celle de la mère, que peu de traces de la figure du père. Deux sont significatives pourtant. La première, où on le voit renoncer à son rôle de père séparant l'enfant de sa mère et accepter leur dernier baiser du soir. La seconde, lorsqu'une fanfare époumone ses airs allègres pendant des obsèques, comme ce fut le cas lorsque, le 28 novembre 1903, Marcel entendit remontant la rue le bruit formidable d'une clique militaire, hommage rendu par le 5e régiment d'infanterie à son père qu'on allait enterrer. Dans les deux cas, le père est celui qui ferme les yeux. Sur le fils, sur sa femme, sur leur couple excessivement uni. Qui les laisse seul à seule. Pas pour longtemps. Mme Proust survivra à peine deux ans à son mari.

Pourtant, l'effacement du père dans le roman est peut-être le signe que la *Recherche* n'est qu'un long détour, comme celui qui, à Combray, de la maison à la maison ramenait à la porte du jardin l'enfant et sa mère faussement surprise et feignant l'admiration pour la maîtrise du père à s'orienter dans l'espace : « Tu es extraordinaire de nous ramener à la maison. » Au terme de l'écriture, veut-on retrouver les bras du père ? Lisant Bergotte, « il me sembla soudain que mon humble vie et les royaumes du vrai n'étaient pas aussi séparés que j'avais cru, qu'ils coïncidaient même sur certains points, et de confiance et de joie je pleurai sur les pages de l'écrivain comme dans les bras d'un père retrouvé ». L'espace et le temps ont leurs pièges et leurs désarrois. Comme il arrive que, partant vers le côté de Guermantes, on se retrouve du côté de Méséglise, que l'on croyait absolument opposé, il se peut qu'on écrive un roman pour y chercher sa mère morte et qu'on y retrouve l'amour d'un père. Finalement, n'était-ce pas le baiser de papa que Marcel toute sa vie attendit et qui ne vint jamais ? « On ne pouvait pas remercier mon père, on ne pouvait pas l'embrasser, on l'aurait agacé, il appelait cela des manifestations ridicules. Mais je ne crois pas qu'on puisse sentir vers un autre être un élan de reconnaissance plus infinie que j'éprouvai ce soir-là pour lui [...] je pleure plus en écrivant ce que mon père a fait ce soir-là que je ne pus le faire alors, dans l'effroi de le fâcher, et je lui donne tous les soirs quand je pense à lui, les remerciements et les baisers que je n'ai pas osé lui donner alors. »

Par un diagnostic posé en médecin — tu es malade de littérature, tu n'en guériras pas, aime ta maladie —, Adrien Proust libéra sans doute son fils de la culpabilité que l'homosexualité faisait peser sur l'écriture. Certes, Marcel ne cessera pas pour autant de considérer sa sexualité comme une maladie, et il s'opposera d'ailleurs à Gide et à sa version hédoniste. Mais il a découvert que cette maladie n'était qu'une forme extrême de la maladie d'aimer, et que, sans « changer ce qu'il aime », les livres et les garçons, il pourra, sinon guérir de ce mal, du moins le vivre comme une vérité triste mais sienne. Immédiatement après le pronostic tragique du père, le narrateur se sent soumis au temps. Il doit écrire, il n'a plus le temps. Il est sorti du suspens temporel dans lequel, de vers en pastiches et de traductions en essais mondains, il communiait avec Maman dans une adoration perpétuelle, réciproque et stérile. « En disant de moi : "Ce n'est plus un enfant, ses goûts ne changeront plus", etc., mon père venait tout d'un coup de me faire apparaître à moi-même dans le Temps. » En un autre endroit, le père du narrateur lui dit : « Vous pouvez rester à Venise du 20 avril au 29 et arriver à Florence dès le matin de Pâques », lui ouvrant ainsi « non seulement l'espace abstrait, mais le temps imaginaire ».

Peu importe qu'Adrien Proust ait ou non prononcé ces mots, du moment que Marcel a pu les prêter au père de son narrateur, c'est bien qu'il était un père, un séparateur, ce grand Assuérus barbu dont les paroles lui donnaient « une telle envie d'embrasser au-dessus de sa barbe ses joues colorées que si je n'y cédais pas, c'était seulement par peur de lui déplaire ». Un père qui lui disait : « Va ! Va dans ton mal, va dans ta vérité. Va dans le temps.

Va à ta mort. Écris ! » Il faut un père pour apprendre le temps et la perte, pour faire découvrir que l'écriture, c'est du temps perdu. Le chagrin qu'éprouva Proust lors de la mort de son père avait une coloration particulière : il concernait l'irrévocable, le travail et le temps. « Dans le présent désespéré, ce qu'il y a peut-être de plus cruel, c'est, réveillé à toute minute par le retour des mêmes actes où mon père ne coopère plus, la déchirante douceur du passé. »

Comme dans un tableau peint par un vrai maître, comme dans ce roman que Bergotte n'a pas su écrire, se fondent trois couches de formes et de couleurs, d'histoires et d'oublis, de baisers et de baisers. De l'enfant qui regardait ses parents séparés par le désir et unis par ce qu'il faut bien appeler l'amour, jusqu'à l'homme sans corps et sans âge qui les réécrivit tout au long de la *Recherche*, on ne peut pas séparer dans la genèse du roman, comme dans la naissance de l'écrivain, les strates successives : celle de la scène sexuelle dissociant au lieu de les unir le père et la mère, celle du tableau de Franken le Jeune longuement regardé dans l'enfance, et celle enfin de cette tapisserie d'Esther qu'est le roman lui-même. Si Proust s'était contenté du scénario auquel l'invitait inconsciemment sa mère, il serait resté un enfant fixé à une scène de tableau, immuable comme un fétiche. Mais il avait en quelque sorte regardé à travers la toile, deviné les désirs, et compris que le père n'était pas un fantôme. Ce ne fut qu'après, lorsque le père, par son silence et ses mots pauvres, lui eut montré que le langage servait à connaître et à prendre et non seulement, comme la parole, à toucher et à jouir, ce ne fut qu'alors que Proust regarda la littérature non du point de vue du plaisir et de l'amour, mais du désir et de la mort.

Ceux qui ne passent pas

Dans la *Recherche*, personne ne naît, mais beaucoup de personnages meurent. Cependant, à part Swann, Albertine, pour laquelle l'épisode de la lettre de Venise laisse planer un doute, et Saint-Loup qui meurt au combat, deux morts violentes qui excluent la maladie et le vieillissement, à côté des quelques personnages dont le narrateur remarque l'absence à la matinée chez la princesse de Guermantes, les morts sont tous des comparses, des seconds rôles. Bergotte, Cottard, qui meurt deux fois, l'une dans *La Prisonnière*, l'autre dans *Le Temps retrouvé.* La Berma, dont le journal annonce la mort dans *Albertine disparue*, mais qui à la fin du roman tombe sous le coup mortel que lui inflige Rachel. En fait, chez Proust, plusieurs personnages sont encore vivants après leur mort : le roi de Suède, le fils Vaugoubert, Mme d'Arpajon, le prince d'Agrigente, la comtesse Molé, Mme de Villeparisis, la nièce de Jupien, Mme Bloch, Nissim Bernard, le grand-père du narrateur, Bergotte, Saniette. De la famille du narrateur, seuls le grand-père et la grand-mère surtout meurent, donnant dans ce dernier cas l'occasion de célèbres et très belles pages. Ni le père ni la mère, les deux personnages les plus importants de sa vie, dont la disparition avait pourtant été à l'origine de l'entrée de Proust dans son grand roman, ne disparaissent. Dans les esquisses du *Contre Sainte-Beuve*, il est certes question de la mort de la mère, évoquée à travers des rêves, mais Proust écarta de sa version définitive tout ce qui pourrait indiquer que Maman était morte. Sous l'effet de persistance de l'infantile et captif à perpétuité des images inconscientes, le narrateur, comme les petits enfants, relègue dans l'impensable et l'irreprésentable la mort de ses parents.

Les parents ne vieillissent pas non plus, et demeurent inaltérés par le temps, contrairement à tous les autres personnages. « Les êtres ne cessent pas de changer de place par rapport à nous », dit le narrateur à propos de Saint-Loup. Les êtres, certes, et les personnages, mais pas les parents, qui sont placés hors du flux narratif. Rien ne leur arrive. Ils ne deviennent pas, comme les autres : qui mourant seul et désaimé (Swann), qui devenant noble (Mme Verdurin), qui entrant en déchéance (Charlus), qui se révélant inverti (presque tous les hommes), qui rachetant son vice par l'art (Bergotte, Vinteuil et l'amie de sa fille).

En fait, les parents du narrateur — sa mère surtout — ne sont pas des personnages, mais des apparitions. Pour la mère, ces apparitions sont la scène du baiser, la douleur au chevet de sa mère, les rapports entre elle et Albertine, situés en un temps très vague, le séjour à Venise. Elle va voir une tante malade, est mal reçue par la princesse de Parme, prend le thé chez Mme Sazerat. Ce sont les rares événements de sa vie. Les seules choses qui lui arrivent sont les lettres qu'elle écrit à son fils, tous les jours à de certaines périodes impossibles à dater. Maman n'appartient à aucun temps : présent, passé, futur, ou bien à tous. La vie du père, au sens où Saint-Loup, comme Gilberte, mène — ou est mené par — une vie, se résume elle aussi à quelques clichés : les promenades à Combray, les dîners avec Norpois, un voyage en Espagne, des flatteries glissées à Legrandin et du mépris pour Bloch, une passion effrénée pour le baromètre et l'Académie. « Une vie de désintéressement et d'honneur » dont on ne sait en quels actes ils se manifestèrent. Pour les parents réunis, à peine si on relève quelques menus faits : des discussions sur la sortie pour entendre la Berma, des préjugés envers Bergotte, une installation à Saint-Cloud, quelques manœuvres pour permettre à leur fils de voir Mme de Guermantes. C'est à peu près tout ce qu'on peut qualifier de péripéties romanesques.

Les parents n'ont pas d'âge. Ils ne vivent pas. Ils sont. Maman est toujours ce front penché sur un petit lit, à qui l'enfant cause son premier cheveu blanc, qui ne sera suivi d'aucun autre. On sait que le narrateur leur ressemble à tous deux, mais aucun détail de leur être physique n'est précisé. Ils n'ont pas de visage. C'est la face d'Albertine, et non de Maman, qui revient en souvenir, fanée, méconnaissable. C'est de Swann agonisant, non d'Adrien Proust, que la figure est décrite « si bien rongé, les joues rognées comme une lune décroissante, portant un nez de polichinelle, énorme, tuméfié, cramoisi ».

Non seulement les personnages portent déjà « la mort sur le visage », mais aussi la race, et l'obscénité du sexe, car le temps est révélateur de l'identité secrète. Sauf pour mon père et Maman, identiques à eux-mêmes à travers le livre et le temps. Ils ne connaissent ni les maux ni les accidents d'une vie familiale. Telles les figures qui hantent notre inconscient, ils vont et viennent quand et où le récit ne les attend pas, faisant des sortes de trous intemporels dans l'écoulement qui va du temps perdu au temps retrouvé. Dans ce roman où presque rien ne se passe, des êtres passent et le temps passe en eux, les défaisant, les révélant. Sauf les parents : ceux qui ne passent pas. Même dans ceux qui vieillissent, comme Odette, deux choses ne vieillissent pas. Elles touchent à la petite enfance. La voix, d'abord. « Cette voix était restée la même, inutilement chaude, prenante, avec un rien d'accent anglais. Et pourtant, de même que ses yeux avaient l'air de me regarder d'un rivage lointain, sa voix était triste, presque suppliante comme celle des morts dans l'*Odyssée.* » Ensuite, « la poupée intérieure », celle que nous construisons à partir de l'autre réel pour l'aimer et le posséder en effigie, celle aussi qui demeure au profond de nous-mêmes malgré les ans. « Quelle était la part du fard, de la teinture ? Elle avait l'air sous ses cheveux dorés tout plats — un peu un chignon ébouriffé de grosse poupée mécanique sur une figure étonnée et immuable de poupée aussi. » La phrase reste incorrectement construite. Nous se saurons pas de quoi, de qui — Maman ressuscitée ? — Odette avait l'air. Jamais ne vieillit en nous l'enfant que nous étions au fond des yeux de nos mères.

On a souvent reproché l'incohérence temporelle du destin des personnages de la *Recherche*. Odette rencontre Swann avant la naissance du narrateur. À la fin du roman, on la voit maîtresse du prince de Guermantes, « si belle encore » lors de la matinée du *Temps retrouvé*. Le narrateur ajoute à l'ancienne Odette le chiffre des années qui avaient passé sur elle. « Le résultat que je trouvai fut une personne qui me sembla ne pas pouvoir être celle que j'avais sous les yeux, précisément parce que celle-là était pareille à celle d'autrefois. » Compte tenu des repères donnés par le narrateur, elle aurait été presque centenaire. On pense en général que si le temps lui avait été laissé, Proust aurait supprimé cette invraisemblance d'une héroïne qui ne meurt jamais, comme celle de personnages qui meurent deux fois, négligences dues à l'adjonction de modifications, qu'une relecture eût éliminées. Peut-être, mais pas seulement. C'est ne pas voir que le temps de la *Recherche* n'est pas celui de l'histoire, mais celui de la mémoire. Proust d'ailleurs prend soin de donner des dates (l'Exposition de 1878, le retour de la maison de santé en 1916, etc.). Le temps de l'inconscient garde côte à côte les divers états psychiques que nous avons traversés. On y voit une vieille femme un peu ramollie lancer encore un regard de ses yeux restés si beaux à l'enfant qui la vit cinquante ans avant, si bête, si rose, et un vieil homme attendre le baiser d'une Maman de poussière.

Proust conçoit les êtres comme dans les rêves, où ils apparaissent toujours avoir l'âge que le désir d'enfant leur a assigné une fois pour toutes, où, même morts, ils semblent toujours en vie. La *Recherche* est en fait construite selon une double temporalité. D'une part, le temps qui s'écoule, telles les eaux de la Vivonne, qui fait devenir, vieillir, mourir ; le temps qui passe sur les êtres comme l'eau ravinant les visages. D'autre part, le temps immobile, celui de l'adoration perpétuelle, le temps de l'art et de la mère ; le temps de ceux — et de ce — qui ne passent pas. Jamais le fleuve du temps ne débouche dans la mer infinie et jamais altérée. La *Recherche* est au contraire un fleuve qui sortirait de la mer, ou un roman qui naîtrait d'un rêve.

Maman, statue immuable ignorée du temps, visage jamais décrit, contrairement à ceux d'Odette, de Gilberte et d'Albertine, face échappant aux ravages de la vieillesse, perpétuée par le désir infantile, jamais retrouvée parce que jamais perdue, Maman est là. Même et surtout quand elle s'absente. Elle décrit un espace vivable ou non pour le petit, fait de trouvailles et de retrouvailles. Elle est celle qu'elle est, ce qui est, ce qui fait que je me sens être. Le père, lui, n'est jamais là. Même quand il est présent, il ne donne ni ne retire aucun objet, aucun sentiment d'exister. Elle est du côté de l'attente, lui, du côté du désir. La mère situe l'enfant dans l'espace, qui est l'absence ; le père le conduit dans le temps, qui est encore l'absence mais une absence qui relie. Une absence écrite, les yeux fermés sur le réel et le dehors mais ouverts sur les mots et le dedans. La mère serait-elle une porte qui ne s'ouvre jamais ? Le père un escalier vers le monde ? Sans doute la mère découvre-t-elle à son enfant une sorte de temps, elle aussi. Mais c'est un temps perpétuel, éternel, intemporel, pour ainsi dire. C'est aussi un temps affectif et intime, tandis que celui qu'ouvre le père est mortel, impersonnel et social. Le temps perdu est le temps de la mère, celui du baiser. Le temps retrouvé n'est pas le temps perdu. Rien n'est comme avant. Rien n'est rendu. « Maman ne vint pas. » Elle ne vient jamais. Elle ne reviendra pas plus, le livre achevé. Mais le temps du père, le temps qui s'ouvre quand reste close la porte de la mère, le temps du livre est une sorte d'*espace de temps*. Écrire un roman, c'est se placer en tous points de l'espace et du temps, comme le dit Proust souvent, étirer l'un et l'autre, changer l'un par l'autre. En avril 1921, l'écrivain déclara à Pierre Lafue : « Je suis venu ici en étranger, je partirai en étranger. La vie d'un artiste n'est qu'une longue absence : il est ailleurs. »

À la matinée chez la princesse de Guermantes, tous les masques tombent. Ou plutôt, chacun apparaît déguisé, grimé, mais c'est alors sa vérité qui se montre. Chacun n'est plus que le loup de lui-même. Ainsi, la duchesse de Guermantes a perdu son intelligence et dit énormément de bêtises. Le baron de Charlus devient bouffi et bedonnant, comme soufflé par son vice. Bloch et Legrandin ont été anoblis. La vieille bête de Vinteuil avait eu du génie. La lumineuse et janséniste Berma n'est qu'une vieille femme abandonnée et grise. Morel est un déserteur atrocement angoissé. Le narrateur consterné s'avère un écrivain porteur d'une œuvre. Les gentils se révèlent juifs, les hommes invertis, les nobles parvenus.

Les trois secrets de l'identité sont mis au jour. Les êtres ne sont jamais ce qu'ils disent ni les choses ce qu'elles sont. La littérature elle-même n'échappe pas à ce dénudage. « Mon absence de dispositions pour les lettres [...] me parut quelque chose de moins regrettable, comme si la littérature ne fût pas ce que j'avais cru [...] les belles choses dont parlent les livres n'étaient pas plus belles que ce que j'avais vu. » Ce constat amer et tragique fonde l'esthétique et l'éthique du *Temps retrouvé*. Il est à l'opposé de la plénitude ontologique signifiée par le baiser de Maman, qui ne cesse d'être celle qu'elle est, même morte. Alors, au cours de cette matinée — mot qui comme on le sait désigne un après-midi : les temps non plus ne sont pas ce que disent les noms — le narrateur murmure encore l'appel adressé à Maman : « Reviens. » À cette seule parole vraie parce qu'elle n'est pas une parole, mais un acte, à ce mot qui ne dit rien, mais fait venir le corps de l'autre à portée de baisers et de caresses, de dégoût et de meurtre aussi, si Maman ne revient pas, tous les autres sont là, la bande de Balbec ou ce qu'il en reste, la bande du Faubourg, la bande de Combray, tous revenus. Des revenants, en fait. Parmi eux, Marcel lui-même, sous les traits du petit Chevrigny, qui attire l'attention sans qu'on sache si « c'était parce que cette beauté avait quelque chose de marqué d'un ver et qui déplaisait, ou parce que son regard immense avait l'air de contenir un immense chagrin, ou parce que le cerne noir de ses yeux semblait indiquer qu'il était malade ».

D'une voix où s'entend un bruit de cailloux roulés, le baron de Charlus jette alors la litanie des morts : « Hannibal de Bréauté, mort ! Antoine de Mouchy, mort ! Charles Swann, mort ! Adalbert de Montmorency, mort ! Boson de Talleyrand, mort ! Sosthène de Doudeauville, mort ! » Dans cette liste, ce n'est pas Charlus qui place Swann, seul non-noble et seul juif au milieu de ces aristocrates, c'est le narrateur qui adresse son dernier salut à ce personnage qu'il a inventé et dépassé, aimé et haï. Cet homme de lettres et de désirs, plus jaloux des mots que des femmes qui les utilisent pour mentir, qui, en n'écrivant pas, lui a enseigné son destin. « D'ailleurs, devant la mort, nous sommes tous égaux », dit le duc de Guermantes devant le lit de mort de la grand-mère. C'est vrai, comme lors du dîner de têtes, elle égalise tout. Comme le roman. Juifs et non-juifs, hommes et femmes, homosexuels ou hétérosexuels, mondains et hommes ordinaires, nobles et ignobles, elle efface les désirs et les rangs, les histoires et les classes. Elle ne connaît plus que les noms qui s'useront sur la pierre des tombes et, un peu plus lentement, dans les pages des livres. La mort bégaie. Elle n'est ni bonne conteuse ni vrai écrivain. Elle radote, comme Charlus. Elle est si bête qu'on la croit mystérieusement savante. Elle n'a qu'un mot à la bouche. Mais ce mot, « mort », qui « semblait tomber sur ces défunts comme une pelletée de terre plus lourde, lancée par un fossoyeur qui tenait à les river plus profondément à la tombe » ne salira pas le sommeil de Maman.

Le grand temps

La *Recherche* est d'abord une lente et impossible recherche de ce qu'il y a derrière les noms. Ainsi, la beauté — la prisonnière, la fugitive, la disparue — se cache dans le nom d'Elstir, que l'on pourrait décomposer en : *elle se tire*. La beauté, c'est ce qu'on ne possède jamais. Ou bien, le nom même d'Esther, dans lequel on peut entendre : *elle se terre*, la mère morte. Elle ? Se taire. Comment dire la féminité impossible de son loup, sinon en écrivant ? « Un nom, c'est tout ce qui reste bien souvent pour nous d'un être. » Le nom est ce qui sépare le corps de la jouissance. La mort est ce qui sépare le nom du corps. De son pays de mémoire et de pensée, il semblait à ses amis que Marcel Proust était un revenant à la pâleur inhumaine, environné de malheurs de bonnes, de ragots mystiques et de désirs étranglés, regardant sa chemise d'habit déposée devant le feu de bois et conjurant l'horreur du linge froid. Quand il partit, il se souvint peut-être qu'à son père, il avait dédié sa traduction de *La Bible d'Amiens*, mais à sa mère, rien. Les mères nous donnent les mots, les pères les livres. « Un livre est une sorte de cimetière où, sur la plupart des tombes, on ne peut plus lire les noms effacés », écrivit-il.

Les noms, vraiment ? Ou un seul, bien lisible, celui de Maman ? Jeanne-Clémence Weil, *veille* sur son petit loup qui dort le jour et s'éveille le soir quand elle se couche. Il tient à ce décalage tout en rêvant de dormir d'un même geste, aux mêmes heures, d'un même sommeil, presque dans le même lit. Enfin, est-ce forcer la langue que d'entendre dans *Bontemps*, nom de famille d'Albertine, ce nom si français, et si en résonance avec le premier et le dernier mot de la *Recherche*, encore et toujours, bien caché, le nom de la mère ? *Weil* est en allemand un adverbe de temps signifiant : comme, tandis que, durant. *Weile* est un nom qui veut dire : moment. Maman est le moment, le moment arrêté de l'absence et du chagrin, de la douleur et de la jouissance.

Que se passe-t-il après le baiser refusé puis consommé ? Le temps est comme scindé en deux. On pourrait presque dire : le temps de la porte et le temps de la fenêtre. D'un côté, le temps gelé, le temps de la mère, qui ne passe pas lorsqu'on l'attend sans fin, et ne passe pas non plus quand on jouit sans fin du don de sa présence. « Toujours vu à la même heure, isolé de tout ce qu'il pouvait y avoir autour, se détachant seul sur l'obscurité, le décor strictement nécessaire (comme celui qu'on voit indiqué en tête des vieilles pièces pour les représentations en province), au drame de mon déshabillage. » Ce temps figé est aussi un espace borné : « comme si Combray n'avait consisté qu'en deux étages reliés par un mince escalier, et comme s'il n'avait jamais été que sept heures du soir. » Si Proust avait continué de désirer le désir de sa mère, il se serait arrêté dans la mort d'un perpétuel « sept heures du soir à Combray ». Elle lui aurait tant fait durer sa nuit qu'il n'en aurait pas extrait un livre.

Quand mourut son père, Maman n'osa pas réveiller son petit loup. À une heure de l'après-midi, on avait ramené chez lui au 45, rue de Courcelles, Adrien Proust frappé d'apoplexie, comme on disait à l'époque. Maman attendit la nuit pour doucement dire à Marcel : « Pardon de te réveiller, mais ton père s'est trouvé mal à l'École. » Il ne fallait pas séparer le petit de son sommeil, de sa maladie des nuits, de sa fusion retrouvée chaque fois avec une mère qui se confondait alors avec la mort. Dans le roman, c'est au moment de la mort de la grand-mère que la mère s'excuse : « Pardonne-moi de venir troubler ton sommeil. » J'ignore l'heure de la mort de Maman, mais je la crois bien capable d'avoir attendu la nuit pour mourir pendant que son fils ne dormait pas.

De l'autre côté, le temps du père. Le temps de Swann qui s'éloigne dans la nuit, retrouver ses amours malheureuses avec les femmes et les mots, de la fenêtre ouverte sur un clair de lune qu'on écrit trente ans après, en fermant les yeux, car le temps de l'écriture n'est pas le temps du souvenir. Comme l'écrivait Proust à Jacques Rivière, croit-on qu'il se serait donné tant de mal pour faire un livre de souvenirs ? Quelle est la seule chose à laquelle on voit s'attacher le père du narrateur ? Le temps. Que reproche-t-il à Bloch de méconnaître ? Le temps. « Mais, mon pauvre fils, il est idiot ton ami, m'avait dit mon père quand Bloch fut parti. Comment ! Il ne peut même pas dire le temps qu'il fait ! Mais il n'y a rien de plus intéressant ! » Le père a montré au fils son intérêt pour le temps. Certes, celui du baromètre et non du chronomètre. Le temps qu'il fait et non le temps qu'il est. Outre que, pour un asthmatique, les perturbations de l'atmosphère influent sur tout son être, on peut lire dans cette connivence entre père et fils autour du temps la reconnaissance d'un temps mis en mouvement par les altérations de l'espace.

Il est grand temps, constate le narrateur à quelques pages de la fin du livre. « Oui, à cette œuvre, cette idée du Temps que je venais de former disait qu'il était temps de me mettre. » Fini, le bon temps, celui qu'il prenait à ne pas prendre Albertine. S'ouvre, par sa mort pressentie, par la mort accomplie et la séparation d'avec Maman, le grand temps. « J'aimais beaucoup Papa. Mais Maman, le jour où elle est morte, elle a emporté son petit Marcel avec elle », confiait Proust à Céleste Albaret. Marcel mourut après avoir publié, comme Adrien Proust, des livres, et laissé une œuvre immense, écrite devant la porte de Maman. L'écriture est l'endroit de soi que la mère désignait, mais qui lui sera retiré pour être placé hors de son emprise.

Lui qui avait aimé qu'on lui dise qu'il ressemblait à Maman, sans voir qu'en réalité, il avait bien des traits de son père, lui qui avait tant cherché à ressembler à Saint-Simon, Racine, Balzac, Baudelaire, Flaubert, Sainte-Beuve, Régnier, Goncourt, Renan, et même Faguet et Montesquiou, il avait résolu le problème qu'un personnage de Henry James déclare le plus difficile : celui de ressembler à soi-même. Si on avait demandé à l'écrivain reclus, à la prisonnière sur parole, à l'ombre d'ange écrivant tout le temps le temps, perdue dans d'infâmes fumigations, au vieil enfant aux joues bleues crachant entre deux toux : « la mort me poursuit, je n'aurai pas le temps d'envoyer mon manuscrit à Gallimard », qui il préférait, finalement, de papa ou Maman, nul doute qu'il aurait répondu : « mon roman ».

La mort du loup

En avril 1922, alors qu'il ne lui reste que quelques mois à vivre, Proust écrit à Sydney Schiff de ne dire à personne l'état de sa maladie. Il s'applique à lui-même les vers célèbres de Vigny dans « La Mort du loup » :

Prier, pleurer, gémir est également lâche.
Fais énergiquement ta courte et lourde tâche,
Puis, après, comme moi, souffre et meurs sans parler.

Outre qu'elle omet un vers, on notera que la citation est fautive. Vigny écrit : ta *longue* et lourde tâche. Quand on dit qu'il est grand temps, cela veut dire que le temps est bien court. Pour achever la longue tâche que s'est fixée Marcel, il en reste bien peu. Le petit loup va mourir ainsi qu'il avait toujours craint. Empêché de parler, comme Maman. Et il n'a pas échappé à « la voie où le sort a voulu [l']appeler » (tel est le vers manquant). Après avoir de toutes ses forces tenté de souffrir sans parler d'une homosexualité par lui toujours associée à la mort, il l'admet comme une destinée, ou une intruse qu'il n'aurait pas voulu inviter, mais qui, après tout, n'avait pas été sans lui prodiguer de noires délices.

J'ignore qui a eu cette idée, ni si elle fut moqueuse ou tendre, mais lors de la messe d'enterrement de Proust à Saint-Pierre-de-Chaillot, le 22 novembre 1922, on joua la *Pavane pour une infante défunte* de Ravel. Marcel était mort comme il avait vécu, infante. « Trop de tentures, trop de cierges, trop de musique. Mais il n'aurait pas trouvé que c'était trop », note Daniel Halévy dans son *Journal.* Ses obsèques furent comme son livre. Martin du Gard rapporte qu'il y croisa « des ducs, des princes, des ambassadeurs, le Jockey, l'Union, en bottines à boutons, des monocles, des raies calamistrées... Dans la foule, de la haute juiverie internationale et de la grande pédérastie parisienne sur le retour, à fond de teint, l'ongle verni, le regard fureteur ». Proust avait voulu fuir l'une et l'autre « race » ; mais voilà qu'elles le rattrapaient et avec elles les haines. Tout le monde à Paris savait depuis longtemps que Marcel Proust était homosexuel et juif. Sauf lui. Et Maman. Peu le savaient écrivain.

L'avant-veille de sa mort, un ancien secrétaire et amant, Ernst Forssgren, l'un de ses derniers « prisonniers », lui avait donné rendez-vous. En bon pervers, qui ne jouit de rien tant que de voir l'autre avouer son désir et son manque, tandis que les siens demeurent masqués, l'amant ne vint pas au Riviera Hôtel, ou ne se montra pas, demeurant à une place où il pouvait voir sans être vu. Proust l'attendit de onze heures du soir à trois heures du matin. Peu lui importait le piège, il y courut, transi, secoué d'éternuements. Lui qui s'était si longtemps plaint de vivre mort, le voilà qui entend mourir vivant. Il est beau, ce désir qui se croit plus fort que la mort, cette aile de feu et de gel touchant l'homme emmitouflé venu cueillir d'un indifférent un dernier regard. La mort, elle, il pouvait lui faire confiance. Elle ne fit pas faux bond.

Une mort qui, comme la mort de Maman, ou comme Maman elle-même, vous ôte les mots de la bouche. Reynaldo Hahn les derniers jours et jusqu'au bout prend soin de lui comme une mère. Lorsqu'il lui rend visite, au lieu de parler, il écrit des questions sur un bout de papier. Céleste transmet la réponse sur le même papier, la porte de la chambre de Proust restant close, comme ses lèvres, d'un bleu d'encre muette. Peut-être se souvient-il de celles d'Albertine, qu'elle faisait faiblement remuer lorsqu'elle parlait, donnant à ses mots un son traînard et nasal, une « prononciation si charnelle et si douce que, rien qu'en vous parlant, elle semblait vous embrasser ». Peut-être réentend-il celles de Maman béant un baiser de nuit lorsqu'elle entendait son pas faire crier les lames du parquet. Alors, c'était au contraire le baiser qui semblait une parole.

Je n'embrasse plus, je ne parle plus, je ne suis plus que les mots que j'ai écrits. Au-delà de la souffrance, on devine chez l'écrivain qui s'en va et le sait une sorte de jouissance amère, de revanche sur les mots, de victoire sur l'enfant qui ne sait rien. Enfin, il peut se taire entièrement. Redevenir bête. Enfin, le langage n'est plus parole, mais écriture. Écrire, c'est dénouer la parole des lèvres, laisser la chair aller de son côté.

« Buncht va moursir », comme Marcel l'avait écrit en plaisanterie à Reynaldo. Les mourants ne sont pas des gens sérieux. C'est pourquoi leurs proches n'ont de cesse de transformer en morts très présentables ceux qui dans leurs derniers moments n'étaient plus des vivants bien convenables. Généralement, ils leur font des recommandations comme on fait aux enfants avant que ne sonnent les amis attendus à dîner : tiens-toi plus droit, remonte ton pyjama, ne mendie pas un dernier câlin. Ou bien, ils les gâtent d'un baiser ou d'une friandise pour que la nuit soit moins longue ou la séparation moins bruyante.

La nuit d'avant sa mort, Proust écrivit encore ce mot, à propos de Bergotte et de lui-même, confronté à la même énigme de mourir : « Un jour tout est changé. Ce qui était détestable pour nous, qu'on nous avait toujours défendu, on nous le permet. "Mais, par exemple, je ne pourrais pas prendre du champagne ? — Mais parfaitement, si cela vous est agréable." On n'en croit pas ses oreilles. On fait venir les marques qu'on s'était le plus défendues, et c'est ce qui donne quelque chose d'un peu vil à cette incroyable frivolité des mourants. » Qu'importe que cette idée ait resurgi de sa propre traduction avec Maman de *La Bible d'Amiens*, en 1901-1904, où elle était mise sous la plume d'Emerson (« Rien n'est frivole comme les mourants »), ni qu'il l'ait déjà citée en 1912 dans une lettre à Robert de Montesquiou (« Il n'y a rien de frivole comme l'agonie »). Seule compte l'idée, cruelle et vraie. Les mourants sont des enfants qui ne veulent pas aller au lit. Insupportables. Ils font des mines. Ils font des mots.

À l'aube de son dernier jour, encore conscient, Marcel demande du lait, mais précise : « pour vous faire plaisir ». Puis de la bière frappée, qu'il envoie chercher au Ritz. Avec le même humour qui ne le quitta jamais et qui lui venait de Maman, il ajoute : « Il en sera de la bière comme du reste, elle arrivera trop tard. » Le docteur Bize s'annonce. Son nom le prédestine aux retrouvailles. Maman et son baiser, mon père et son métier, ils sont tous deux là, réunis en ce médecin dont Proust aimait la bêtise : « Je ne sais s'il dit cela pour me rassurer, par bêtise ou s'il dit la vérité. » La vérité est parfois bête et la bêtise souvent rassurante. Mais Marcel, qui n'avait gardé confiance que dans ce médecin depuis la mort de sa mère, s'offusque lorsque le docteur Bize lui fait une piqûre d'huile camphrée, ce qui vaut à Céleste d'être pincée par le corps décharné et muet qui avait demandé qu'on ne lui en fasse plus. « Ah ! Céleste, pourquoi ? » Puis, son médecin de frère, Robert, arrive et lui pose d'inutiles ventouses. Les ballons d'oxygène sont tout aussi vains. Il faut bien que les médecins supportent leur propre impuissance en se disant qu'ils ont fait leur possible. Babinski vient enfin reconnaître qu'on ne peut plus rien. Lorsqu'elle le voit crisper ses doigts pour ressaisir les feuillets manuscrits épars parmi les draps, Céleste reconnaît le geste de la cueillette, signe infaillible que la fin approche, comme si le mourant retrouvait le réflexe du tout petit serrant sa main sur un doigt ou une mèche de sa mère.

Quelque temps avant, il avait dit à Céleste : « Voici novembre, novembre qui m'a pris mon père. » Le samedi 18 novembre 1922 à cinq heures de l'après-midi, la mort, qu'il avait tant de fois cru vivre, arriva par la porte capitonnée aux rideaux bleus. Proust s'endormit pour toujours, à l'heure où d'ordinaire il s'éveillait. Peu importe, il avait eu le temps, au printemps, d'inscrire le mot « fin » à la dernière ligne du manuscrit du *Temps retrouvé*. Ce jour-là, qui ne nous est pas connu, il appela Céleste, fatigué et souriant : « C'est une grande nouvelle. Cette nuit, j'ai mis le mot "fin". [...] Maintenant, je peux mourir. » Depuis, Proust se relit mais la mort l'arrête à la page 136 de la troisième dactylographie de *La Prisonnière*. Il n'a pas fini les corrections et ajouts de cette partie de son roman, non plus que ceux d'*Albertine disparue* ni du *Temps retrouvé*. Mais il a encore pris le temps d'ajouter la scène de la mort de Bergotte, à la suite de la visite faite au bras de Jean-Louis Vaudoyer de l'exposition de peinture hollandaise au musée du Jeu de Paume. Un matin, le critique d'art de *L'Opinion* reçoit de l'écrivain un billet : « Cher Ami, Je ne me suis pas couché pour aller voir ce matin Ver Meer et Ingres. Voulez-vous y conduire le mort que je suis et qui s'appuiera à votre bras ? » Là, il revoit cette *Vue de Delft* qu'il avait admirée au musée de La Haye vingt ans avant : « J'ai su que j'avais vu “le plus beau tableau du monde”. » « Et encore, ajoute-t-il, je ne connais presque rien de Ver Meer. » De cette visite, Proust garde la vision d'un homme mort de beauté, comme on meurt de peur, après avoir vu « un petit pan de mur jaune », affalé et roulant d'un canapé circulaire. Un canapé peut-être semblable à celui de tante Léonie, que le narrateur retrouve « supplicié par le contact cruel » dans la maison de rendez-vous où il l'a fait livrer. À moins qu'il ne rappelât celui, décoré de photographies, qui avait appartenu à Maman, et que Marcel avait fait transporter au bord d'elle, si j'ose dire, dans l'hôtel de passe où l'on ne vous demandait pas si vous aimiez les hommes ou les femmes, mais ce que vous désiriez qu'on vous fît souffrir.

Pourtant, il écrit encore. Au dos d'une enveloppe tachée de tisane, dans la nuit du 17 au 18 novembre, quelques lignes où il reprend la conversation entre Maman et les amis de Combray au sujet du mariage de Saint-Loup. Il ne faudrait pas que Maman ait raison, et que je meure non seulement comme un enfant — nous mourons enfants, *infantes*, la mort, c'est la parole reprise — mais comme une infante, fille de roi, certes, mais fille muette. Sur ce billet, peu de mots sont lisibles : «...trouva qu'elle était elle et était une autre... » Comme s'il parlait de Jeanne, de lui-même, de chacun de nous, de l'infante défunte qui en nous se pavane.

La grosse dame noire

Au matin du dernier jour, Proust prie Céleste de laisser allumée la lampe à abat-jour vert, comme un enfant qui a peur du noir, puis s'endort. Il est réveillé par la visite d'une grosse dame en noir, que personne ne peut voir ni toucher, et que la bonne promet de chasser. Un jour d'octobre, il lui avait dit : « Maman me soignait toujours mieux que les médecins. » Céleste se tenait cachée derrière le rideau bleu, mais il devina sa présence. « Céleste, pourquoi restez-vous là ? — Parce que je craignais, Monsieur, de vous laisser seul. — Ne mentez pas, Céleste, vous savez, elle est venue. » Les yeux grands ouverts, il regardait l'autre porte, celle par laquelle entraient ses visiteurs. « Elle est grosse, elle est très grosse, cria-t-il, très grosse et très noire ! Elle est tout en noir, elle me fait peur. — Je suis là, je saurai bien la chasser. — Oh ! non, n'y touchez pas, Céleste, nul ne peut la toucher. Elle est implacable et elle devient de plus en plus horrible. »

Ce n'était pas comme Maman, qui le laissait en proie au temps qui ne passe pas : la mort fut à l'heure. Le mort que je suis finit par mourir. À tant parler d'elle, il fallait bien qu'elle le prît au mot. Elle le serra à l'étouffer, tandis que se creusait son regard de prince persan. Le frère et la bonne ne comprirent pas tant d'insistance. À trois heures,

Robert releva le corps léger de son frère, que ses derniers visiteurs décrivent comme « une réduction en pierre ponce de soi-même ». « Je te remue beaucoup, mon cher petit, je te fais souffrir. » La mort, comme les romans, a cette étrange propriété de bouleverser le temps, d'inverser l'aînesse et de faire un petit d'un grand frère. « Oh ! oui, mon cher Robert », répondit Marcel. Banales et ternes *ultima verba*. La mort est un écrivain raté.

Ce furent ses dernières paroles conscientes. *Er* fut la syllabe finale qui franchit les lèvres de Marcel, cette syllabe qui désigne ce qui durant toute sa vie d'asthmatique lui manqua, l'air. Cette syllabe que l'on retrouve dans presque tous les noms propres de son roman et deux fois dans le titre de ce dernier. Robert, Albertine, Guermantes, Bergotte, La Berma, Esther, Cambremer, Gilberte, vous êtes tous là, vous glissez sur le dernier souffle de celui qui n'était personne, qui ne vécut que vos vies de papier. Certains biographes ajoutent qu'inconscient, un peu plus tard, on l'entendit murmurer : « Maman. » Ce serait conforme à la fois à ce qu'on dit être un travers fréquent des mourants, et aux symétries que nous aimons trouver entre les livres et leurs auteurs.

Mais je ne crois pas à cette légende. Car elle était là, Maman. Nul besoin de l'appeler, comme les soirs de baisers. Cette nuit, il n'aura pas à l'attendre. Elle est venue un peu plus tôt. La grosse dame noire qu'avait été Jeanne Proust, la femme aux joues rouges, aux yeux tristes dans ses voiles noirs qu'il avait retrouvée avec une douleur mêlée d'horreur en profil perdu dans un tableau de Carpaccio, maintenant il ne va plus tarder à la rejoindre. Il dormira enfin à ses côtés, comme il lui en avait dit le désir dans une lettre écrite au lendemain de la mort de son père, fin novembre 1903 : « Ma chère petite Maman je t'écris ce petit mot, pendant qu'il m'est impossible de dormir, pour te dire que je pense à toi. J'aimerais tant, et je veux si absolument, pouvoir bientôt me lever en même temps que toi, prendre mon café au lait près de toi. Sentir nos sommeils et nos veilles répartis sur un même espace de temps aurait, aura pour moi tant de charme. » Suivait une histoire de besoins, de toilettes, de caleçon mal fermé par une épingle qu'il ne retrouvait pas. Puis ces mots : « Je charme la nuit du plan d'existence à ton gré, et plus rapprochée encore de toi matériellement par la vie aux mêmes heures, dans les mêmes pièces, à la même température, d'après les mêmes principes, avec une approbation réciproque, si maintenant la satisfaction nous est hélas interdite. »

La seule satisfaction qu'il aurait encore aimé connaître aurait été que Maman entrât à pas de loup dans sa chambre, s'assît sur le couvre-pieds, se penchât vers lui, et d'une voix douce à en mourir, lui racontât la fin de l'histoire. Déjà, depuis qu'il savait qu'il ne se relèverait pas, il s'était fait la tête de Shériar, avec la barbe qu'on lui voit sur le dernier dessin que Dunoyer de Segonzac prit sur le motif. Mais c'était peut-être, tout simplement, la tête de Swann, avec sa « barbe de prophète surmontée d'un nez immense qui se dilate pour aspirer les derniers souffles ». C'est cinq mois avant sa propre mort que Proust ajouta dans *La Prisonnière* le passage sur la mort de Swann. Proust mort, comme Swann, ne peut plus méconnaître ce qu'il avait oublié toute sa vie : « une solidarité morale avec les autres juifs ».

Les pages, les draps

Si je ne crois pas que son dernier mot fut « Maman », c'est parce que les dernières pensées de Proust furent pour son livre. Mon dernier rêve ne sera pour personne. Ou pour ce monstrueux enfant de papier qui fut si lent à sortir de moi. Quelques mois avant de finir, il confie à *La Nouvelle Revue française* un article sur Baudelaire. Il y parle de contenir la mort prochaine en soi, de quelqu'un qui grelotte pour avoir trop pleuré, de la menace de l'aphasie, de la lucidité dans la souffrance, de quelque chose d'écourté, d'un manque de souffle, du monde si grand à la clarté des lampes et si petit aux yeux du souvenir, du besoin mortel, quand on se sent pauvre et nu, que quelqu'un refasse le lit que l'on ne quittera plus. Mais, étrangement, la mère, appelée entre les lignes, est en même temps violemment repoussée. Comme s'il craignait que mourir, ce soit lui laisser le dernier mot. Alors, à la face de poussière de Maman, morte depuis seize ans et si présente dans le surplomb de *La Prisonnière* qu'il est alors en train de corriger — si l'on ose dire, avec lui qui parle de « flageller les mourantes » —, il lance le vers de Baudelaire : « Je goûte à votre insu des plaisirs clandestins. »

Quels plaisirs ? Le témoignage vaut ce qu'il vaut et, avec l'habituelle délation entre homosexuels, il convient d'être méfiant ; mais Jouhandeau le rapportera ainsi, de seconde oreille. Dans un bordel d'hommes, Proust a coutume de choisir à travers une vitre son partenaire qui ne le voit pas. Puis, il se rend dans une chambre et, déjà couché avec un drap ramené jusqu'au menton, attend l'inconnu. L'homme a pour consigne de se dévêtir entièrement, puis de demeurer debout près de la porte fermée et de se satisfaire sous le regard anxieux de son client qui en fait de même. Arrivé à ses fins, l'homme sort après lui avoir souri, sans avoir prononcé ou entendu un mot, subi ou donné une caresse, sans avoir vu autre chose qu'un visage de gisant. Ce scénario pervers est la répétition inversée de la scène du baiser. « L'horreur que nous fait éprouver la pensée de la mort de nos parents, de la séparation d'avec une femme aimée, de creuser soi-même son tombeau en défaisant son lit, puis d'y entrer et de le refermer sur soi, de passer sa chemise de nuit comme un suaire, de s'enterrer soi-même dans son lit », n'est-ce pas à l'éprouver encore et encore que s'entraîne Marcel dans la chambre du bordel ? Rejouer la scène du baiser de vie, transformer le symbole d'union juive en hostie chrétienne, l'union sexuelle impossible en paisible communion de paix, le silence de mort en viatique, le mot en souffrance en présence réelle. Ce rite « m'assurait pour toute la nuit un sommeil plus calme et plus doux que celui que nous trouvons dans ces autres hosties [...] qu'est bien heureux de trouver celui qui n'a plus les joues de sa mère quand revient trop cruel le besoin de les embrasser ».

Au bordel d'hommes, Marcel mime Maman morte et Albertine dormant. « Ce fut une morte en effet que je vis quand j'entrai ensuite dans sa chambre[...] Ses draps, roulés comme un suaire autour de son corps, avaient pris, avec leurs beaux plis, une rigidité de pierre. On eût dit [...] que la tête seule surgissait hors de la tombe. » À Combray, l'enfant sans baiser dormait dans un petit lit de fer et, depuis cette cage, s'évadait en écrivant, déjà. « Avant de m'ensevelir dans le lit de fer qu'on avait ajouté dans la chambre [...] je voulus essayer d'une ruse de condamné. J'écrivis à ma mère en la suppliant de monter pour une chose grave que je ne pouvais lui dire dans ma lettre. » C'est dans un petit lit de fer que Proust mourut, ayant voulu ne reposer que sur cette couche étroite et froide, presque médicale. Entre ces deux lits de fer, le lit de la chambre 43 du bordel de Jupien, où Charlus se fait attacher et fouetter. « M. de Charlus tenait tellement à ce que ce rêve lui donnât l'illusion de la réalité, que Jupien dut vendre le lit de bois qui était dans la chambre 43 et le remplacer par un lit de fer qui allait mieux avec les chaînes. » Se faire attacher, ligoter, entraver est souvent une tentative de maîtriser l'absence et la disparition. Non seulement celle du complice, lié par les liens qu'il impose, mais la sienne propre. Maman ne partira pas, puisque je la tiens autant qu'elle me tient.

Depuis la scène du baiser, la mort, Marcel lui faisait des scènes. Ses inéluctables rites médicaux lui apportaient le plaisir douloureux d'une élision du vivant. Ses poudres brûlées, ses mixtures fumées, ses vapeurs inhalées lui donnaient l'apparence d'un défunt entouré de cierges et baigné d'encens. Non loin, recueillie, Céleste figurait une *pietà*, et les amis conviés à l'intérieur de son mouroir-écritoire formaient une cohorte séraphique. Maman est morte, et je suis étendu presque mort, comme lorsqu'elle me laissait enseveli dans un lit sans amour. Maman est morte, et je gis comme elle, sans un mot, sans un soin, dans la solitude où vous laissent les autres, adossés à la porte, impatients de sortir de vos yeux, de votre chambre, de votre vie. Mais, dans la chambre du bordel, il y a encore un regard posé sur mon regard, un sexe dressé aussi visible que le mien est caché. Le temps de ma jouissance, je ne meurs plus. Les soirs où Maman ne montait pas dans ma chambre sont vengés par l'inconnu qui ne fait jamais défaut à mon appel et monte me réchauffer le cœur sans me toucher le corps.

Mais sont-ce seulement ces plaisirs qu'il faut cacher à Maman morte ? Lorsque arrive sa fin avec celle de son livre, l'important n'est plus la perversion homosexuelle de Proust, toujours plus sacrifiée aux paperolles que coud Céleste, mais son roman. Le livre garde la mère comme un drap, et garde d'elle comme une armure. La mère est dans l'œuvre comme le remède est dans le mal. Mais l'œuvre est dans la mère, comme le mal dans le remède. Sa mère, Proust n'en sort pas, il a beau se garder d'elle, par le drap de l'écriture, blancheur muette et trop bordée, c'est encore à elle qu'il demande de garder cette garde, d'être le témoin de l'œuvre après en avoir été l'inspiratrice, exactement comme le narrateur suppliant attend d'Albertine, cause de son mal inguérissable, un apaisement qui ne fera que le relancer.

L'amour, c'est trop dire

Longtemps, Proust préféra coucher par écrit ceux qu'il aimait ou désirait plutôt que de coucher avec eux. Avec le lit, d'ailleurs, il entretenait d'étranges rapports inversés. Il n'y faisait pas ce qu'on y fait souvent : étreindre un corps, dormir quand vient la nuit, mais s'y livrait à ce que d'ordinaire on fait ailleurs : écrire du soir au matin. Il a toujours écrit couché, aux deux sens du terme : son écriture était penchée et son écritoire était ses draps. « Je vous écris incommodément, mon papier dans une main comme sous-main », écrit-il à une amie. Proust ne touchait pas les corps. Il retouchait ses pages. Il se reprochait sans doute, comme Bergotte mourant, de ne pas avoir assez fondu ensemble touches et retouches. À la fin, les corps ne sont plus pour lui que ce que ce mot désigne dans le vocabulaire des imprimeurs. À ses amants payés, il semblait dire : « Ne m'approchez pas, ne m'embrassez pas ! » Au terme de cette lente séparation d'avec le corps, celui des autres et le sien aussi, il n'eut plus qu'un corps de papier. Il était devenu son livre. « Je n'ai plus le mouvement, ni la parole, ni la pensée, ni le simple bien-être de ne pas souffrir. Ainsi, expulsé pour ainsi dire de moi-même, je me réfugie dans les tomes que je palpe à défaut de les lire. Recroquevillé et privé de tout, je ne m'occupe plus que de leur fournir à travers le monde des esprits l'expérience qui m'est refusée. » Livré à la séparation et délivré d'elle enfin, il ne lui reste lorsqu'il écrit ces mots que six semaines avant que la mère et la mort ne referment sur lui le blanc des livres. Jadis, quand il étouffait d'asthme, son père empilait sur son dos des traités médicaux. Marcel n'en garda pas une haute estime pour la médecine, mais une profonde croyance en la magie des lettres imprimées. Les livres soignent. Sinon ceux qui les lisent, du moins ceux qui les écrivent. « Ah ! Céleste, disait-il, si j'étais sûr de faire avec mes livres autant que papa a fait pour les malades ! »

Papa était enterré au cimetière du Père-Lachaise depuis déjà près de vingt ans, et Charles Haas — Charles Swann — aussi, non loin, dans un autre carré. Sauf à devenir fou, dormir avec sa mère n'est possible que dans une tombe, ce qui se fera, pour Marcel et Maman, le 22 novembre 1922. Ou dans un rêve, ou dans un livre. Page disert et câlin, Proust eut une longue série des mères-livres. Laure Hayman, par exemple. Douce et dure amie, fière et triste, fière d'être si belle et triste que tout soit si bête, elle avait été sans doute la maîtresse du docteur Adrien Proust. Elle ne fut jamais l'amante de son fils, mais il la coucha dans son livre, vêtue de rose comme au premier jour, éclairée par la beauté désespérée du paraître et protégée par sa bêtise de la vieillesse et de la mort. Elle habitait rue La Pérouse, avec une porte de sortie rue Dumont-d'Urville, comme Odette de Crécy dont elle fut le modèle. Comme elle, Laure était une courtisane aimée, mais elle appelait Marcel, qui voulait être sa chose, « mon petit Saxe psychologique ». Comme lui, elle savait qu'on ne sauve l'éphémère que par l'éphémère. Un jour, elle lui offrit, relié dans la soie à fleurs brodées d'un de ses jupons, un livre de Paul Bourget dont elle avait inspiré l'héroïne, *Gladys Harvey*. Une autre fois, c'était un bout de la robe d'indienne de la princesse Mathilde retaillé en cravate qu'il arborait sur le portrait peint par Jacques-Émile Blanche. Comme beaucoup de femmes, Laure adorait les homosexuels. Pourtant, c'est peu dire que ceux-ci ne les aiment pas. Mais ce n'est pas si étrange que cela, et elles s'en moquent. Car c'est angoissant, un peu tuant, le désir. Et fatigant et sale, l'amour, quand on le fait. Avec ces hommes qui ne les désirent pas, sans être forcées de s'ouvrir à lui, elles ont ainsi à leur disposition un petit sexe psychologique moins sot et violent que l'anatomique. Ces garçons qui leur font grâce de ne pas leur en faire la grâce, elles les trouvent drôles et mutins, sensibles et proches. Pas assez autres, différents, hommes en un mot, pour que cela inquiète, ni trop semblables, mères ou femmes, pour poser en rivales. Quand Proust mourut, Laure Hayman ne vint pas à son enterrement, car elle n'aimait pas les cercueils. Mais elle envoya des fleurs, comme elle l'avait fait en 1903 lors de la mort d'Adrien, le père, et en 1896 lors de celle de Louis Weil, l'oncle. Ses amants fort peu psychologiques.

Après Maman, Marcel donna encore son cœur à ces délicates étrangleuses de virilité, en gardant son corps loin de leur sexe qu'il jugeait par trop horrible. Mais il sera toujours captif de ce « jour où elle repartait, dans le désespoir où je m'accrochais à sa robe jusqu'au wagon, la suppliant de m'emmener à Paris avec elle ». Toujours dans les jupes des mères, celui-là. Sauf que ces jupes étaient des romans, et leurs draps, des feuillets. Et l'on ne s'étonnera pas de voir Proust comparer son propre livre tantôt à une jupe de dentelle mitée que Françoise devait rapiécer, tantôt à une robe de Fortuny inspirée de Carpaccio.

Finalement, écrire ressortit moins à l'amour qu'au plaisir. « L'amour, c'est trop dire », comme le narrateur le proclame avec Bergotte ; tandis que « le plaisir un peu enfoncé dans la chair, aide au travail des lettres parce qu'il anéantit les autres plaisirs ». Écrire, ce n'est pas garder, donner, retrouver, c'est perdre, prendre, oublier. La *Recherche* n'est pas un roman d'amour. Déjà, le héros de *Jean Santeuil* se voyait lui-même comme un autre Néron : « Ce n'est pas aimer ses parents que d'avoir du plaisir à les embrasser, de pleurer quand on les quitte... Cela n'a pas de rapport avec la bonté... Néron pouvait être un nerveux. » Sentiments filiaux d'un matricide. Aimer quelqu'un, est-ce croire qu'on va mourir si l'on est séparé de lui ? Proust aimait atrocement sa mère. Il l'aima encore plus morte que vivante. Que de haine dans cet amour… Il ne faut pas le dire. D'ailleurs il ne le dit pas, ne peut dire son amour que pour sa grand-mère. Car la grand-mère est une mère moins grande que la mère. Elle est plus aimable, moins aimante. Elle ne vous étouffe pas avec sa langue, ne vous gave pas avec ce nom qui nourrit et étrangle : *Maman*.

Il n'est pas sûr que ceux qui habillent les femmes les aiment mieux que ceux qui les déshabillent. Mais, robe du soir, robe de chambre, robe de bal, robe d'été, robe de nuit ou robe de jeune fille de la grand-mère morte, il faut en vêtir Maman. Pour qu'elle n'ait pas froid dans sa tombe, pour qu'elle ne soit plus si nue dans le livre où elle dormira longtemps.

REMERCIEMENTS

Je remercie Horatio Amigorena, Jacques Kolnikoff, Alain Melchior-Bonnet et Olivier Wickers qui ont été les premiers lecteurs de ce livre.

DU MÊME AUTEUR

Aux Éditions Gallimard

BLESSURES DE MÉMOIRE, *Connaissance de l'Inconscient,* 1980.

VOLEURS DE MOTS, *Connaissance de l'Inconscient,* 1985.

GLENN GOULD, PIANO SOLO, *L'un et l'autre,* 1988 (prix Femina Vacaresco 1989).

BLEU PASSÉ, récit, 1990.

UN RÊVE DE PIERRE, *Le Radeau de la Méduse, Géricault,* 1991.

JE CRAINS DE LUI PARLER LA NUIT, roman, 1991.

Aux Éditions du Seuil

LA TOMBÉE DU JOUR, SCHUMANN, *La Librairie du XXe siècle,* 1989.

LA COMÉDIE DE LA CULTURE, 1993.

BAUDELAIRE, LES ANNÉES PROFONDES, *La Librairie du XXe siècle,* 1995.

DU MÊME AUTEUR

Jean-Philippe Antoine
La chair de l'oiseau. Vie imaginaire de Paolo Uccello (Prix Yourcenar 1992)

Marie-Louise Audiberti
Le vagabond immobile. Robert Walser

Catherine Axelrad
Vies et morts d'Esther
L'enfant d'Aurigny

Bruno Bayen
Le pli de la nappe au milieu du jour

Christian Bobin
Le Très-bas
(Prix des Deux-Magots, Prix Joseph Delteil, Grand prix catholique de Littérature, 1993)
La plus que vive

François Bott
La Demoiselle des Lumières

Alain Boureau
Histoire d'un historien. Kantorowicz

Geneviève Brisac
Loin du Paradis. Flannery O'Connor

Idelette de Bure
Rouge ou la proie du peintre

Michel Chaillou
La rue du Capitaine Olchanski. Roman russe

Philippe Comar
Mémoires de mon crâne. René Des-Cartes

Jean-Michel Delacomptée
Madame La Cour La Mort
Et qu'un seul soit l'ami. La Boétie

Sylvie Doizelet
La terre des morts est lointaine. Sylvia Plath
L'amour même

Claude Esteban
Le partage des mots

Christian Garcin
Vidas
L'encre et la couleur

Sylvie Germain
La Pleurante des rues de Prague
Céphalophores

Guy Goffette
Verlaine d'ardoise et de pluie
Elle, par bonheur et toujours nue (Prix Atout Lire 1998)

Roger Grenier
Pascal Pia ou le droit au néant
Regardez la neige qui tombe. Impressions de Tchékhov (Prix Novembre 1992)
Trois heures du matin. Scott Fitzgerald (Prix Joseph Delteil 1996)
Les larmes d'Ulysse (Prix littéraire 30 millions d'amis 1998)

Michèle Hechter
Galluchat ou les mirages du requin de Chine

Christian Jouhaud
La main de Richelieu ou le pouvoir cardinal

Thierry Laget
Florentiana
La Fiancée italienne

Pierre Lartigue
L'art de la pointe

Philippe Le Guillou
Le songe royal. Louis II de Bavière

Catherine Lépront
Le passeur de Loire

Jean Lévi
Le fils du ciel et son annaliste

Gérard Macé
L'autre hémisphère du temps

Diane de Margerie
La Femme en pierre

Pierre Michon
Rimbaud le fils

Michel Mohrt
Benjamin ou lettres sur l'inconstance

Jean-Noël Pancrazi
Long séjour (Prix Jean Freustié, Prix Roland de Jouvenel, 1998, décerné par l'Académie française)

Henri Raczymow
Le cygne de Proust
Pauvre Bouilhet

Jacques Réda
Aller aux mirabelles
Aller à Élisabethville

Jean-Pierre Rioux
Erckmann et Chatrian ou le trait d'union

Claude Roy
L'ami qui venait de l'An Mil

Danièle Sallenave
Le principe de ruine

Michel Schneider
Glenn Gould piano solo
(Prix Femina Vacaresco 1989)

Achevé d'imprimer
par l'Imprimerie Floch
à Mayenne, le 10 février 1999.
Dépôt légal : février 1999.
Numéro d'imprimeur : 45174.
ISBN 2-07-075501-0 / Imprimé en France.

89653